L'AMOUR

DU

CLINQUANT

PAR

M. l'Abbé TOUNISSOUX

Du Clergé de Paris.

Tout ce qui reluit n'est pas or.

PARIS

E. DENTU, ÉDITEUR

LIBRAIRE DE LA SOCIÉTÉ DES GENS DE LETTRES

PALAIS-ROYAL, 17 ET 19, GALERIE D'ORLÉANS

—

1865

L'AMOUR

DU

CLINQUANT

PAR

M. l'Abbé TOUNISSOUX

Du Clergé de Paris.

Tout ce qui reluit n'est pas or.

PARIS

E. DENTU, ÉDITEUR

LIBRAIRE DE LA SOCIÉTÉ DES GENS DE LETTRES

PALAIS-ROYAL, 17 ET 19, GALERIE D'ORLÉANS

—

1865

L'AMOUR

DU

CLINQUANT

L'AMOUR

DU

CLINQUANT

PAR

M. l'Abbé TOUNISSOUX

DU CLERGÉ DE PARIS.

Tout ce qui reluit n'est pas or.

PARIS

E. DENTU, ÉDITEUR

LIBRAIRE DE LA SOCIÉTÉ DES GENS DE LETTRES

PALAIS-ROYAL, 17 ET 19, GALERIE D'ORLÉANS

1865

L'AMOUR

DU

CLINQUANT

I

Un coup de désespoir.

Le 5 mars 1840, vers neuf heures du soir, M. Teyssier, bijoutier, dans la rue des Bons-Enfants, à Paris, revenait de chez l'un de ses amis lorsqu'il vit une personne se précipiter dans la Seine. Cet homme de cœur, n'écoutant que son dévouement, accourut aussitôt vers le lieu du sinistre pour sauver, malgré lui, le malheureux qui voulait se donner la mort.

Quoique le courant fût très-rapide, par suite de
pluies torrentielles, M. Teyssier parvint, néanmoins, à rapporter le noyé sur la grève. A
peine le malade eût-il donné quelques signes
de vie, que son sauveur s'empressa de l'emporter à sa demeure, afin de pouvoir lui prodiguer les soins que réclamait encore son état.
Quelle ne fut pas la surprise de M. Teyssier
en reconnaissant Gaston Robert, le fils de son
cousin germain, alors étudiant en médecine,
à Paris! Gaston Robert était de la commune
de Corrèze (Corrèze), et M. Teyssier était ori-
ginaire de Brives-la-Gaillarde, petite ville du
même département.

Que s'était-il donc passé pour que Gaston
Robert eût pris l'extrême et coupable résolution d'en finir avec la vie? La vanité seule
avait porté ce jeune homme à un si grand coup
de désespoir! Pour mieux apprécier les faits,
remontons à l'époque où Gaston quitta le collége de Tulle pour venir à Paris.

Est-il vrai, comme le prétendent certains
phrénologistes, que des hommes ne s'égarent

que parce qu'ils se trouvent en butte à des instincts irrésistibles? Comment ne serait-elle pas absurde l'utopie qui outrage si vivement l'homme dans sa liberté, et Dieu dans ses droits de souverain? Si je ne puis résister à mes instincts, pourquoi m'imposer des lois, me faire espérer des récompenses et craindre des punitions? Gaston, du reste, n'éprouvait aucun de ces instincts pervers : il y avait en lui plus de bonté que de malice, plus de générosité que d'égoïsme. Son grand défaut, c'était l'amour du clinquant.

On le vit, après quelques années de collége, rougir de l'habit de bure de son père, simple paysan cultivateur. Une fois éloigné de son pays pour étudier la médecine à Paris, ses sentiments de vanité se développèrent d'une manière prodigieuse : ce qu'il regardait comme impossible lui paraissait facile désormais. « Qui m'empêchera, se « dit-il, de cacher la position de mon père, « et de me faire passer pour riche? » Comme sa mère avait habité le village de Laveyrie avant d'être devenue l'épouse de Robert, Gaston eut la sotte vanité d'allonger sa signature en écrivant : *Robert de Laveyrie*.

Le père Robert avait beaucoup de peine à fournir à son fils l'argent nécessaire pour subsister à Paris. Celui-ci avait promis de faire comme tant d'autres étudiants peu fortunés, de se procurer un emploi de surveillant dans quelque institution ; ce qui ne l'aurait pas empêché de suivre les cours. Il n'en fit rien. Comment, en effet, oser demander une place, quand on a commencé par se poser en grand seigneur, et se dire le représentant d'une famille illustre par la considération et la fortune ?

Selon l'usage du pays, le père Robert engraissait, chaque année, deux bœufs qu'il vendait près de douze cents francs à des marchands de Paris. Une fois que Gaston fut étudiant, Robert prit le parti de conduire lui-même ses bœufs à la capitale ; il en acheta même deux autres pour rendre les frais de voyage relativement moins dispendieux. Ce moyen lui permit, en effet, de voir son fils sans presque rien dépenser.

Après la vente des quatre bœufs, le paysan Robert se rendit au nº 3 de la rue Monsieur-le-Prince. Arrivé auprès de son fils, Robert fit entendre quelques exclamations de joie. Gaston parut y répondre assez froidement, priant son père de ne point parler si haut. « Comment vous y êtes-vous pris, ajouta-t-il, pour me demander à la concierge? » Son père ayant répondu qu'il avait dit simplement : « M. Robert est-il ici? » Gaston parut satisfait de la réponse.

L'étudiant se hâta de mener son père dans un hôtel de la rue Notre-Dame-des-Victoires, lui disant qu'il serait beaucoup mieux dans ce quartier que partout ailleurs. « Vous n'aurez pas besoin, ajouta-t-il, de revenir ici, car j'irai vous rejoindre, chaque matin, pendant tout le temps que vous passerez à Paris.»

Il est facile de comprendre pourquoi Gaston tenait à n'être point vu de ses camarades, en compagnie d'un paysan limousin.

Voici la réponse qu'il fit à l'un de ses amis qui les avait aperçus ensemble sur la place Vendôme : « Le paysan qui se trouvait avec moi est l'homme d'affaires de mon père, venu ici pour vendre des bœufs et m'apporter de l'argent. »

Quoique Gaston ne reçût de sa famille qu'une somme annuelle de 1,500 fr., cela ne l'empêchait pas d'en dépenser deux fois plus. Aussi contractait-il, chaque trimestre, des dettes considérables. En moins de deux ans, son tailleur l'avait obligé à signer trois billets, ainsi conçus :

« Je déclare devoir à M. Durand, tailleur à Paris, la somme de mille francs, payable dans quatre ans, ou à mon mariage, ou à la mort de mon père, si elle arrive avant ce temps : le tout avec *intérêt de cinq pour cent.* »

Les tailleurs de Paris ont l'habitude de traiter fort sévèrement les étudiants. Tel vêtement qu'un client ordinaire paie 60 francs, est porté à 100 francs, au moins, pour l'étudiant qui demande crédit. Voici la raison que

donnent les tailleurs pour leur justification :
« Le délai de paiement, disent-ils, nous est
d'autant plus préjudiciable qu'au moyen de
l'argent prêté, nous pourrions renouveler
des marchandises qui nous rapporteraient
quinze pour cent, au moins. Des recouvre-
ments de cette nature, ajoutent-ils, toujours fort périlleux et fort coûteux, sont assez
souvent impossibles : ce qui arrive quand l'étudiant étant mort avant l'échéance des billets,
son père ne veut ou ne peut les acquitter. »

Vers la fin de l'année, Gaston ne savait plus
où trouver de l'argent pour faire face à ses
besoins, qui ne faisaient que croître de jour en
jour. Les étudiants les plus riches, ceux que
fréquentait Gaston, étant dans l'usage de célé-
brer certaines fêtes, de se livrer à certaines
parties de plaisir à l'occasion des examens,
l'embarras dans lequel se voyait le jeune Limousin lui paraissait vraiment cruel. Que
faire? Gaston pouvait-il reculer sous prétexte que les ressources faisaient défaut, lui
qui parlait sans cesse de la haute fortune de

son père et du beau château qu'il habitait?
D'un autre côté, comment se procurer l'argent nécessaire, puisqu'il s'était déjà dessaisi de
tous les habits que son tailleur avait bien voulu
livrer à crédit?

Par surcroît de malheur, Justin Colon,
compatriote de Gaston, vint l'inviter à son
mariage qui devait avoir lieu le 15 avril,
c'est-à-dire huit jours après l'invitation,
Gaston remercia vivement son ami, en lui disant de compter sur lui de la manière la
plus positive. Comme il ne restait que très-
peu de temps jusqu'au jour de la noce, Gaston
fit aussitôt d'importantes commandes. Selon les
ordres reçus, le tailleur vint remettre les vêtements de l'étudiant, le matin même de la
noce. Malheureusement M. Durand avait pris,
en Limousin, des informations sur la famille
Robert. Ayant reconnu qu'il n'y avait rien de
fondé dans les prétentions de l'étudiant, le
tailleur avait porté les habits avec l'intention
bien arrêtée de ne les livrer qu'au comptant,
vu qu'il lui était déjà dû plus de trois mille fr.

Gaston n'ayant pas de quoi remplir la condition, les vêtements furent rapportés au magasin.

Quelle position critique pour Gaston! Il a promis d'assister à la noce; comment pouvoir justifier son absence?

Un moyen de faire de l'argent, assez usité chez les étudiants, c'est de porter au mont de piété ce dont ils peuvent disposer. Gaston ne pouvait employer ce moyen, car il y avait eu recours la veille. Bien plus, le temps et les ressources lui manquaient pour louer des habits, comme cela se fait quelquefois à Paris, chez les gens qui tiennent à cacher leur état de gêne?

Gaston se trouva donc pris du côté le plus sensible; non-seulement il était privé de ne pouvoir profiter de la circonstance de la noce pour se ménager certaines connaissances qui devaient, selon lui, augmenter de beaucoup la considération dont il jouissait; mais n'allait-on pas deviner le motif de son absence? Le concierge et les locataires n'avaient-ils pas pu en-

1.

tendre les explications violentes échangées entre lui et son tailleur? « C'est là, se dit Gaston, une mystification que je ne puis supporter : il ne me reste qu'un parti à prendre, celui de m'enfermer dans une chambre jusqu'à la nuit pour demander ensuite au fleuve un repos que lui seul peut me donner!»

C'est alors que ce malheureux jeune homme prit le parti d'en finir avec la vie, et ne fut sauvé que par le dévouement de M. Teyssier. L'Évangile nous dit : « Ceux qui s'élèvent seront abaissés. » Que cette vérité trouve d'applications en ce monde! Gaston n'aurait-il pas échappé aux humiliations et anxiétés auxquelles il se trouvait en butte, si la vanité ne lui avait pas inspiré le désir de se faire passer pour riche, et de se soumettre comme tel à des dépenses exagérées?

Oui, l'amour du luxe, poussé à son comble, est fait pour pervertir les cœurs les mieux formés par la nature. Celui qui s'est jeté dans cette voie n'a plus le courage d'en sortir; l'humiliation qui en résulterait à ses yeux lui paraît un mal beaucoup plus redoutable que la fraude, le vol et même la mort.

Veut-on découvrir la cause de la plupart des désordres matériels et moraux qui désolent tant de familles de notre temps, qu'on la cherche dans l'esprit de vanité.

Par l'effet d'un luxe exagéré, l'éducation se dénature, l'immoralité se propage, la probité disparaît, les relations familières se restreignent, des privations regrettables se font sentir, les tempéraments s'énervent, les mariages deviennent impossibles ou mal assortis, la paix du ménage s'altère, les banqueroutes augmentent, les démences et les morts prématurées se multiplient.

Tout cela nous explique pourquoi notre siècle récolte si peu, après avoir tant semé pour la propagation du bien-être général. Sans le luxe, l'aisance serait dix fois ce qu'elle est dans nos familles. Si la France gagne si peu en population, c'est encore au luxe qu'on peut l'imputer. Le terme moyen de la vie, quoique plus élevé qu'autrefois, est loin en-

core d'avoir atteint le niveau où devraient
le placer tous les progrès accomplis dans
les sciences, les arts et l'industrie. Ne sont-ce
pas les exigences du luxe qui rendent le nombre des enfants de jour en jour plus limité
dans nos familles? Pourquoi en est-il ainsi,
alors que le Gouvernement déclare à ceux qui
se plaignent de la dépréciation des denrées,
que les agriculteurs ne doivent s'en prendre
qu'à la trop grande abondance des récoltes?

Ce ne sont pas les besoins légitimes de la
vie, mais uniquement les instincts trop déve-
loppés de la vanité qui portent la gêne dans
les familles. Toutes les préoccupations, toutes
les dépenses semblent, en effet, se détourner du
fond pour se porter sur la forme, de la réalité
sur les apparences. Ce qu'on veut avant tout,
c'est du clinquant. L'ordre logique est donc
renversé, puisque le principal devient l'accessoire, et réciproquement. N'est-ce pas là une
source naturelle de malaise pour les individus
et les familles, un signe de décadence pour les
sociétés?

Si les masses ont si peu de temps, de goût et de préoccupation pour l'étude des grands principes, la considération des grandes idées, cela vient de ce que les exigences de la vie sont arrivées au point de tout absorber. Ce qui était luxe est devenu, par le fait, vrai besoin. On dit encore comme autrefois, dans l'emploi du temps et de l'argent : « le principal avant l'accessoire ; » mais il y a cette différence, que par le principal l'on entend les exigences du monde, et par accessoire : les sciences, la religion, le patriotisme, le dévouement, etc., etc.

Ce qui est difficile à comprendre, ce sont les efforts que font certains hommes publics pour entraîner les populations vers le luxe, au lieu de les en détourner. Pour celui qui se trouve chargé de l'éducation des masses, il y a mal à exciter leur vanité ; il y a crime à spéculer d'avance sur les résultats de cette excitation pour en obtenir de l'argent. La véritable richesse publique ne peut se légitimer, pas même s'expliquer, en dehors des éléments qui font succéder l'aisance à la gêne dans les familles.

Il me semblait, jadis, que le fameux proverbe : *tout ce qui reluit n'est pas or*, ne pouvait s'appliquer qu'aux bijoux et ornements d'église. Que de fois ne m'est-il pas arrivé de prendre un commis-voyageur pour un académicien, une femme de chambre pour une duchesse, un assisté du bureau de bienfaisance pour un rentier? Aujourd'hui mes idées ont bien changé. C'est presque toujours aux personnes, aux positions, et non aux objets matériels que s'adressent mes applications. Celui qui étudie le monde dans ses réalités en rapporte cette conviction intime, que l'éclat extérieur n'est rien moins que la reproduction fidèle de l'intérieur. Si notre siècle compte peu d'hypocrites en religion, n'en compte-t-il pas des quantités au point de vue de la science, de la fortune et du dévouement?

Le luxe est donc un quatrième fléau beaucoup plus terrible dans ses ravages que tous ceux qui l'ont précédé. N'est-il pas plus terrible, puisqu'il n'épargne ni lieu, ni âge, ni condition ? N'est-il pas plus terrible, puisqu'il ne laisse aucun intervalle dans les jours, les mois et les années ? N'est-il pas plus terrible, puisque les malades eux-mêmes n'ont pas conscience de leur mal ou manquent de courage pour recourir aux remèdes ?

Le luxe, il est vrai, n'a jamais quitté les cours et les familles qui les ont approchées ; mais, jamais, il n'avait envahi les masses comme il le fait aujourd'hui. Le mal s'est accru, puisqu'il impose des exigences à ceux qui ne peuvent les supporter. Si le luxe n'est qu'une futilité chez les riches, que n'est-il pas en ceux qui se privent de l'essentiel pour le subir?

Chose étonnante ! le nouveau fléau vient fondre sur les familles au moment même où l'humanité semble se débarrasser des trois autres. La peste ne tend-elle pas à disparaître par l'assainissement des marais, des rues et des habitations, et surtout par l'application de plus en plus répandue des précautions hygiéniques ? Ne peut-on pas dire que la famine devient presque impossible par la facilité et la rapidité des communications? Il est rare qu'un point du globe n'ait pas du trop plein quand la disette se fait sentir sur un autre. La guerre, inexplicable en elle-même, conserve encore du prestige par suite des traditions réputées glorieuses que nous transmet le passé; mais plus nous allons, plus nous nous habituons à comprendre que la vertu et la gloire ne peuvent consister à égorger des frères innocents, pour des combinaisons et querelles diplomatiques. Sous peu, nous l'espérons, les congrès succéderont aux champs de bataille, comme les arbitrages pacifiques entre les membres des familles intelligentes et honorables ont succédé aux divisions et aux procès sans fin.

« Mais, dira-t-on, à quoi bon dénoncer un mal fort déplorable, il est vrai, mais absolument incurable? » Erreur, répondrons-nous, erreur qui serait fort préjudiciable à la perfection de l'humanité, si elle venait à être partagée par le plus grand nombre. Il est cer-

tain qu'il y aura toujours des voleurs, des ca-
lomniateurs, des impudiques; faut-il donc, pour
être conséquent, se taire sur le vol, la calomnie, l'immoralité et les autres vices qui ont racine dans les instincts dépravés de notre nature?

Du reste, est-il bien vrai que le luxe
soit inattaquable dans ses retranchements?
L'affirmer, ce serait abjurer la liberté, notre
prérogative la plus essentielle. Si le mal a pu
venir par la faute de l'homme, pourquoi ne
pourrait-il pas disparaître par un amendement
sincère de sa part? Ce mal est-il incurable
en ce sens qu'il ne peut être apprécié par un
sergent de ville, condamné et puni par un tribunal? Mais où en serait la société si elle ne
pouvait recourir à d'autres remèdes que ceux
qui lui viennent de la force et des tribunaux?

Ayons meilleure opinion de l'humanité et de
notre siècle. Ne refusons pas à la généralité de
nos concitoyens la capacité de réfléchir sur la
gravité d'un mal pour en déduire de sages résolutions.

II

Jeune fille comme il y en a peu.

Le sauveur de Gaston Robert exerçait la profession de fabricant de bijoux depuis vingt-deux ans. M. Teyssier avait mis tout ce temps pour réaliser une fortune de près de cent mille francs. Homme prudent et honnête par excellence, il n'avait jamais voulu tenter les grosses et promptes fortunes par des spéculations hardies ou peu délicates. Le gain modéré, mais presque certain, était selon lui bien préférable à toutes les opérations aléatoires dont la chance des bénéfices est calculée, en grande partie, d'après les périls qu'elles

font encourir. La devise en vogue : *Faire
banqueroute ou s'enrichir en peu de temps*,
ne put jamais lui sourire, ni lui paraître justi-
fiable.

Aux yeux de certains spéculateurs, le commerce n'est plus une voie lente et régulière
d'arriver à la fortune par l'ordre et le travail,
c'est un vrai jeu de hasard, une série de combinaisons frauduleuses visant à un dénouement
prompt et bruyant. Cela n'est ainsi que parce
qu'on éprouve un désir trop ardent des jouissances factices.

On peut juger des saines appréciations de
M. Teyssier sur la nature du commerce et les
devoirs du commerçant par le langage qu'il
tint à l'un de ses compatriotes, ancien épicier
dans la rue du Faubourg-Saint-Honoré. En
moins de dix ans, ce dernier était parvenu à
réaliser une fortune considérable.

— Comment donc vous y êtes-vous pris,
mon cher Verdier, dit M. Teyssier à son compatriote, pour vous enrichir en si peu de
temps ?

— Croiriez-vous, par hasard, répondit
l'ex-épicier, que ce soit à une supériorité marquante dans la qualité des marchandises, que
j'aié eu recours pour attirer le public ? Nullement ; ce moyen m'aurait appauvri au lieu de
m'enrichir ; j'aurais gagné beaucoup moins
sur chaque article, et n'aurais pas augmenté
d'un seul le nombre de mes clients. C'est le
procédé contraire que j'ai employé, en sacri-
fiant une partie de mes bénéfices à donner
du brillant aux marchandises, à décorer la
devanture du magasin de nouveaux becs de
gaz et de superbes inscriptions dorées sur tout
point. Faites de même, monsieur Teyssier, et
je réponds du reste. C'est par là uniquement,
croyez-moi, que l'on peut arriver aux grands
résultats, dans une ville et dans un temps où
tout est apprécié par le seul côté superficiel et
apparent.

— Convenez, monsieur Verdier, que cette
manière de procéder est bien peu en rapport
avec les lumières que nous devons supposer
aux clients, en plein dix-neuvième siècle.

— Permettez-moi de vous dire, monsieur Teyssier, ajouta l'enrichi, que vous connaissez mal votre siècle, si vous le jugez intelligent. Oui, nous comptons plus de personnes sachant lire et écrire, ce qui est un grand bien; mais est-il considérable le nombre de ceux qui sont en état de ne point se laisser éblouir par les apparences et pénétrer jusqu'au fond des choses? Ce que l'on veut, du reste, avant tout, c'est du brillant, c'est du clinquant. Si déplorable que soit un pareil état de choses, le meilleur, pour celui qui n'est point chargé de le modifier, n'est-il pas de l'accepter tel quel, et l'exploiter à son profit?

— Non, monsieur Verdier, il n'en sera pas ainsi pour moi. Cette manière d'envisager le commerce me paraît trop peu digne d'un négociant, trop préjudiciable à ses clients, pour que je consente à l'employer. Je préfère rester à la tâche dix ans de plus, et ne m'adresser qu'au bon sens par la vérité.

M. Teyssier n'avait qu'une seule fille, nommée Joséphine, alors âgée de vingt ans. Ce bon père n'avait rien négligé pour la doter d'une instruction solide, de beaucoup supérieure à celle de la plupart des femmes de notre temps.

« L'instruction, avait-il dit bien des fois à cette occasion, n'est pas seulement une distinction, c'est une garantie contre les besoins de l'avenir. Tel accident imprévu qui peut nous priver de la fortune, nous laisse l'instruction, bien qui nous relève de la misère ou nous apprend à la supporter. »

Pour la même raison, M. Teyssier avait tout fait pour éloigner Joséphine d'une éducation mondaine. « Les exigences de la vie, disait-il, ne sont-elles pas assez nombreuses sans qu'on cherche à les accroître par le développement de goûts futiles et de besoins factices? L'éducation de la femme ne peut avoir qu'un but, celui d'apprendre, de faire aimer et de faciliter la pratique des devoirs qu'elle est appelée à remplir, un jour, comme épouse et comme mère. Qu'on ne me parle donc pas de cette éducation de *femme du monde*, de l'éducation qui produit

l'effet contraire à celui que l'on doit se proposer !

« Sur cent mille jeunes filles, quatre vingt-
dix-neuf mille sont destinées aux occupations
laborieuses ; pourtant les deux tiers ne sont-
elles pas élevées comme si elles n'avaient jamais qu'à paraître dans les théâtres et les salons, s'occuper exclusivement de musique et
de dessin ? Il n'en sera pas ainsi de Joséphine :
élevée comme si elle devait vivre de son travail, elle n'aura aucune peine à monter, si sa
condition l'exige ; comme aussi elle se trouvera garantie de toute transition brusque et fa-
tale, si la fortune lui devient défavorable. Les
plus à plaindre ne sont pas les enfants des men-
diants, ce sont ceux qui se voient plongés dans
la détresse et l'humiliation, après s'être habitués aux jouissances et aux honneurs. Que de
familles n'ai-je pas vues tomber précipitamment
dans la plus affreuse misère ? Puisque le bien-
être durable dépend moins de la quantité de la
fortune que de la manière d'en user, je tiens à
ce que Joséphine soit modeste dans ses goûts,

pour n'être jamais obligée de maudire son existence et ceux qui la lui ont donnée. »

Une fois que Joséphine eut cessé de fréquenter
l'école, sa mère se déchargea sur elle du soin
de veiller à la cuisine et à la lingerie, pour
tout ce qui regardait l'achat des provisions et le
raccommodage des vêtements. D'un autre côté,
son père l'obligeait à passer des heures entières
au comptoir, soit pour servir les clients, soit
pour inscrire des notes sur les livres de compte.

Le jeune Robert s'étant trouvé beaucoup
mieux, le lendemain de l'accident, mademoiselle Joséphine crut devoir lui adresser
quelques questions sur les motifs qui l'avaient
porté à sa criminelle détermination. Gaston,
beaucoup plus à l'aise avec sa cousine qu'avec
son oncle, dont il redoutait vivement les reproches, répondit à tout et ajouta ce qui suit :
« Assurément je ne puis qu'être profondément
reconnaissant envers mon oncle de tout ce qu'il
a fait pour moi; cela n'empêche pas, néanmoins,
que l'existence ne m'apparaisse aujourd'hui ce
qu'elle m'apparaissait hier : un fardeau plutôt

qu'un bienfait. Mes ressources étant bien inférieures aux exigences de mes goûts, la vie ne
peut être pour moi qu'une série d'anxiétés, d'humiliations et de luttes. J'ai contracté des dettes
pressantes, comment m'en acquitter? Dois-je
m'adresser à mon père? Ce serait en vain; je
le connais trop pour penser autrement. Du
reste, tu le sais, Joséphine, il emprunte, tous
les ans, pour compléter les quinze cents francs
qu'il m'envoie.

« — Gaston, répondit gravement Joséphine,
rien ne peut justifier le langage que tu tiens
en ce moment. Le ciel serait-il une récompense, si la vie présente n'entraînait point des
luttes et des sacrifices? Comment serions-nous
supérieurs aux êtres privés de la raison, si
nous n'usions de la puissance intellectuelle
que Dieu nous a donnée, pour reconnaître
et combattre nos mauvais instincts? Reculer
devant le sacrifice en se donnant la mort,
n'est-ce pas imiter, dans sa lâcheté, le soldat
qui fuit devant l'ennemi au moment du
combat? Disposer de sa vie, n'est-ce pas dis-

2

poser d'un bien qui n'appartient qu'à l'être seul qui nous a créés?

« Te crois-tu plus malheureux que ton père qui n'a jamais pensé à désirer sa mort? Mais, alors, pourquoi mépriser sa profession et ton pays? C'est trop peu, dis-tu, de quinze cents francs par an ; mais combien d'étudiants font avec moins? N'as-tu pas, comme eux, la faculté d'obtenir des ressources par un emploi de surveillant; ne pourrais-tu pas restreindre tes goûts et modérer tes dépenses?

« Rien de plus absurde que de vouloir simuler la grandeur par des vêtements et des habitudes. La véritable grandeur ne saurait consister en de semblables minuties; elle s'obtient surtout par la culture des facultés et la noblesse des sentiments. Aux yeux de tout homme sensé, le fils d'un cultivateur qui ne craint pas d'avouer son origine se montre par le fait beaucoup plus grand que celui qui rougirait de son père vêtu de bure.

« Tes dettes les plus pressantes, dis-tu, s'élèvent à la somme de cinq cents francs ; c'est

là précisément le taux de mon petit avoir ; car
mon père m'accorde des récompenses pour les
services que je lui rends chaque jour au magasin. Cette épargne de mes travaux d'hiver,
je la destinais à l'achat d'une toilette d'été pour
aller passer quelques jours chez madame Si-
bert, dont les filles ont été mes camarades de
pension. Eh bien ! Gaston, je me priverai de
cet agrément, je remettrai ma visite à l'année
prochaine, et tes dettes seront payées. La satisfaction que le cœur retire d'une bonne action me paraît beaucoup plus précieuse que
toute autre.

« S'il s'agissait de satisfaire tes plaisirs ou
ta vanité, j'aurais de la peine à me priver
d'une jouissance à laquelle j'ai pensé bien des
fois ; mais puisqu'il n'est question que de réparer des fautes déjà commises, c'est moins
une privation que je m'impose qu'une bonne
fortune dont je tiens à profiter. »

Ces paroles bienveillantes quoique sévères,
Gaston les avait écoutées avec un recueille-
ment religieux. Tant de sagesse de la part

d'une femme, et surtout d'une jeune personne de vingt ans, fit plus que l'étonner. Joséphine n'obtint aucun mot de réponse, mais elle vit des larmes abondantes couler des yeux de son cousin.

Mademoiselle Teyssier craignant d'avoir fait naître en Gaston des émotions trop pénibles, s'empressa de lui adresser quelques paroles consolantes et même joyeuses. Un instant après, Gaston se trouvant beaucoup mieux, mademoiselle Joséphine ajouta :

— Ne valait-il pas mieux, Gaston, espérer en la divine Providence qui n'abandonne jamais les siens, et qui, par le fait, t'a conservé la vie, et te fait espérer quelques ressources ?

— S'il existait une providence paternelle, répondit froidement Gaston, elle refuserait à l'homme la faculté de se rendre malheureux.

— Dieu ayant donné à l'homme une prérogative aussi précieuse que la liberté, peut-il la lui retirer ? Ce bon père nous propose la vie présente comme un temps d'épreuve, le

ciel comme une sanction ; sa parole resterait-
elle une vérité, s'il nous enlevait la faculté d'a-
gir comme nous l'entendons ? Tout ce qu'il
peut faire, c'est de fortifier notre volonté pour
le bien, quand nous avons la bonne pensée de
recourir à lui.

— Joséphine, reprit Gaston, combien de personnes vertueuses souffrent jusqu'au tombeau ;
combien d'autres restent heureuses sans avoir
jamais invoqué l'appui dont tu me parles ?
Tout cela peut-il se concilier avec l'existence
d'une providence paternelle ?

— Ce fait, répondit mademoiselle Joséphine, qui ne dit rien contre la justice et la
bonté de Dieu, nous prouve la survivance de
l'âme à la dissolution du corps. Dieu étant nécessairement juste, le coupable qui n'a pu
être puni sur la terre doit l'être plus tard ;
l'homme de bien qui n'a pas été récompensé
ici-bas doit l'être après cette vie. Comment
cette sanction, découlant logiquement des attri-
buts essentiels de Dieu, pourrait-elle s'exercer si la créature raisonnable ne continuait

2.

d'exister après la mort, par la survivance de son âme?

— Joséphine, l'âme est un être dont on parle beaucoup dans les livres, les sermons et ailleurs, mais que personne n'a vu ni touché.

— Voilà pour le coup un raisonnement de médecin, répondit Joséphine. Il est donc bien vrai, Gaston, que les étudiants en médecine n'admettent d'autres existences que celles qui peuvent être constatées par la lancette et le bistouri! Gaston, le corps est soumis à des douleurs et infirmités pour lesquelles la science médicale n'est pas toujours sans profit pour l'humanité; mais combien de plaies contre lesquelles elle n'a rien à opposer? Que pouvez-vous contre les peines du cœur, plus nombreuses aujourd'hui que jamais, et pourtant les plus sérieuses, les plus difficiles à supporter? Proposerez-vous de substituer la confiance aux hommes à celle que l'on a en Dieu? Mais Gaston, outre que les hommes n'ont presque rien à offrir sur ce point, combien peu sont dignes de notre confiance sous le rapport de l'affection? Un

certain raffinement d'urbanité semble multiplier les relations amicales; mais ces relations
ne partent presque jamais d'un cœur ému : la
preuve qu'elles n'ont que l'apparence de l'a-
mitié, c'est que nos prétendus amis ne se font
aucun scrupule de nous oublier aussitôt que la
fortune nous abandonne.

M. Teyssier, ayant eu connaissance de la
bonne résolution de sa fille, prit le parti de
l'en récompenser. Un mois après, le jour
même de la fête de son père, Joséphine trouvait
dans sa chambre une magnifique robe d'été,
avec un billet de banque de cinq cents francs.

Autant M. Teyssier tenait à réprimer chez
sa fille les goûts de futilité qui entravent le développement intellectuel et moral de la femme,
autant il était heureux de la doter de tout ce
qui pouvait la rendre plus grande aux yeux de
Dieu et du public sensé.

Il est bien rare que les commencements ne
soient pas durs à Paris, surtout dans la carrière
des lettres. S'il n'y a pas de profession plus
noble ni plus méritoire que celle qui nous fait

consacrer nos talents, nos forces, notre temps
à la moralisation de nos frères par des compositions littéraires, il n'en est pas non plus de
moins favorable à la santé ni de plus ingrate
au point de vue pécuniaire.

Quelques écrivains sont parvenus à s'abri-
ter contre les besoins de la vie ; mais ils n'ont
pu y arriver qu'après avoir bien établi leur
réputation : ce qui ne s'obtient pas en un
jour. Avant de récolter, il faut semer, et le
temps qui s'écoule de la semence à la récolte
est généralement bien long pour les écrivains.
Le moment où l'homme de lettres manque
de ressources est précisément celui où l'argent lui serait le plus nécessaire pour se faire
un nom. C'est quand il aurait besoin d'un
éditeur pour se charger des frais d'impression,
qu'il lui est impossible d'en trouver.

Un des auteurs les plus méritants de notre
époque, venu à Paris avec le désir de publier
certains travaux, y avait déjà passé deux
années sans avoir pu trouver d'éditeur pour
le plus important de ses manuscrits. Ce tra-

vail était un roman moral des plus intéres-
sants, qui a obtenu, depuis, le plus grand succès auprès du public intelligent.

A ce moment, les libraires corrupteurs
repoussaient le manuscrit, sous prétexte qu'il
ne contenait pas d'intrigues immorales ; les
libraires religieux, obéissant à de fausses inspirations, prétendaient, au contraire, que certaines expressions de l'auteur pourraient leur
porter préjudice auprès de certains couvents,
leurs meilleurs clients.

L'auteur en question, nommé Vignon, se
vit donc réduit à manger du pain sec pendant
assez longtemps. Heureusement que le charbonnier du quartier, auquel il devait déjà
une somme assez importante, n'en continuait
pas moins de lui fournir son bois de chauffage. Ne prévoyant pas l'époque où il lui
serait possible de payer cet honnête four-
nisseur, M. Vignon se crut obligé de le remercier pour les provisions à venir. « — Je préfère, lui dit-il, mourir de froid, qu'emporter
le bien d'un père de famille de quatre enfants.

« — Il n'en sera pas ainsi, reprit le charbonnier ; car si je cessais de vous apporter du bois, l'on vous trouverait mort, quelque beau jour, dans votre chambre, mon bon monsieur ; le temps n'a jamais été aussi rigoureux qu'en ce moment. Ne vous sera-t-il pas facile de vous acquitter envers moi quand votre livre aura paru ! »

Joséphine Teyssier, informée de tous ces détails, en fut tellement affectée qu'elle en pleura. Son père lui ayant demandé la cause de sa tristesse, Joséphine s'empressa de lui raconter tout ce qu'elle venait d'apprendre. « Je ne sais, ajouta-t-elle, ce qu'il faut admirer le plus, de la résignation de l'homme de lettres ou du dévouement du charbonnier. N'est-il pas surprenant, mon père, de rencontrer ainsi les apôtres les plus zélés du dévouement dans les conditions les plus humbles et les plus oubliées de la société? »

— Non, ce n'est pas étonnant, reprit le père. Le cœur de celui qui souffre ou voit la souffrance de près, se sent tout naturellement sympathique au malheur. Les tortures de certains malades ne peuvent être comprises que par d'autres malades du même genre. Celui qui n'a pas connu la faim ne croit guère à son existence et à ses tourments.

— J'admire le charbonnier, ajouta Joséphine, mais je plains encore plus l'homme de lettres. Le charbonnier, pourvu qu'il conserve la santé, est assuré de trouver dans son travail des garanties contre les besoins de la vie : il n'en est pas de même de M. Vignon. La conduite de ce jeune homme est d'autant plus méritoire, que s'il souffre, c'est pour ne pas vouloir manquer à sa conscience, en coopérant à des publications immorales. Comment expliquer l'indifférence des libraires religieux à son égard ? Que de personnes ne s'habituent aux lectures dangereuses que parce qu'elles ne trouvent pas de bons livres !

Sans doute, les livres de prières, les histoires des saints, les livres de prix, destinés aux couvents et auxp ensionnats, ne font pas défaut; mais la masse des lecteurs peut-elle se contenter de pareils livres, du moins pour tous les jours de l'année? Rien de plus efficace pour la moralisation des populations que les bonnes lectures; mais il faudrait des livres tels que le manuscrit de M. Vignon, dont on m'a fait le résumé. Un livre n'est utile qu'autant qu'il est lu; or, peut-il être lu s'il n'est rendu intéressant par la variété des descriptions et la vivacité des sentiments qu'il exprime? Pourquoi s'offusquer de certains mots? De bonne foi, sont-ce des mots qui perdent nos Parisiens et nos Parisiennes? Il m'a été dit, père, qu'une somme de mille francs suffirait à M. Vignon pour une première édition de son livre; voudrais-tu m'accorder une grâce?

— Laquelle, ma fille?

— Celle d'envoyer mes cinq cents francs à M. Vignon, en attendant que je puisse en gagner autant pour compléter la somme? S'il m'était possible d'emprunter les autres cinq cents francs, je ferais mieux, j'enverrais immédiatement les mille francs.

— Comment rendrais-tu l'argent emprunté?

— Par les petites sommes que tu me don-
nes à la fin de chaque mois.

— Comment ferais-tu, alors, pour subvenir
à tes petites dépenses journalières ?

— Je me priverais de tout, jusqu'à l'époque
du remboursement. Quelle belle récompense
si mes privations avaient contribué à faire un
heureux, et augmenté le nombre des livres
utiles !

— La faveur que tu revendiques, ma fille,
répondit M. Teyssier, attendri jusqu'aux larmes, est trop grande pour que je ne sois pas
jaloux de la partager avec toi. Donne-moi
tes cinq cents francs, je vais en ajouter autant, et nous enverrons le tout à M. Vignon,
à condition qu'il voudra bien nous les rendre
quand il aura fait fortune avec ses livres.

Le soir même, en effet, M. Vignon recevait
les mille francs, en remerciant le ciel d'avoir
doté la terre de quelques âmes privilégiées.

La veille, M. Vignon était allé voir M. Rossignol, riche notaire de Paris, pour le prier
en grâce de lui prêter une somme de cinq

3

cents francs. Ce jeune homme, ne pouvant
fournir au banquier d'autre garantie que sa
bonne volonté, se crut obligé de lui faire
part confidentiellement de ses angoisses et de
ses espérances. M. Rossignol n'eut d'autre
réponse à lui donner que celle-ci : « Je ne
puis rien faire pour vous, mon cher monsieur, mais j'ai un sage conseil à vous donner.
Vous vous faites gravement illusion en cherchant la fortune et la distinction dans la carrière des lettres ; le vent ne souffle plus de ce
côté. Changez donc vos aspirations, il en est
encore temps, puisque vous êtes jeune. Laissez de côté la littérature, et tâchez de vous
faire restaurateur, limonadier ou épicier, etc.»
— Oui, monsieur, je le sais, répondit
M. Vignon, indigné du peu de sympathie que
son état de détresse paraissait exciter chez
M. Rossignol; si je ne visais qu'à l'argent,
je ferais tout au monde pour devenir restaurateur ou banquier; mais comme je tiens,
avant tout, à respecter la vocation à laquelle
Dieu semble m'avoir appelé, les humiliations

et les privations de la pauvreté ne me font pas
peur.

— Vous auriez tort, ajouta le notaire, de
supposer à mon langage la moindre teinte de
reproche ou d'ironie; votre bon vouloir, votre
âge et votre inexpérience de la vie peuvent
seuls m'inspirer le désir de vous donner des
conseils; il est utile, en effet, de savoir apprécier le monde par ses réalités.

Que sont, de nos jours, les hommes de lettres, soit par rapport à eux-mêmes et au public, soit par rapport aux éditeurs? Ne sont-ce
pas des malheureux, vivant au jour le jour,
jamais assurés d'avoir du pain l'année suivante? Leur gloire est bien peu de chose,
puisque nous voyons, à tout moment, des maçons, des jardiniers, etc., leur être préférés
dans les mariages et autres circonstances so-
lennelles de la vie.

Que sont-ils par rapport aux éditeurs, dont
quelques-uns savent à peine rédiger une convention? Les écrivains sont par rapport aux
éditeurs ce que sont des ouvriers par rapport

à un chef d'industrie, des mercenaires, des instruments de la fortune de leurs patrons. Je dis plus : quel est l'homme de lettres qui peut compter aussi sûrement que l'ouvrier sur les ressources de son travail à venir ? Quel est l'éditeur qui redoute la grève des écrivains, et se préoccupe des moyens de la prévenir ?

Si vous teniez à persévérer dans la carrière des lettres, votre mieux serait d'étudier les goûts de notre temps pour les servir et les flatter. Écrivez pour les grands libraires qui vendent à bon marché, pour ceux qui peuvent, par leur argent et leurs réclames, attirer sur vos livres plus de relief que ne pourraient lui en donner tous les talents de Pascal et de Bossuet. Débarrassez-vous des vains scrupules qui font croire à certains auteurs que l'on ne doit écrire que pour moraliser. La responsabilité des désordres sociaux ne pèse jamais sur le simple particulier. Du reste, ce que vous ne feriez pas, d'autres le feraient à votre place.

Préoccupez-vous avant tout de votre avenir ; pour cela, je le répète, attachez-vous aux intrigues et aux événements dramatiques. Ce n'est pas le mérite d'un ouvrage qui en fait le succès, loin de là ; les journaux sans valeur et à bon marché ne sont-ils pas les plus courus ?

Un moyen non moins efficace d'arriver à la fortune et à la célébrité serait de travailler pour les théâtres, et surtout pour ceux qui exercent du prestige sur les masses par les décorations, les tableaux et les costumes. Je réponds du succès si vous avez le talent de plaire aux acteurs par le rôle que vous leur assignerez, surtout si vous savez payer fort cher les bonnes grâces du chef de claque. Quel public, en France, saurait reculer devant l'enthousiasme de ce général d'armée ? Tout homme qui connaît son siècle, comme je le connais, ne vous parlera point autrement que je ne le fais. Du reste, ces appréciations, je les tiens moi-même des auteurs en vogue auprès des théâtres de Paris.

— Il n'est que trop vrai, répondit M. Vignon, que les goûts si nobles du beau et du

bien se sont considérablement affaiblis, pour
faire place, en nous, à d'autres plus superfi-
ciels et moins élevés. J'en trouve une nouvelle
preuve dans la nature même de vos conseils.
Raison de plus, monsieur, pour m'attacher à
combattre, par mon exemple autant que par
mes écrits, des tendances aussi préjudiciables
à la dignité de l'homme et à l'honneur de l'humanité. Il ne sera jamais dit de M. Vignon
qu'il a désiré ou obtenu la célébrité par des
moyens sans valeur, par le prestige du clinquant. Les hommes sérieux ne seraient-ils plus
que dix, c'est à eux seuls que je veux m'a-
dresser.

M. Vignon sortit du cabinet particulier du
banquier en prononçant ces dernières paroles.
Il est facile de comprendre ce qu'il dut éprouver en recevant les mille francs de la famille
Teyssier.

III

Éducation qui n'en est pas.

Le père Teyssier voyait souvent pour affaires le notaire Rossignol, qui demeurait non loin de lui, dans la rue Saint-Honoré. M. Rossignol, lui aussi, avait une fille élevée dans un des pensionnats les plus renommés de la capitale. Croyant parler dans les intérêts et dans les vues de son client, le notaire conseillait au père Teyssier d'envoyer mademoiselle Joséphine dans la même pension qui avait formé sa propre fille, appelée Corinne. M. Teyssier, assez docile envers son notaire pour les conseils qu'il en recevait sur les transactions pu-

rement matérielles, se montra fort rebelle sur
ce dernier point.

— Le pensionnat dont vous me parlez, ré-
pondit-il, apprend à jouir de la fortune, mais
non à la conserver et surtout à l'acquérir.
Mon intention est de placer Joséphine dans
une école professionnelle de Vincennes, où
l'on vise principalement à l'instruction des
jeunes filles.

— Laissez Vincennes aux filles des épi-
ciers. De telles écoles ne s'adressent ni à
Joséphine qui aura plus de cent mille francs,
ni à Corinne qui en aura plus de trois cent
mille. L'éducation, monsieur Teyssier, ne peut
être la même pour tous. Il est évident qu'une
jeune personne riche doit être élevée bien autrement que celle qui aura besoin de travailler
pour vivre.

— Croyez aussi, monsieur Rossignol, que
les positions ayant aujourd'hui moins de sécurité que jamais, il est prudent de prévenir
ses enfants contre toute espèce de dangers et de
malheurs. Il est possible que ma fille soit riche,

mais il est possible aussi qu'elle devienne pauvre. Or, dans le doute, je suis de ceux qui prennent toujours le parti le plus sûr. Du reste, m'assurerait-on qu'elle doit rester constamment ce qu'elle est aujourd'hui, je n'en tiendrais pas moins à la préserver des goûts frivoles qu'inspire une certaine éducation. Joséphine, élevée comme vous l'entendez, ne s'en croirait pas moins pauvre et humiliée, tout en ayant cent mille francs. Bien des femmes jouissant d'une rente de cinq mille francs n'en sont pas moins condamnées aux difficultés graves pour un mariage sortable. D'un côté, elles ne sont ni assez pieuses ni assez philosophes pour supporter le célibat; d'un autre côté, elles ne trouvent presque jamais dans leurs prétendants assez de fortune et de distinction pour réaliser l'idéal qu'elles ont rêvé. Cette position, pire que celle de la détresse, je tiens à en exempter ma fille, en lui faisant désirer l'instruction avant toute autre chose.

Nul des deux pères ne put faire partager ses sentiments à l'autre; mais l'expérience ne

3.

tarda pas à donner raison à M. Teyssier. Au
bout de cinq ans, en effet, Corinne Rossignol,
retirée dans sa famille, se trouvait en proie à
tant d'ennuis et de déceptions que sa santé
elle-même en reçut un contre-coup funeste. Son
état avait fini par inspirer des craintes sérieuses à ses parents.

Corinne avait reçu de la nature un tempérament vigoureux; mais les tempéraments les plus forts reçoivent de graves atteintes par les habitudes et les inspirations de
la mondanité. Corinne ne sortait jamais qu'en
voiture et toujours après avoir consulté son
thermomètre. Ce qui avait le plus contribué à
délabrer sa santé, c'étaient les combinaisons
de toutes sortes qu'elle employait à chaque instant pour se former une taille fine et un
teint pâle. A cette fin, elle avait bu du
vinaigre en quantité; porté les corsets les plus
étroits, abusé de toute espèce de poudres,
fards, cosmétiques et pommades.

Corinne ne reconnaissait guère à la femme
qu'une qualité, celle de paraître belle; qu'une

seule destinée, celle de plaire par les artifices de la coquetterie.

L'état de la jeune malade paraissait d'autant plus alarmant que l'on ne pouvait s'expliquer son mal ; les hommes de l'art les plus exercés semblaient eux-mêmes ne pouvoir le découvrir.

Les parents, presque désespérés, firent appeler le docteur Moreau qui, tout en passant pour original, n'en avait pas moins obtenu des guérisons merveilleuses par l'originalité même de ses prescriptions. Ce qui le faisait rechercher dans les cas périlleux, c'était son habitude de tout avouer aux malades eux-mêmes, ou aux personnes qui s'intéressaient à eux. Après avoir causé assez longtemps avec mademoiselle Corinne et s'être assuré de l'inefficacité des médicaments déjà employés, le docteur Moreau voulut s'entretenir un instant avec les parents, dans un cabinet particulier. — Votre fille, leur dit-il, sans être en proie à aucun genre de maladie aiguë, sans éprouver même de douleurs vives, n'en est pas moins

malade sérieusement. Le dépérissement que
vous constatez comme s'aggravant de jour en
jour finirait en peu de temps par l'amener au
tombeau.

— Quelle est donc sa maladie, reprit le
père ?

— Votre fille serait encore vigoureuse, monsieur M. Rossignol, si vous étiez moins riche; je
veux dire, si elle avait été élevée moins déli-
catement.

— Comment cela ?

— Il faudrait à mademoiselle des distractions puisées dans les occupations, les promenades à pied, etc. Or le genre d'éducation
qu'elle a reçue l'empêche d'aimer tout ce qui
lui paraît commun et tant soit peu fatigant.
Autant les émotions lui sont nuisibles, autant
son éducation lui en fait éprouver le besoin.
Par la lecture des romans et la fréquentation
des théâtres, Corinne s'est formé un idéal dont
les réalités lui échappent. La vie, telle qu'elle
est en ce moment pour elle, lui paraissant trop
monotone, il en résulte un dégoût et des en-

nuis qui la fatiguent et l'accablent. Quand le moral est atteint, la vie organique ne tarde pas à l'être. Si votre fille eût été élevée comme Joséphine Teyssier, la fille du bijoutier de la rue des Bons-Enfants, elle saurait se passer de ce qui exalte l'imagination; elle saurait se créer des occupations calmes et variées, qui reposeraient son esprit sans trop fatiguer son corps.

— Comment! interrompit le père Rossignol presque irrité, ma fille serait moins bien élevée que celle de notre bijoutier! N'ai-je pas dépensé dix fois plus pour son éducation?

— L'éducation la plus coûteuse pour les parents, la plus brillante en apparence pour les jeunes filles, n'est pas toujours la plus utile; tant s'en faut. Il faudrait à mademoiselle une vie calme au moral, active au physique; or son éducation lui fait adorer ce qu'elle devrait brûler, et brûler ce qu'elle devrait adorer. Peut-être en sera-t-il autrement quand elle aura un époux à aimer, des enfants à soigner?

Tant de morts prématurées parmi les femmes de nos cités populeuses viennent en grande

partie des tristes déceptions que ces femmes
éprouvent dans la vie réelle. Les femmes les
plus sujettes aux déceptions sont celles qui
n'ont point appris à user des forces de leur
esprit et de leur corps pour les occupations sérieuses. Ce sont celles qui font tout pour exal-
ter leur imagination au détriment de la rectitude dans les idées.

Les parents de Corinne, persuadés que le
mariage seul pouvait mettre fin aux ennuis de
leur fille, ne négligeaient rien pour en avancer
la réalisation. Ils avaient compté d'abord sur
un chef de bureau du ministère des finances,
nommé Leroy, dont ils avaient connu les parents. Ce jeune homme, que l'on voyait souvent à la maison, paraissait ne pas trop détes-
ter Corinne.

Un soir, fort tard, M. Leroy reçut la visite
d'un ami qui lui fit la communication suivante :
« J'ai cru remarquer, mon cher monsieur Leroy, que mademoiselle Corinne ne vous déplai-
sait pas, et que vous ne lui déplaisiez pas non
plus. Ne vous serait-il pas possible d'obtenir
sa main ? »

— Mademoiselle Corinne, répondit M. Leroy
à son ami, me paraît fort aimable; mais combien de personnes que l'on admire comme
jeunes filles, et qui ne peuvent nous convenir
comme épouses? Mademoiselle Corinne est de
ce nombre. Je ne déteste point les belles parures quand elles sont achetées par tout autre
que moi; mais elles me feraient mal au cœur
si je me voyais forcé de travailler et de me
priver continuellement pour les procurer. Cette
jeune personne élevée pour le monde ne con-
sentira jamais à vivre sans lui. Il lui faut de la
toilette, des plaisirs, qui ne coûteront pas
moins de douze mille francs par an, en y comprenant le salaire d'une bonne et d'une femme
de chambre. Corinne n'ayant pour dot qu'une
rente annuelle de quatre ou cinq mille francs,
sur qui tombera le reste, sinon sur le mari?
Eh bien, cher ami, ne vaut-il pas mieux rester ce que l'on est que d'accepter une femme
avec des charges semblables? Si mes vœux sont
exaucés, j'aurai pour épouse une femme
qui saura se passer du monde plutôt que de

son mari, une femme capable de m'attacher'au foyer domestique par la nature même de ses affections.

En moins de six mois, la famille Rossignol éprouva directement ou indirectement cinq ou six refus de ce genre. Comme les prétendants abondaient à mademoiselle Teyssier, M. Rossignol reconnut en partie ce qu'une éducation trop mondaine apporte de préjudiciable avec elle.

Il y a pour toute femme non mariée à un certain âge une sorte d'humiliation que Corinne, si fière, redoutait par-dessus tout. Il ne se passait pas de jour sans qu'elle fît comprendre à ses parents que son intention la plus formelle était de se marier dans le courant de l'année : « Sachez bien, leur disait-elle, que je ne veux pas coiffer sainte Catherine. Pour sûr, j'entre au couvent en janvier, si je suis encore célibataire en décembre. »

Jusqu'ici Corinne s'était figuré qu'il n'y avait qu'à montrer de beaux yeux, à faire parade d'une brillante toilette pour captiver un jeune cœur et le partager comme épouse. Elle ignorait encore que lorsqu'il s'agit de mariage, les jeunes gens sages sentent le besoin de ne pas compter seulement avec les beaux yeux. Les difficultés qu'éprouvait Corinne à se marier selon ses goûts ne contribuaient pas peu à augmenter son mal physique.

Chose étonnante! les femmes les plus ardentes pour accuser les hommes de matérialisme dans les conventions matrimoniales, sont celles mêmes qui les obligent à désirer une dot par les exigences qu'elles leur imposent. Tel jeune homme qui ne tient pas à l'argent pour lui-même, est obligé d'y tenir par rapport à la femme qui veut devenir son épouse.

L'hôtel qu'habitait M. Rossignol semblait vraiment marqué au coin du malheur, par rapport à la fausse éducation des jeunes personnes. Vers la même époque, en effet, le concierge, auquel j'avais rendu certains petits services, voulut m'apprendre que sa fille Eugénie se trouvait en pension au même couvent que la fille de M. le ministre de l'intérieur,

qu'elle savait déjà toucher du piano, qu'elle
faisait l'admiration de tout le monde, etc., etc.

— Tant pis, répondis-je au père Boinvilliers; c'est par là que commencent la plupart
des jeunes filles qui se perdent en déshono-
rant leurs parents. Père Boinvilliers, c'est
vous et votre femme que je plains par-dessus
tout ; vous, occupés jour et nuit à balayer les
escaliers, cirer les bottes et tirer le cordon,
que deviendrez-vous plus tard si vous sacrifiez tout pour votre fille? Pouvez-vous
compter sur Eugénie pour vous soutenir et
vous consoler, sur une fille qui va s'inspirer
d'un dégoût profond pour tout travail sérieux,
sur une fille qui rougira, un jour, de ceux qui
lui ont donné la vie? N'avez-vous point dit
vous-même, en parlant de la fille du capi-
taine Colombier, que l'éducation donnée à
Saint-Denis, quoique excellente en elle-même,
était un vrai malheur pour la plupart des jeunes
personnes et des parents? Croyez-moi, père
Boinvilliers, retirez votre fille de ce couvent
pour la placer dans une école plus modeste,

où elle apprendra moins à aimer le monde, et plus à cultiver les talents utiles aux femmes de sa condition.

— Vous m'étonnez, monsieur l'abbé, répondit le père Boinvilliers, d'un air courroucé. Je vous croyais libéral, car tous vos livres exaltent la propagation de l'instruction contre les rétrogrades qui la redoutent ; mais, je le comprends maintenant, vous n'êtes pas prêtre pour rien. En réalité, vous n'êtes qu'un ennemi du progrès, jaloux de l'émancipation de la classe ouvrière. Pourquoi le simple concierge n'aurait-il pas, en payant, les mêmes droits que M. le ministre de l'intérieur ?

— Vous avez mal compris ma pensée, père Boinvilliers. L'instruction est, à mes yeux, non-seulement un droit naturel, mais un bien précieux pour tous, autant pour le pauvre que pour le riche, autant pour la femme que pour l'homme. C'est précisément parce que je crois aux bienfaits de l'instruction, que je déteste toute éducation qui la néglige au profit de l'esprit de coquetterie, malheureusement trop développé chez le beau sexe. J'aurais voulu que votre fille eût préféré les institutions où l'on consacre moins de temps aux satisfactions de la vanité, pour en réserver davantage à l'étude de la religion, de la grammaire, de l'histoire et du calcul. C'est précisément parce que je vous porte de l'intérêt, que je tiendrais à ce que votre fille évitât les abîmes où s'engloutissent tant de jeunes personnes qui s'habituent aux voies de la dépense sans se former à celles du gain.

Ces dernières paroles, le père Boinvilliers sembla les écouter avec un peu moins d'aigreur que les premières, mais il n'en resta pas moins persuadé qu'il faisait une action utile et honorable pour sa fille et pour lui-même. Quelle satisfaction n'éprouvait-il pas toutes les fois et cela arrivait fréquemment, qu'il avait l'occasion d'annoncer à ses connaissances qu'Eugénie était en pension dans une des premières maisons de Paris, avec la fille du ministre de l'intérieur? Une vanité si folle l'empêchait de prévoir les inconvénients de l'avenir, les dan-

gers et les amertumes qu'il préparait à sa
chère Eugénie.

Dix ans s'écoulèrent sans m'avoir fourni
l'occasion de revoir la famille Boinvilliers.
Au bout de ce temps, ayant à passer devant
sa loge, je me fis un devoir d'y entrer un instant.

— Priez pour ma fille! me dit alors la mère
Boinvilliers, d'un air humilié et les larmes aux
yeux.

— Comment! est-ce qu'elle est morte, cette
pauvre Eugénie, repris-je tout étonné?

— Il vaudrait bien mieux qu'elle fût morte!
ajouta la mère désolée. Il faut vous dire, monsieur l'abbé, que notre fille nous a fait penser à
vous bien des fois, car toutes vos prédictions
sur elle se sont littéralement accomplies. Une
fois son éducation terminée, Eugénie a méprisé
notre habitation et nos goûts. Que de fois ne
nous aurait-elle pas reniés si elle l'avait osé?
Pourtant, n'est-ce pas nous qui l'avions faite ce
qu'elle était? n'est ce-pas en grande partie
pour elle que nous avons travaillé, toute notre
vie, comme de vrais galériens?

Notre projet avait toujours été de la marier avec le fils de notre épicier, jeune homme sage et laborieux s'il y en a ; mais, lorsque nous lui avons fait part de nos intentions, Eugénie ne nous a répondu que par des insultes. « J'aimerais mieux me précipiter dans la Seine, s'écria-t-elle, que de me condamner à rester dans une boutique pour vendre du cirage, du sel et du poivre. »

Ne rêvant que romans, toilette, bals, théâtres et promenades, Eugénie a fini par nous abandonner et suivre un Anglais de la rue Bréda, qui lui fournit les belles parures dont elle aime à se décorer. Vous voyez donc, monsieur l'abbé, qu'au lieu de nous faire honneur, Eugénie attire l'opprobre par la vie honteuse qu'elle mène. Que les parents sont insensés de sacrifier le fruit de leurs labeurs à former des enfants ingrats !

— C'est moins notre faute, dit alors le père Boinvilliers, que celle de la société. Pourquoi n'y aurait-il pas des carrières ouvertes aux femmes savantes, comme il y en a pour les

hommes instruits? Je comprends qu'une femme
bien élevée ne veuille pas devenir l'épouse
d'un ouvrier; il faudrait donc qu'elle pût échapper au déshonneur par les ressources d'un emploi honorable.

— Père Boinvilliers, je dois me ranger du
côté de madame Boinvilliers plutôt que du
vôtre. La société aurait-elle tort de fermer
aux femmes la porte des emplois, que les parents qui se font une gloire d'élever leurs
filles au-dessus de leur condition, n'en reste-
raient pas moins blâmables. L'état des choses
leur étant connu d'avance, n'est-ce pas imprudence que de n'en tenir aucun compte?

Je ne suis pas de ceux qui ne voient dans
la femme qu'un être disgracié de la nature
sous le rapport intellectuel, qu'une personne
absolument incapable de toute gestion en
dehors des fonctions du ménage; mais je
n'en reconnais pas moins que ses facultés,
quelle que soit leur capacité, ne peuvent se
passer d'une instruction solide, pour se développer et s'exercer utilement. Or ne savez-

vous pas, père Boinvilliers, que rien n'est plus
superficiel que l'éducation de la plupart des
filles? De ce que tel pensionnat est plus en re-
nom qu'un autre, s'ensuit-il que l'instruction
y soit plus complète qu'ailleurs? Sa réputation ne lui vient-elle pas souvent des belles
apparences du local, de l'ameublement des
parloirs, de l'éclat de certaines fêtes, comme
aussi de la haute position des quelques familles
qui le patronnent?

Tant que les femmes ne seront pas devenues
plus sérieuses dans leurs goûts, leurs études
et leurs connaissances, la société fera preuve
de sagesse en leur refusant des emplois qui ne
pourraient que péricliter en leurs mains.

— Le mal vient uniquement des pensionnats.
Ce ne sont point les parents, croyez-le bien,
qui recommandent de négliger l'essentiel pour
l'accessoire.

— Le premier tort est aux parents et non
aux institutions; car les maîtresses de pension, tenant à compter beaucoup d'élèves, se
croient obligées de consulter avant tout les

tendances et les goûts des populations qui les entourent. Voulant être agréables aux parents, elles font en sorte que les voisins, les amis, les étrangers trouvent l'élève aimable. Or, lorsque l'enfant va passer un jour de congé dans sa famille, c'est sur ses belles manières qu'elle est complimentée et non sur les connaissances qu'elle aurait pu acquérir.

Pour que l'éducation de la femme se dépouille de la futilité qui l'altère, il est de rigueur que les parents deviennent plus raisonnables. Il faut affaiblir, sinon détruire cette sotte vanité qui les pousse à préférer l'agréable à l'utile, le brillant au solide. Y a-t-il un plus grand malheur pour la femme d'un ouvrier ou d'un petit commerçant que celui d'avoir été élevée comme la fille d'un sénateur ou d'un ministre ? A quoi sert de savoir porter des diamants, danser élégamment, si l'on n'a pas de pain à manger ? Le chemin que l'on sait prendre, alors, est presque toujours celui du déshonneur ; rien ne le prouve mieux que l'expérience de tous les jours. Sans parler des femmes ma-

4

riées, les trois quarts des jeunes filles perdues
ne sont-elles pas venues à la dégradation par
l'amour du luxe ?

Mon interlocuteur finit par comprendre,
mais trop tard, que sa fureur de vouloir paraître par l'éducation de sa fille était la seule
cause de son affliction. Le père Boinvilliers
n'est pas le seul qui se soit trompé : ce qu'il
y a de plus regrettable, c'est que la triste expérience des uns soit presque inutile à ceux
qui en sont témoins. Tout en déplorant, tout
en blâmant la conduite de notre voisin, nous
ne négligeons rien pour l'imiter dans sa folie et
ses déceptions.

Ne refusons pas aux arts d'agrément la
puissance qu'ils sont capables d'exercer sur
les cœurs. La musique peut représenter en sons
harmonieux les plus beaux spectacles de la
nature ; elle élève jusqu'au Créateur par les
sublimes émotions qu'elle excite en nous. La
musique délasse en réjouissant ; et ces jouissances, assurément, ne sont pas de celles que
Dieu défend. Mais doit-on confondre la puis-

sance de la musique avec certaines aptitudes des élèves qui reçoivent des leçons de piano dans les pensions ! La plupart de ces jeunes personnes apprennent à se dégoûter des occupations laborieuses, mais non à comprendre et à traduire les beautés de la musique. Du reste, il en est des musiciens comme des philosophes, des orateurs, des poëtes, etc. : il en faut, mais non sans mesure. Nous sommes tous appelés à manger du pain, mais non à être artistes. Que les jeunes filles n'oublient donc pas que l'agréable ne doit venir qu'après l'utile, et surtout qu'après l'essentiel !... Puisque la prospérité de l'ordre social veut qu'il y ait plus de ménagères que d'artistes, pourquoi se préoccuper si peu de l'éducation des premières, et si vivement de la formation des secondes ?

I V

Les Corréziens.

Un mariage entre Gaston Robert et Joséphine Teyssier avait été projeté depuis longtemps. La première idée venait du père Robert; mais son fils, loin d'y faire opposition, en avait paru fort enchanté. Joséphine était belle, douce, vertueuse, instruite et beaucoup plus riche que Gaston. Quel motif aurait donc pu avoir ce dernier pour refuser sa cousine? Gaston, du reste, avouait hautement ses sentiments d'estime et d'affection pour Joséphine. Celle-ci, toute dévouée aux vrais intérêts de son cousin, espérait lui être utile comme épouse, par les moyens qu'elle se proposait d'employer pour modérer les goûts de vanité qu'elle lui connaissait. C'est là un des motifs qui l'avaient engagée à préférer Gaston à tous les partis avantageux qui s'étaient présentés dans le courant de la même année. Le seul obstacle apparent était que le père Teyssier désirait, comme cela se pratique généralement en Limousin, ne faire qu'un seul ménage avec son gendre, pour ne pas se séparer de sa fille; tandis que Gaston, se proposant de faire beaucoup plus d'éclat que son oncle, tenait plutôt à s'en éloigner qu'à s'en rapprocher. M. Teyssier finit par adhérer aux désirs de son neveu.

Rien de plus déplorable que l'affaiblissement progressif de l'esprit de famille, qui s'est montré, en tout temps, le foyer le plus fécond des vertus morales et des jouissances pures qui en découlent. Le luxe est un principe destructeur de ce bon esprit. Les jeunes sont trop prétentieux pour se faire aux habitudes des vieux; l'étiquette veut qu'il y ait de vastes salons., des boudoirs, une chambre avec cabinet de toilette pour chacun, etc. De telles exigences ne peuvent s'harmoniser avec des familles nombreuses, surtout dans les villes.

Quoique le mariage parût arrêté dans ses conventions essentielles, sa célébration n'en était pas moins différée jusqu'à l'époque où Gaston aurait terminé ses études et obtenu son diplôme de docteur en médecine.

Gaston, obligé, à son grand regret, de passer toutes ses vacances chez son père, en Limousin, condamné, par pénurie d'argent, à faire souvent plus triste mine qu'il ne l'aurait voulu, manifesta bientôt de l'impatience sur un délai auquel il avait d'abord consenti.

Ne pouvant avouer les vrais motifs qui lui inspiraient le désir de rapprocher l'époque du mariage, Gaston s'appliquait à en faire valoir bon nombre d'autres auprès de sa tante et de sa cousine. A l'entendre, il n'y avait pour lui de calme et de bonheur possibles que lorsqu'un serment irrévocable l'aurait constitué l'époux de Joséphine.

Avant de partir pour Corrèze, à la fin de sa

deuxième année, Gaston renouvela ses instances auprès de M. Teyssier. Celui-ci promit de lui faire connaître ses intentions par une lettre qu'il adresserait à Corrèze, dans le courant du mois. Gaston partit donc pour le Limousin, avec l'espérance de revenir, au mois d'octobre ou de novembre, pour la célébration du mariage.

Le père Robert, avons-nous dit, habitait la petite ville de Corrèze, où il exploitait lui-même un domaine de vingt ou vingt-cinq mille francs.

Le séjour de Corrèze était loin de sourire à Gaston, depuis qu'il connaissait Paris. « Ce pays, disait-il souvent, peut avoir des charmes pour le voyageur qui admire en passant ; mais qu'il est triste pour l'homme qui est condamné à y passer ses jours, surtout pour celui qui donne à la vie du sentiment une préférence marquée sur la vie purement organique ! »

Ce qui rassurait Gaston, c'était l'espérance de pouvoir, une fois marié, se fixer irrévocablement à la capitale.

Dans ses promenades à Corrèze, Gaston

allait souvent en un lieu retiré, d'où il pouvait
porter ses regards sur la rivière, en deux en-
droits différents. Sur un point, l'eau semblait
ne pas se mouvoir, tant elle était calme et
tranquille ; sur l'autre, les flots se succédaient
l'un à l'autre, de la manière la plus rapide.
« N'est-ce pas là, se disait l'étudiant, l'image
la plus parfaite de la vie de Paris comparée
à celle de Corrèze? Ici, les jours durent des
années ; la vie reste toujours calme et monotone ; à Paris, au contraire, les jours passent
comme des heures, par suite des émotions vives et variées que l'on éprouve à tout instant.

« Dans nos campagnes, l'existence n'a rien
de celle de l'homme, c'est-à-dire de l'être
intelligent fait pour jouir par l'esprit et le cœur;
Elle diffère peu de celle de l'enfant qui ne sait
encore que manger, boire et dormir. Ici,
l'existence, plus longue en apparence, est par
le fait beaucoup plus courte qu'à la capitale :
le temps passé à respirer, manger, s'ennuyer
et, dormir peut-il compter pour la vraie vie de
l'homme?»

L'habitation d'un village, si précieuse pour
tous ceux qui savent se complaire en l'esprit
de famille et apprécier les bienfaits que la nature répand à profusion dans les campagnes, ne
peut guère offrir de charmes à celui qui rêve
sans cesse réunions bruyantes, concerts, spectacles; en un mot, tout ce qui est fait pour exal-
ter l'imagination et frapper vivement les sens.
Du reste, avouons-le, certaines campagnes,
soit par indifférence des administrateurs, soit
par insouciance des habitants, sont restées trop
en dehors des bienfaits du progrès matériel
pour que le jeune homme qui s'est déjà formé
aux habitudes des villes puisse ne pas y éprouver de tristes ennuis.

Quoique Corrèze n'ait pas une grande importance par sa population et son commerce,
il n'en porte pas moins le nom de ville, depuis
les temps les plus reculés. La plupart des maisons qui lui servaient autrefois d'enceinte se
montrent encore revêtues de leurs créneaux;
ce qu'on appelait la porte de la ville conserve
ce même nom. Il serait difficile de trouver

en Limousin, peut-être même en France, une
localité possédant, proportionnellement, autant de constructions anciennes. Jusqu'ici les
habitants de Corrèze se sont senti fort peu de
goût pour les améliorations ; à part quinze ou
vingt maisons bâties dans ce siècle, toutes les
autres ont été délabrées par le temps. Ce sont
des habitations vastes, solidement bâties, mais
sans harmonie dans la distribution. Ceux qui
sont habitués aux appartements si bien calfeu-
trés de la capitale auraient tort de chercher une
habitation à Corrèze, pendant la mauvaise
saison.

Corrèze, situé par 0 °33' 06" de longitude
et 40° 20', 17" de latitude, élevé de 260 mè-
tres au-dessus du niveau de la mer, se trouve
dans un bas fond, fermé de tout côté par des
collines. Cette ville est traversée par la Corrèze,
rivière qui a donné son nom à la ville et au
département.

Ce nom de Corrèze, donné à la rivière, lui
vient, dit-on, du mot *coureuse*. Ce qu'il y a
de certain, c'est que son cours est continuelle-

ment rapide , surtout entre Corrèze et Tulle.

Le canton de Corrèze comprend les *Monédières*, montagnes tellement élevées et tellement froides pendant l'hiver que les habitants de Corrèze les comparent à la Sibérie. C'est là que l'on se réunit en grand nombre, tous les trois ans, pour faire la chasse aux loups et aux sangliers. Tout près de Corrèze se font admirer les belles cascades de Gimel, à travers des ravins vraiment étonnants et inaccessibles.

La commune paraît jouir d'une grande salubrité ; en ce moment, elle compte bon nombre d'octogénaires travaillant les champs. Le terrain y est beaucoup moins fécond que dans la partie sud du département , mais il vaut beaucoup mieux que dans celle du nord.

On y récolte du seigle , du sarrasin , des pommes de terre, des châtaignes, des noix, etc. Rien n'est plus remarquable que la fécondité de ses prairies naturelles , principalement de celles qui environnent la ville. Quoiqu'il y ait encore beaucoup à faire , sous le rapport des plantations, pour utiliser les terrains improduc-

tifs, ce pays peut être considéré comme étant
passablement boisé, surtout en châtaigniers et
en chênes. Le terrain est généralement sec et
sablonneux, à l'exception de deux ou trois villages, dans lesquels on peut ensemencer du froment au lieu de seigle.

Pour ce qui est de l'état moral et religieux
des habitants, nous devons dire qu'en fait
d'âmes pieuses, connues sous le nom de
dévotes, la paroisse en compte bien moins
que d'autres. En revanche, ceux qui affectent
de mépriser les pratiques religieuses sont bien
moins nombreux qu'ailleurs ; disons même que
nous n'en connaissons pas un seul. Nulle famille n'oserait braver hautement les lois de
l'Église sur le repos du dimanche et l'abstinence
du vendredi ; presque toutes ont conservé la
bonne pratique de faire, chaque soir, la prière
en commun.

Les convictions religieuses n'y servent pas
peu à maintenir le respect des lois morales. Que
de jeunes filles seraient moins vigilantes sur
elles-mêmes pour les danses et promenades du

soir, si elles ne redoutaient les reproches de leur confesseur, et ne craignaient d'être privées de communier avec leurs compagnes, le jour de Pâques ou de Noël !

Jusqu'à ce jour, les prêtres de Corrèze ont paru fort sévères pour admettre aux sacrements. Il en résulte que telle personne, peu habituée à fuir le mal, par crainte de Dieu, l'évite scrupuleusement par rapport à son confesseur.

Il n'est pas rare d'entendre dire : « Que me ferait monsieur le curé à confesse, si j'avais le malheur de commettre cette faute ! » Toutes ces personnes croient fermement en Dieu et le reconnaissent sincèrement pour leur juge souverain ; mais les choses sensibles sont de nature à les frapper beaucoup plus vivement que les réflexions intellectuelles dont elles sont, du reste, peu capables.

Quel malheur que de tels habitants ne soient religieux que par routine ! Y a-t-il une position plus favorable que la leur à la naissance des grandes idées ? Il n'en est point, en effet, de l'agriculteur comme de l'ouvrier d'atelier. L'agriculteur entre en communication pour ainsi dire continuelle avec le Créateur; l'un et l'autre se trouvent associés dans les mêmes œuvres. Le cultivateur sème, Dieu fait germer ; le cultivateur plante , Dieu arrose, etc. Impossible à l'arboriste intelligent de ne point faire un retour sur la nécessité de se perfectionner lui-même, quand il voit ses arbres grandir et se dépouiller chaque année de leurs feuilles pour en revêtir de nouvelles. Tout naturellement il se dit : « Le spectacle qui s'étale à mes yeux est une preuve que l'Être suprême a tout fait pour la vie et le progrès. S'il veut l'accroissement pour la plante, à plus forte raison doit-il le vouloir pour la créature intelligente. Or, où peut l'homme chercher la vie et le progrès, si ce n'est dans une voie de rapprochement vers son divin type? Le mal n'est-il pas à l'esprit et au cœur ce que l'automne est aux arbres; comme aussi nos bonnes résolutions sont-elles autre chose qu'un printemps magnifique prodiguant partout la sève qui nourrit, la verdure qui décore ? Mon devoir est de ne point rester au-dessous de l'arbre planté par mes soins : comme lui, je dois m'orner de fleurs et porter des fruits ! »

Généralement, le paysan de Corrèze est égoïste. Sans l'efficacité du sentiment religieux, nous en sommes persuadés, ses instincts d'é-goïsme le porteraient à manquer de bonne foi dans les relations et les transactions. Comme tout le monde, ce paysan éprouve les mauvais instincts qui viennent de la nature, sans que ces instincts soient combattus en lui par les sen-timents d'honneur et de délicatesse qu'inspire la bonne éducation. Ces villageois, très-igno-rants sur toutes choses, excepté sur la ma-nière d'acquérir de l'argent, ne doivent qu'à l'influence du sentiment religieux tout ce qu'il y a en eux de bon et d'honnête ; aucun au-tre sentiment ne pourrait leur imprimer une direction sur les actes qui échappent à la vigi-lance des gendarmes et des tribunaux.

Les Corréziens ont pour les morts le res-pect le plus religieux. Quoique la commune soit

divisée en deux partis bien tranchés, depuis les
dernières élections du conseil général, néanmoins, amis et ennemis, tout se confond le jour
d'un enterrement, et cela spontanément, car
il n'est pas d'usage de faire prévenir les voisins autrement que par le son des cloches.

Les familles font chanter cinq services pour
chaque membre défunt, dans l'année même
du décès. Ces services sont célébrés aux jours
d'enterrement, de huitaine, de quinzaine, de
quarantaine et d'anniversaire.

Les habitants de Corrèze se font remarquer
par la justesse de leur jugement ; ils ont presque
tous, au suprême degré, ce qu'on appelle le
gros bon sens de Jeannot. La plupart des jeunes
gens qui ont concouru pour les grandes écoles
de la capitale ont été classés aux premiers rangs.
Malheureusement cette contrée se trouve dans
un retard presque alarmant sous le rapport de
l'instruction.

Les personnes sachant lire et écrire, parmi
celles qui ont quarante ans et au-dessus, sont
à peine d'une sur trente. Au-dessous de cet âge,

la proportion est loin d'être si triste, mais elle n'est pourtant pas bien consolante. Quoique les deux écoles n'aient jamais été aussi fréquentées qu'en ce moment, néanmoins, sur trois cent dix enfants âgés de cinq à quinze ans, cent, au plus, apprennent à lire. La négligence des parents n'est pas la seule source d'un état de choses si déplorable, car les villages de la commune constituent les deux tiers de la population, et la plupart de ces villages sont éloignés du chef-lieu de près de cinq kilomètres. L'enfant qui fréquente l'école pendant l'hiver part de chez lui au point du jour pour ne revenir qu'à la nuit. De telles courses sont fort difficiles pour un enfant de six à sept ans, surtout quand les chemins, déjà pénibles par suite des accidents de terrain, se trouvent encombrés de neige ou de bourbiers. L'écolier se voit obligé à passer la journée en classe ou dans les rues, avec le morceau de pain qu'il a mis dans la poche en quittant le toit paternel.

Le paysan n'est guère plus zélé pour les

améliorations agricoles que pour l'instruction
de ses enfants. Elles sont pourtant innombrables
les transformations utiles que l'on pourrait
opérer dans ces contrées arriérées. Rien ne
serait plus facile que d'y multiplier les fourrages, en substituant des prairies naturelles
au trop grand nombre de pacages et de terres
labourées. Non-seulement les sources y sont
pures et abondantes ; mais l'accident des terrains permet de conduire les eaux très-loin, et
d'en tirer le plus grand parti pour l'arrosage
des terres.

Voici la réponse que font les paysans quand
on leur parle de ces sortes d'améliorations :
« Si tous les propriétaires de France, disent-
ils, opéraient de pareilles transformations, le
blé ne deviendrait-il pas trop rare et trop
cher? » Ils ne comprennent donc pas encore,
ces bons villageois, que si leurs terrains sont
favorables à la production des fourrages, il en
est d'autres, en France et ailleurs, qui le sont
beaucoup plus à la production des céréales.

Tout bon propriétaire compte un ou deux

borderages. Le borderage se compose ordinairement d'une petite maison avec étable, d'un jardin et d'un champ. Le bordier est donc un petit fermier, payant ordinairement de cent dix à cent quinze francs. Il a droit, moyennant ce prix, de posséder quelques bêtes à laine, gardées dans les champs et bruyères par la bergère du propriétaire ; mais il est tenu de fournir à son maître quinze ou vingt journées, pendant les temps les plus précieux de l'année. L'exploitation du borderage ne suffisant pas pour l'occuper continuellement, il accepte des journées chez les propriétaires voisins, à raison de 1 fr. et la nourriture.

Les bordiers se recrutent parmi les ménages pauvres, dont les époux ont passé leur jeunesse dans l'état de domesticité. Quoiqu'ils embrassent généreusement cette position, ils n'en ont pas moins l'intention de monter plus haut, une fois qu'ils auront des enfants assez robustes pour les seconder.

Tout bordier qui peut compter sur ses enfants pour le travail des champs, demande à

se charger d'un domaine pour l'exploiter à titre
de colon partiaire, position qui tient le rang
du milieu entre celle du propriétaire et du
bordier. Quand un nouveau curé fait ses visites dans un village , il voit d'abord les propriétaires , puis les métayers et en troisième
lieu les bordiers.

L'étendue des propriétés réunies , connues
sous le nom de domaine, peut varier entre
vingt-cinq et quarante hectares. Leur valeur
est de vingt à trente-cinq mille francs. Les
paysans qui n'ont qu'un seul domaine le cul-
tivent eux-mêmes. Les bourgeois ont des métayers; mais tous, à l'exception d'un seul,
exploitent à leur compte une petite réserve,
composée ordinairement de jardin , prairies et
un ou deux champs. Ce sont les propriétés
les plus voisines de leur habitation.

On a reproché souvent au colonage de
n'être qu'un véritable obstacle aux grandes
améliorations. Ces reproches, qui auraient leur
raison d'être dans les contrées où le fermier
consacre des centaines de mille francs à l'ex-

ploitation des biens qui lui sont confiés, ne peuvent en avoir aucune dans la Corrèze. Quel motif peut avoir le métayer de négliger les améliorations qu'un fermier aurait intérêt à réaliser? Si le métayer ne profite que partiellement des améliorations, n'en est-il pas de même des dépenses occasionnées par elles?

Le propriétaire bourgeois a vraiment raison de préférer le colonage à tout autre mode d'exploitation, alors qu'il ne peut ou ne veut exploiter son bien par lui-même. C'est souvent un moyen d'obtenir un plus grand revenu. Le domaine qui ne serait loué que onze ou douze cents francs, en rapporte quelquefois plus de quinze par un métayer. Ce qui est plus certain et plus important, c'est que tel bourgeois qui veut se débarrasser du soin d'exploiter sa propriété n'en tient pas moins à la prérogative de pouvoir donner des conseils et les faire exécuter. Cette prérogative, il la conserve par le colonage; car le métayer ne fait rien d'important sans le consulter. En serait-il de même

5.

avec un fermier? Celui-ci ne peut-il pas, son
bail à la main, considérer le propriétaire comme
un étranger? Cet avantage est vraiment précieux dans un pays calme et retiré, alors qu'il
est impossible de se procurer des agréments
et des distractions plus légitimes et plus salu-
taires que ceux de visiter ses terres et présider
à la direction des grands travaux agricoles.

Les habitants de Brives, de Larche, de
Meyssac, comparant leur sol, si bien cultivé, à
celui du canton de Corrèze, dont une partie
considérable est couverte de châtaigniers,
ne craignent pas de dire : « Quel mauvais
pays que celui de Corrèze! » A leur tour, les
habitants de Corrèze, comparant leur territoire
à celui de l'arrondissement d'Ussel, où les châtaignes ne peuvent mûrir, s'écrient avec enthousiasme : «Quel bon pays que le nôtre! »
Il est certain que ce canton a de très-grands
avantages sur les terrains incultes, qui ne
peuvent être utilisés que par des plantations de hêtres, de chênes et de bouleaux.
Sans contredit, le châtaignier est celui de tous

les arbres du pays dont l'exploitation est la plus fructueuse. Son bois peut, aussi bien que celui de tous les autres arbres, être utilisé pour l'industrie et le chauffage, et les fruits qu'il donne, chaque année, sont des produits très-abondants et très-utiles au ménage. Une fois que la Corrèze sera traversée par le chemin de fer de Lyon à Bordeaux, les châtaignes obtiendront un écoulement facile et un prix plus élevé.

En attendant, pour tirer de ses châtaignes le plus grand parti possible, chaque famille en fait le repas du matin, pendant près de neuf mois de l'année. Ces fruits ne pouvant être conservés à l'état vert que jusqu'au mois de mars, tout propriétaire possède un four dans lequel il en fait sécher de cinquante à cent hectolitres, c'est-à-dire plus de la moitié de sa récolte. Une fois secs, ces fruits peuvent être gardés aussi longtemps qu'on le désire, pour la nourriture des hommes et des animaux.

A toute fête du pays, le plat indispensable est la *bouillie de miche*, mets préparé avec de

la farine de froment, du lait et du pain blanc
coupé à petits morceaux. Dans les villages,
c'est un plat d'honneur pour la fête votive, le
jour que l'on engrange les gerbes, et les réunions de famille. Lorsqu'une femme est accou-
chée, ses parents viennent lui faire une visite,
le dimanche d'après, avec un cadeau de deux
ou trois kilogrammes de pain blanc; pour les
recevoir, la famille prépare des bouillies de
miche. Le jour du baptême, qui a lieu ordinairement le lendemain de la naissance, le
parrain invite la marraine, la personne qui
a tenu l'enfant, et le mari de la mère, à venir
prendre un modeste repas à l'auberge.

Il y a noce chez les propriétaires quand ils
marient leurs enfants et surtout leur aîné.
Les noces, faites assez souvent à l'auberge,
se composent de deux repas, dont le dernier se
prolonge jusqu'à minuit. Les jeunes gens se
font un honneur de tirer des coups de pistolet
à presque tous les instants de la journée, principalement quand la noce arrive au chef-lieu de
la commune, ou qu'elle sort de l'église. Si le

prêtre bénit plusieurs mariages à la même
messe, c'est à qui sortira le premier de l'église.
Il y a charivari quand l'un des deux futurs est
veuf.

Un usage rigoureusement observé chez les
paysans, c'est de présenter aux époux venant
de l'église un potage dans une même écuelle,
qu'on leur retire en y mettant une poignée
d'avoine. Tout cela se passe devant la porte de
la maison où se fait la noce. Les jeunes passent la plus grande partie du jour à danser;
les vieux restent à table.

Les jeunes gens se font un devoir d'inviter
les deux nouveaux mariés et les jeunes filles
de la noce pour le dimanche d'après. Cette
seconde noce, connue sous le nom de *poule*,
commence après la grand'messe, et dure jusqu'à dix ou onze heures du soir. Elle consiste
à boire et à manger, et surtout à danser.

La plupart des villageois sont habitués à ne
s'expliquer autrement que par un signe, quand
il s'agit de repousser là prière d'un jeune
homme qui vient demander leur fille en ma-

riage. Ce signe consiste à placer un tison d'une manière horizontale vers la pierre du foyer. Les parents d'une fille à marier donnent un bal, le dimanche même où les bans ont été publiés à l'église pour la première fois.

Dans la plupart des communes environnantes, le curé parcourt les villages de sa paroisse pour bénir les bestiaux ; à Corrèze, l'on se contente d'une messe, le jour de S.-Roch. D'après un usage en vigueur dans tout le département, celui qui achète des bestiaux se fait étrenner par le vendeur, de quelques pièces de monnaie, réservées pour le tronc des âmes du purgatoire.

Les cultivateurs entrent à l'église, le jour des Rameaux, avec des verges de noyer ou de buis, verges qui, une fois bénites, trouvent place dans les étables, afin de préserver les bestiaux de toute espèce de maladies.

Comme il est beau de voir circuler au feu de St-Jean des branches de noyer, destinées, dit-on, à préserver les bâtiments des effets de la foudre ! Un motif semblable engage le Corrézien à recueillir un tison du même feu pour en faire des croix sur les portes de ses habitations.

Qu'elle est belle et touchante cette foi du cultivateur qui lui fait planter au milieu du champ qu'il vient d'ensemencer, une croix de paille, entourée d'anges fabriqués de même !

« Parmi les anciens usages, disait un jour Joséphine, il en est qui ne peuvent résister aux progrès des lumières; mais combien d'autres dont le mépris est une véritable perte pour l'humanité! Outre que ces usages supposaient, pour la plupart, le règne de l'esprit sur la matière, une familiarité ravissante entre voisins et amis, ils laissaient percer un côté poétique que l'on ne peut s'empêcher d'admirer. Les jeunes enfants sont-ils aussi joyeux que l'étaient nos pères à cet âge? Peut-on se livrer aux mêmes amusements sans s'exposer aux dangers du mal, sans encourir les railleries malignes du public? Plus un milieu est corrompu, plus il est difficile d'échapper à ses satires. »

Nous n'en finirions pas si nous voulions

énumérer dans leurs détails les usages propres
aux villageois de Corrèze. Le paysan semble
s'éclairer chaque jour ; mais il n'en est pas
moins encore fort superstitieux. Combien de
sorciers ont, à ses yeux, le pouvoir de faire
disparaître la fièvre intermittente, les brû-
lures, les blessures, etc.; d'enlever secrètement le lait des vaches et de guérir les bestiaux ? Toute femme qui n'arrive point à former son beurre, après avoir battu la crème
assez longtemps, ne sait s'en prendre qu'à
telle ou telle personne qui a dû lui porter
malheur.

A Corrèze, comme dans le reste du département, les parents, en mariant leurs enfants,
se font un devoir de leur constituer une dot
équivalente à la portion d'héritage qui leur
reviendrait après leur mort : habitude préjudiciable, car en s'obligeant à payer une telle
dot en quelques années, les parents se condamnent presque toujours à emprunter. Le
revenu de l'argent étant pour le moins de cinq
pour cent, et la propriété rapportant à peine

trois, bien des chefs de famille se voient forcés, au bout d'un certain temps, à vendre leurs
biens ou à les laisser vendre au tribunal. Qu'un
père qui a cent mille francs de rente en réserve quarante ou cinquante à son fils, en le
mariant, rien de mieux; car tout en gardant
de quoi vivre, il trouve moyen de rendre l'existence plus douce à ce dernier; mais en est-il
ainsi du père qui, n'ayant qu'un capital de huit
à dix mille francs, s'en dépouille presque totalement par le mariage de ses enfants? N'est-
ce pas imprudence que de se priver de ses ressources au moment même où l'on commence
à en avoir besoin? Une dot plus avantageuse
peut, j'en conviens, ménager un meilleur mariage; mais les intérêts d'un père et d'une mère
ne sont-ils pas encore plus urgents? Le bien
n'appartient-il pas aux parents avant d'appar-
tenir aux enfants, surtout quand ce bien est le
fruit de leurs travaux? De deux choses l'une :
ou les parents, à l'époque de leurs infirmités,
auront besoin de leur avoir, ou ils pourront s'en
passer. Dans le premier cas, il est tout naturel

que les vieux soient secourus avant les jeunes ;
dans le deuxième cas, les enfants ne pourront-
ils pas recueillir, après leur mort , ce qu'ils
n'ont pas reçu de leur vivant? Ce délai est
souvent pour l'enfant un véritable bienfait. Tel
fils que le besoin a porté au travail et à l'é-
conomie, n'aurait été qu'un paresseux et un
débauché, s'il avait pu vivre à l'ombre d'une
dot acquise sans peine.

Que de pères et de mères de Corrèze seraient condamnés à la plus triste misère par
la mauvaise habitude dont nous parlons, s'ils
n'avaient eu la précaution de retenir leur aîné
au foyer domestique? Heureusement qu'ils trouvent dans la dot d'un gendre ou d'une bru la
plus grande partie des ressources nécessaires
pour payer la dot de leurs cadets. L'enfant
privilégié du droit d'aînesse s'engage à rester
continuellement avec eux , comme aussi à
pourvoir à tous les besoins de leur vieillesse.
Cela nous explique pourquoi la commune
de Corrèze compte si peu de pères et
mères condamnés à souffrir, ou même à ré-

clamer des pensions viagères à leurs enfants.

La position de l'aîné n'est pas toujours aussi avantageuse qu'on pourrait se l'imaginer, soit parce qu'il ne peut disposer de sa dot aussitôt que les cadets, soit parce qu'il est obligé de se plier aux habitudes de ses vieux parents jusqu'à la fin de leurs jours, soit parce que l'habitation de la maison paternelle entraîne bien des exigences et des dépenses dont les cadets se trouvent dispensés.

« Les parents qui font des priviléges sont presque toujours blâmables, disait un jour M. Teyssier; j'approuve, néanmoins, le sentiment de ceux qui réclament une plus grande liberté sur la transmission des biens. Qu'un père fasse des parts égales entre tous ses enfants, rien de mieux. Il est regrettable, néanmoins, que l'enfant puisse dire : « J'hé-« rite en vertu d'une loi et non en vertu de la « bonne volonté de mes parents.» Il serait vraiment utile que le mauvais fils pût redouter une punition de la part de son vieux père. Sans doute, ce dernier peut, même avec la légis-

lation actuelle, exercer une certaine sanction ;
mais il ne le peut guère qu'en manquant de
respect aux lois de son pays ; il ne le peut qu'à
la condition de se dépouiller d'une propriété
qui a recueilli tous ses soins et toute son affection, et qu'il voudrait transmettre à sa famille dans son intégrité.

« Quand le père de trois enfants dépense tout
son avoir dans les orgies de la plus honteuse
débauche, la société n'a aucun frein pour l'arrêter ; sa conduite n'est pas contre la loi. Chose
étonnante ! Si ce même homme, au lieu de dépenser son avoir dans les plaisirs, en réserve
une partie excédant le quart, pour récompenser l'enfant qui lui a donné des preuves
d'une affection spéciale, alors la loi intervient
contre lui pour le déclarer mauvais père et an-
nuler son acte.

« Pourtant la liberté dans la transmission des
biens n'est-elle pas souvent la seule jouissance
morale qu'un chef de famille puisse retirer de
sa fortune ? Cela est ainsi pour tous les chefs
de maison persistant à la tâche jusqu'au der-

nier moment de leur vie. Le père, dit-on, ne
veut pas de coaction quand il s'agit d'instruction à donner à son enfant ; pourquoi crain-
drait-il moins l'obligation quand il s'agit d'héritage ?

« La législation actuelle, objecte-t-on, n'a-
t-elle pas pour but de sauvegarder les intérêts
des enfants contre l'arbitraire de quelques parents capricieux? Rien de plus vrai ; mais n'y
a-t-il pas dans le cœur de tout père une garantie plus forte que celle de la loi? Du reste,
s'il est utile de sauvegarder les intérêts matériels de l'enfant, n'est-il pas encore plus important de sauvegarder l'autorité paternelle,
dans un siècle comme le nôtre, où la jeunesse
semble respirer de plus en plus le mépris de
la vieillesse et n'avoir soif que des jouissances
matérielles? Pourquoi le législateur ne se con-
tenterait - il pas d'adresser un conseil au père
de famille en lui disant : « Je vous conjure de
« voir tous vos enfants du même œil dans le
« partage de vos biens, mais je m'en rapporte
« à votre conscience de père, sans formuler

« d'entrave contre votre liberté. » Nous sommes dans un siècle, en effet, où il vaut mieux
combattre les préjugés par l'instruction que
par la force. C'est ce qui peut nous faire regretter de ne pas trouver, en France, sur les
dispositions testamentaires, autant de liberté
qu'en Autriche, en Norwége, en Suisse, en
Saxe, en Prusse, en Bavière, en Italie, en Es-
pagne, en Angleterre et en Amérique. »

La commune de Corrèze est citée, par tous
ceux qui la connaissent, comme une des communes du département où il y a le plus de sta-
bilité dans les fortunes et les positions. Il ne
peut en être autrement dans un pays essentiellement agricole, où les entreprises hardies
sont peu goûtées.

On peut dire des banqueroutes qu'elles y sont
presque inconnues. Le Corrézien préfère employer plus de temps à augmenter sa fortune que
de s'exposer, par des aventures, à perdre ce
qu'il possède déjà. Que de préoccupations, de
déceptions et de découragements ne s'épargne-
t-il pas ainsi?

Il en est du bourgeois de Corrèze comme du paysan : il se fait remarquer par une tendance très-prononcée pour l'économie, et n'éprouve aucune peine à se priver des agréments les plus ordinaires de la vie. Volontiers il se passe des plaisirs de la table, des distractions du cercle, de l'utilité des voyages, de la lecture des journaux, etc. Sous ce rapport, les bourgeois de Corrèze diffèrent considérablement de ceux des cantons voisins. Trois d'entre eux seulement se sont décidés à saluer Paris avant de mourir.

Comment Gaston aurait-il pu couler des jours heureux dans une localité pareille ? Quelle ressemblance avaient ses habitudes et ses goûts avec ceux de ses compatriotes les plus aisés ?

Toutes les distractions de Gaston, dans un pays où les trois quarts des habitants sont occupés aux travaux des champs, consistaient dans une promenade de quatre ou cinq heures par jour sur la route qui va d'Égleton à Tulle, en longeant la Corrèze, rivière dont l'eau est

aussi limpide que celle des sources les plus
pures.

Cette promenade , au milieu des collines, offre les paysages les plus pittoresques,
formés par un mélange de bruyères, de bois
taillis, de prairies naturelles et de champs
couverts de moissons. Rien n'est ravissant
comme cette perspective, quand le spectateur
a soin de gravir un monticule gazonné, d'où
l'on peut observer le cours serpenté de la rivière, à travers trois ou quatre kilomètres de
pâturages.

C'est là que se trouvait Gaston lorsque son
père vint lui faire part d'une lettre qu'il venait de recevoir de son cousin, M. Teyssier.
La lettre portait ce qui suit : « — Je ne
veux pas tarder. plus longtemps, cher ami,
à te faire part d'une bien triste nouvelle :
M. Moulin, mon banquier, qui passait pour si
riche, vient de se déclarer en faillite avec un
passif de huit cent mille francs ; je n'y perds
pas moins de cent mille francs, c'est-à-dire
toute ma fortune. Il y aurait de quoi s'ôter la

vie, si la confiance en Dieu n'était là pour nous soutenir contre le désespoir. Quoique M. Moulin reste encore fort riche par sa femme, je préfère de beaucoup mon nom au sien.

« Mes respects à ta femme et mes souvenirs à ton fils.

« Auguste TEYSSIER. »

Cette nouvelle, on le comprend, fut comme un coup de foudre pour Gaston. Sans doute il plaignait son oncle, dont il n'avait qu'à se louer sous tous les rapports ; mais ce qui l'attristait le plus, c'était de voir s'évanouir ainsi ses espérances les plus chères. Désormais il ne lui était plus possible de compter sur la dot de Joséphine pour vivre en seigneur à Paris.

V.

L'amour suit la dot.

« C'en est donc fait de Joséphine comme
épouse, se dit Gaston en lui-même ; elle m'aimait pourtant bien, et je l'aimais beaucoup à
cause de ses bonnes qualités ; mais comme
je ne suis plus un enfant, je ne dois pas me
laisser entraîner par les affections. Ce qu'il
me faut avant tout, ce sont de brillantes relations, avec lesquelles je puisse m'élever moi-
même au rang de ceux qui font parler d'eux.
La seule chose qui m'embarrasse, c'est ma
conduite future envers la famille Teyssier. Si
je continue à la voir, comment m'expliquer

sur mon mariage, vu que j'ai tout fait auprès
d'elle pour en faire avancer le moment ? Du
reste, réclamer un délai, ce serait retarder la
difficulté, mais non la résoudre. D'un autre
côté, ne vais-je point passer pour un vaniteux,
un ingrat, si je romps brusquement mes relations avec cette famille ?

Gaston finit par se prononcer pour le dernier parti : celui de ne plus voir son oncle, sa
tante, ni sa cousine.

Les choses en étaient encore là, trois ans
après, quand Gaston reçut de Corrèze une
lettre lui annonçant que son père se trouvait
fort malade.

« Mon Dieu ! se dit l'étudiant après avoir
pris connaissance de la lettre, mes sentiments
pour mon père n'ont jamais différé de ceux
d'un bon fils ; néanmoins je ne puis me
le dissimuler, sa mort, si elle arrivait en ce
moment, rendrait ma position bien plus belle
qu'elle ne l'a été jusqu'ici. J'ai contracté
mille petites dettes, je les payerais par le
moyen de l'héritage, et l'excédant servirait à

m'établir dans de bonnes conditions. Pour
réussir, à Paris, dans une carrière quelconque, il est indispensable de jeter de la poudre
aux yeux par des apparences d'éclat. Comment
le public pourrait-il apprécier la valeur d'un
médecin autrement que par l'étalage du dehors?
Un malade n'est-il pas mieux rassuré, et la famille plus satisfaite, quand la visite a été faite
par un docteur roulant équipage et obligeant
les consultants à faire antichambre dans des
salons richement meublés? Cet étalage me serait encore d'une grande utilité pour un brillant mariage. N'est-ce pas ainsi que bien des
jeunes gens sont parvenus à épouser des jeunes
personnes superbement posées et richement
dotées? Quant à ma cousine, je ne puis plus
y penser. »

Voilà où conduit souvent la soif d'un luxe
désordonné! Combien de fils, de neveux, pous-
sés, comme Gaston, par le désir de paraître,
appellent de leurs vœux le moment où des
bienfaiteurs disparaîtront de ce monde pour
leur laisser un héritage dont ils ne croient

pas pouvoir se passer plus longtemps ? N'est-il
pas un désordre, un crime, une honte pour
l'humanité, cet amour du luxe, qui va jusqu'à
dénaturer les sentiments les plus nobles et les
plus sacrés de la nature?

Le père Robert étant venu à mourir, Gaston s'empressa de vendre le domaine dont il
héritait, pour réaliser les projets que son
ambition lui avait inspirés depuis longtemps.
Deux mois après, il s'installait dans un hôtel
du faubourg Saint-Germain, se préoccupant
beaucoup plus des soirées et des réunions
que des examens à subir. Au bout de sept
ans, il n'avait pas encore obtenu le diplôme
que la plupart obtiennent après cinq.

Gaston étant parti pour Corrèze aussitôt
après la mort de son père, y resta trois mois
entiers pour liquider la succession et se débarrasser des meubles et immeubles dont il
venait d'hériter.

Quant à la famille Teyssier, Gaston ne la
revit plus : notre étudiant ne s'était jamais
senti beaucoup d'attrait pour les amis et pa-

6.

rents pauvres. Comment aurait-il osé avouer
à son oncle que sa fille ne pouvait plus être
son épouse, lui qui lui avait déclaré tant de
fois ne la rechercher que pour ses bonnes
qualités ?

Quelle que fût la résignation de M. et
Mme Teyssier, le malheur qui les avait précipités
si subitement de l'aisance la plus large dans
la misère la plus profonde, n'avait pu qu'exciter en eux des angoisses et amoindrir considérablement les forces de leur tempérament. Trois
mois s'étaient à peine écoulés depuis la banqueroute, que M. et Mme Teyssier se voyaient
obligés de consulter un médecin sur l'état de
leur santé. Le docteur déclara que les palpitations violentes dont se plaignaient l'un et
l'autre provenaient d'un trop grand appau-
vrissement du sang, et que leur guérison ne
pouvait s'obtenir que par une nourriture confortable, des distractions de toutes sortes et
des promenades en plein air.

Comment se procurer une nourriture confortable et des distractions, quand les res-

sources dont on dispose permettent à peine de manger du pain? Joséphine, qui paraissait toujours gaie pour ne pas augmenter le chagrin de ses parents, leur manifesta, un jour, le désir d'accepter une position dans un magasin de dentelles. C'était une maison qui tenait pardessus tout à la moralité des employés, et faisait tout pour la protéger. Le traitement promis à mademoiselle Teyssier devait la mettre à même de procurer à ses parents ce qui était le plus nécessaire à leur guérison. Le père Teyssier ne consentit à cette détermination, de la part de sa fille, qu'après avoir été bien renseigné sur l'honorabilité de la maison. Ce père dévoué aurait préféré mille fois succomber sous les coups du mal qu'obtenir du soulagement en exposant sa fille au danger de perdre son honneur.

Gaston avait un oncle nommé Renaut, alors curé de Brive-la-Gaillarde. L'abbé Renaut connaissait depuis longtemps les précieuses qualités de Joséphine, aussi bien que le défaut dominant de son neveu. Persuadé qu'il fallait à Gaston une femme telle que sa cousine pour l'attacher à l'intérieur du foyer domestique et le garantir contre ses instincts de vanité, ce prêtre éminent n'avait rien négligé pour ménager l'union de Joséphine et de Gaston. C'est l'abbé Renaut qui avait recueilli les derniers soupirs de son beau-frère, c'est lui qui avait entendu ses derniers vœux.

L'abbé Renaut avait cru tout d'abord pouvoir considérer ce mariage comme un fait accompli. Voilà pourquoi il fut si étonné et si affligé quand son neveu cessa de parler de Joséphine et de sa famille, dans les lettres qu'il lui adressait. « Assurément, se disait l'abbé Renaut, Joséphine est moins riche aujourd'hui qu'elle ne l'était il y a un an ; mais les qualités supérieures de sa personne et de son éducation ne sont-elles pas restées ce qu'elles étaient, un véritable trésor? Il est si rare de rencontrer une jeune personne sérieuse et modeste, capable d'aimer son intérieur et de le faire aimer ! »

L'abbé Renaut crut devoir écrire à Gaston

sur les avantages et la nécessité du mariage pour les jeunes gens qui habitent Paris. Cette détermination n'était pas inspirée uniquement par le désir de voir son neveu épouser la seule femme qui pût le sauvegarder contre les dangers d'un luxe désordonné ; elle l'était encore par le besoin qu'il éprouvait de faire cesser certains écarts regrettables. Voici sa lettre :

« Mon cher Gaston,

« N'auriez-vous auprès de moi d'autre titre que celui d'ami, que mon cœur de prêtre n'en serait pas moins alarmé sur les égarements auxquels vous vous livrez. Mais comment oublier que je suis le plus proche parent qui vous reste ? Comment oublier les dernières recommandations que m'a faites votre père en vous laissant orphelin ? Oui, l'affliction qui déborde du cœur de votre oncle l'oblige en ce moment à vous adresser des reproches, et à vous conjurer de sortir immédiatement de la voie

du libertinage. Il me semble qu'un jeune homme
de trente ans aurait pu exempter un vieillard
d'une obligation si pénible à remplir. Voilà
déjà longtemps que je ne cesse de vous engager au mariage ; et vous ne prenez pas seulement la peine de me répondre sur ce
point. Pourtant, Gaston, les unions légitimes
sont les seules qui nous soient permises par la
loi civile et religieuse ; elles seules peuvent
perfectionner les peuples et les rendre heureux.

« RENAUT,

« Curé de Saint-Martin de Brives. »

On a raison de le dire, les plus sourds sont
ceux qui ne veulent pas entendre. Gaston, bien
éclairé sur les véritables intentions de son
oncle, comprit tout d'abord que la lettre n'a-
vait d'autre but que celui de le faire expliquer
sur son projet de mariage avec mademoiselle
Joséphine. Mais n'ayant plus les intentions
d'autrefois, et ne sachant comment motiver le
changement opéré en lui, l'étudiant prit le

parti d'éluder la question en se retranchant, comme on va le voir, derrière les inconvénients d'un mariage quelconque.

« Cher oncle,

« C'est toujours avec bonheur et reconnaissance que je reçois vos conseils ; il y a déjà longtemps qu'il ne m'est plus permis de douter de vos sentiments de bienveillance et de dévouement à mon égard. Permettez-moi, néanmoins, de vous faire part de quelques observations sur vos appréciations au sujet du mariage.

« Vous me recommandez instamment de chercher une épouse, sous prétexte que le mariage est la seule union autorisée par la loi civile et religieuse. Le mariage, je le reconnais en effet, est le fondement de la morale , de la famille et, par cela même, de la prospérité publique. Le langage et les intentions du législateur ne peuvent donc être que ce qu'ils sont ; mais, à mon avis, les obligations du simple particulier sont loin de ressembler à celles de l'homme public. Que le fonctionnaire , que le prêtre, dont la mission est de travailler à la prospérité générale, se fassent un devoir de propager les unions légitimes, il n'y a en cela rien de surprenant ; le contraire seul pourrait l'être. Mais ce qui est devoir pour le dignitaire peut ne pas l'être pour l'homme privé ; celui-ci n'empiéterait-il pas sur les devoirs et les prérogatives du premier, s'il s'occupait d'autre chose que de lui-même et de ses propres intérêts ? Que les particuliers qui croient trouver dans le mariage un avancement vers le bien-être, le contractent en effet ; rien de mieux : dans ce cas, ils servent véritablement leurs intérêts. Si d'autres, au contraire, n'y voient, pour eux, qu'un pas vers la détresse ou l'anxiété, pourquoi leur ferait-on un crime de s'en éloigner ? Alors, fuir le mariage, n'est-ce pas veiller à son avenir ; n'est-ce pas agir avec prudence et sagesse ?

« Je comprends d'avance qu'une détermination fondée uniquement sur la préoccupation de soi-même, ne pourra paraître qu'étonnante et blâmable à un homme tel que vous, mon

oncle, qui élevez si haut et pratiquez si généreusement le dévouement au bien de tous;
mais, puisque je suis du grand nombre de
ceux qui se contentent d'admirer l'héroïsme
dans le désintéressement, sans avoir la force
de le pratiquer, pourquoi ne vous l'avouerais-
je pas? Si je me sens peu disposé au mariage,
c'est parce que je me crois incapable de
supporter plus de préoccupations, de contrariétés et de privations que je n'en ai en ce moment.

« Gaston ROBERT. »

Après avoir lu cette lettre, l'abbé Renaut
ne douta plus des véritables intentions de son
neveu. « Ce vaniteux, se dit-il en lui-même,
méprise la famille Teyssier, parce qu'elle n'est
plus aussi riche qu'autrefois. Se reconnaissant
coupable d'ingratitude envers cette famille, et
se trouvant en butte à de folles prétentions, il
n'ose avouer ce qu'il éprouve et ce qu'il est;
il sent le besoin de se lancer dans le vague, et
de recourir à des stratagèmes de sophiste. Eh

7

bien, ce n'est plus à ses intentions que je vais m'adresser ; c'est son épître elle-même, dans sa teneur littérale, que je vais apprécier à sa juste valeur. »

L'abbé Renaut écrivit, le soir même, à son neveu :

« Mon cher neveu,

« Vous n'êtes ni sérieux ni complet dans vos raisonnements. Vous convenez que les unions légitimes étant le principal fondement de la prospérité publique, le prêtre et le fonctionnaire doivent se faire une obligation de les recommander. Pourquoi n'en serait-il pas de même de tout bon citoyen ? Est-ce que le simple particulier peut se tenir en dehors du bien public ? Comment concevoir la prospérité commune en dehors de celle des individus ? La richesse et la moralité peuvent-elles arriver à la société autrement que par les familles, aux familles autrement que par les individus ? Faire des vœux pour l'ordre social, et prétendre, en même temps, que les fonctionnaires seuls doi-

vent s'y intéresser, c'est affirmer une impossibi-
lité, c'est vouloir une contradiction déplorable.
Supposons, pour un moment, que vous, simple
particulier, n'ayez aucune obligation de vous
intéresser aux éléments constitutifs du bien
public ; votre conclusion à l'égard du mariage
en sera-t-elle pour cela plus légitime et plus
logique ? Pas le moins du monde. Vous avouez,
et comment faire autrement? vous avouez que
les unions légitimes sont les seules tolérées
par la loi divine, les seules qui puissent nous
ouvrir les portes de notre destinée future ; mais
n'est-ce pas là un intérêt privé, un intérêt dont
chacun de nous doive se préoccuper sincèrement? J'attends votre réponse à cette question,
quelle qu'elle soit.

« RENAUT. »

Gaston ne fit pas attendre sa réponse, car
le lendemain même, il écrivit ce qui suit :

« Je vous sais bon gré, mon oncle, de
m'avoir mis à l'aise pour ma réponse à votre

question ; peut-être n'aurais-je pas consenti à
vous la donner sans une sommation aussi caté-
gorique de votre part. Eh bien, oui, je vous
l'avouerai sans détour, s'il est vrai que les intérêts de la vie future doivent préoccuper les
simples particuliers autant que les hommes publics, je déclare être en défaut. J'appartiens
au grand nombre de ceux qui manquent à ce
devoir. Je ne suis ni un incrédule ni un impie.
Bien loin de mépriser les croyances religieuses,
je les respecte et les admire de tout mon cœur,
parce que je les regarde comme les plus vraies,
les plus pures et les plus sublimes. Mais, tout en
les professant hautement, je suis loin d'être
assez parfait pour en faire le seul mobile de
mes déterminations et de mes actes. Si mon
voisin vient m'annoncer qu'il a pris le parti de
se marier dans le but de mieux servir ses intérêts spirituels, loin de l'en blamer, je
l'admirerai de toutes les forces de mon âme ;
mais, tout en l'admirant, je me réserverai le
droit de ne par l'imiter. Croyez, mon oncle, que l'on ne s'expose nullement à être

classé parmi les fous, les pervers, pas même
ceux qu'on appelle originaux, en ne con-
sultant que les intérêts de la vie présente,
quand il s'agit de se prononcer pour ou contre
le mariage.

« Quels sont les jeunes gens qui obéissent
à d'autre mobile que celui-là? Ceux qui se dé-
terminent, en vue des biens éternels, peuvent
sans crainte se donner le nom d'*élus*, avec
toutes les restrictions que l'Evangile apporte
à leur nombre.

« Assurément, mon oncle, mon intention
n'est pas de rester célibataire toute la vie. Il
vient un temps, je le sais, où le cœur, dégoûté
des plaisirs qu'il a recherchés trop ardemment,
sent le besoin des jouissances plus calmes et
plus durables de la famille. A l'homme de quarante ans, il faut nécessairement une épouse :
car, alors, on a horreur de la solitude, et
l'on veut pouvoir transmettre à des enfants son
patrimoine et son nom. Celui qui recherche
le mariage, à cet âge, ne sert pas moins ses intérêts que celui qui le repousse dans d'autres

conditions. Pour mon compte, je suis résolu à me marier après la quarantaine, et même plus tôt, si l'on m'offre une femme capable de me rendre heureux par la fortune et les relations de sa famille.

« Gaston ROBERT. »

L'abbé Renaut ne croyant pas devoir laisser de pareils arguments sans réfutation, répondit à son neveu :

« Il est donc bien entendu, mon cher Gaston, que votre cœur n'est ni assez noble, ni assez généreux pour subir dans ses déterminations l'influence du sentiment religieux. Eh bien, puisque vous ne tenez nullement à honneur de faire partie du petit nombre des élus en question, je consens, dès ce jour, à me dépouiller vis-à-vis de vous, de toutes les armes qui ne sont point accessibles aux égoïstes. Chose étonnante! tout en proclamant hautement l'intention de rechercher uniquement la plus grande somme de bien-être, vous obéissez à des influences qui n'ont d'autre but que celui de vous en éloigner. Mener la vie de jeune homme jusqu'à l'âge de quarante ans, n'est-ce pas vouloir abuser de la fortune et de la santé dont on dispose ; n'est-ce pas s'attirer, pour l'avenir, ce qu'il y a de plus dur et de plus humiliant dans la douleur et la misère ? Les plaisirs, outre qu'ils ne peuvent s'obtenir qu'au prix des plus grands sacrifices, ont encore pour résultat celui de multiplier les infirmités et les morts prématurées. Le libertinage, croyez-le bien, fait plus de victimes en un an, que la famine et la peste en faisaient autrefois en dix. La misère n'aurait-elle pas disparu totalement de la France, si la débauche ne restreignait encore parmi nous l'esprit de travail, d'économie et de prévoyance? Sur cent libertins restés célibataires, plus de soixante sont condamnés à languir dans les hospices et hôpitaux, lorsqu'une mort subite n'est pas venue les surprendre au milieu de leurs orgies. L'exception que vous pourriez m'alléguer, ne servirait qu'à mieux confirmer la règle.

« A quarante ans, dites-vous, je consentirai à

« me marier. » Vous vous proposez donc de recevoir, alors que vous n'aurez plus rien à donner, en fait d'amour. Que voudrez-vous à cette
époque ? moins une amie pour partager les
peines et les joies de votre cœur, qu'une ménagère, ou une infirmière. Vous aurez peut-
être des enfants ; mais quels enfants peut-on
attendre de ces hommes usés par les passions ? Ceux qui deviennent pères dans ces
conditions, peuvent-ils se promettre de voir
leurs enfants grandir, et de les laisser en position de gagner leur pain par eux-mêmes ?
De tels mariages ne sont qu'une désola-
tion pour les épouses, un malheur pour les
enfants, un fléau pour la société. Que n'aurais-je pas à dire des méfiances, des jalousies,
des querelles, des désordres que font naître si
fréquemment les unions ainsi caractérisées par
une disparité trop grande dans les âges et par
cela même dans les goûts ?

« Quiconque veut puiser au sanctuaire de
la famille les consolations et les douceurs qu'il
est en sa puissance de prodiguer, doit se faire

une obligation de ne lui rien ravir de ce qui est essentiel à sa noblesse et à ses charmes. Attendre le bonheur pur du foyer domestique quand on l'a fait descendre au rang d'une spéculation vénale, c'est réclamer la limpidité à l'eau d'une source que l'on a troublée soi-même par du limon.

« RENAULT. »

Soit qu'il n'eût rien à répondre à son oncle pour justifier les sentiments émis dans ses dernières lettres, soit qu'il fût bien aise de rompre momentanément avec lui, pour n'avoir pas à s'expliquer sur son éloignement de la famille Teyssier, Gaston resta fort longtemps sans donner signe de vie. Le jeune étudiant aurait peu redouté une rupture complète avec son oncle, si ce dernier n'avait été qu'un cultivateur comme son père; peut-être même aurait-il fait des efforts pour la provoquer; mais il n'en était pas ainsi. L'abbé Renaut était curé de première classe dans un chef-lieu d'arrondissement, et l'on avait déjà parlé de

7.

l'élever à la dignité d'évêque, tant sa science était profonde et ses vues libérales. Le neveu tenant à ne pas perdre entièrement la bienveillance de l'oncle se fit un devoir de lui donner de ses nouvelles après un silence de quelques mois.

« Ne m'en veuillez pas, cher oncle, si j'ai tant tardé à vous répondre. Avant de vous écrire, je voulais réfléchir sur vos considérations ; je tenais à les peser une à une, à la balance de l'expérience que m'acquièrent chaque jour mes relations.

« Les mariages contractés par des hommes de quarante à cinquante ans, je le comprends aujourd'hui, ne sont pas de nature à conférer les jouissances légitimes que l'on a droit d'attendre dans d'autres conditions. Prendre une femme dans le seul but de transmettre un héritage et un nom ; s'attacher une épouse pour la constituer uniquement ménagère et infirmière, ce n'est pas de deux cœurs n'en faire qu'un, ce n'est point constituer un lien d'a-

mour ; c'est, comme vous l'avez très-bien
dit, dégrader l'institution matrimoniale dans
sa nature et sa fin ; c'est user d'un élément
divin pour une combinaison abjecte. D'un
autre côté, renoncer aux affections du foyer
domestique, quand le sentiment religieux ne
vient pas les remplacer par d'autres, n'est-ce
pas priver son existence des satisfactions les
plus douces?

« En fait de jouissances et de consolations,
quelle espérance peut se présenter au célibataire usé par l'âge et les passions; alors que
les tables d'hôtes finissent par l'ennuyer autant
que les trains de plaisir? Que le célibataire
soit relégué dans un hospice, ou dans un
palais, il n'en sent pas moins un vide immense
qu'il cherche en vain à combler. Ce qu'il lui
faudrait, ce qu'il n'a pas, c'est un cœur fidèle
et ami, capable de s'associer à ses sentiments
et les partager. Pour lui, une foule compacte
ressemble fort à un désert. N'y a-t-il pas solitude, en effet, toutes les fois que nul être de
ceux qui nous entourent ne peut recevoir notre

sollicitude et nous donner la sienne? L'homme étant par-dessus tout un être intelligent, les soulagements qui s'adressent au cœur ne lui conviennent-ils pas mieux que ceux qui ne s'adressent qu'aux plaies du corps?

« O mystère incompréhensible de la vie humaine! Comment peut-il se faire qu'une chose si utile sur un point, nous soit presque impossible sur un autre? Le vrai bonheur ne peut nous venir que par l'esprit de famille; et comment pénétrer au sanctuaire de la famille sans s'exposer aux amertumes de la détresse? Par suite des charges si compliquées du ménage, se marier, c'est s'appauvrir, c'est s'imposer des privations, c'est encourir des humiliations.

« Ce fardeau, ne dois-je pas le regarder comme trop lourd pour moi? Tout en appréciant hautement les biens que le mariage peut apporter avec lui, ne suis-je pas obligé de m'avouer qu'ils sont destinés à d'autres que ceux de ma condition? En réalité, les mariages ne sont plus possibles que dans la classe des millionnaires et celle des ouvriers, c'est-

à-dire chez ceux qui ont de quoi suffire abon-
damment aux exigences du luxe, et ceux qui
en sont exempts par position.

« Croyez, mon oncle, que l'état présent des
choses, constitué par la faute de la femme et
non par celle de l'homme, est de nature à
troubler l'esprit de tout jeune homme sérieux,
en âge de se prononcer sur sa vocation.

« Gaston ROBERT. »

« Votre lettre, répondit trois jours après
l'abbé Renaut, m'a beaucoup moins attristé
que les précédentes. Certains préjugés sup-
posant une certaine bonne foi de votre
part, je m'empresse de vous écrire pour les
dissiper totalement. A vous entendre, mon
cher neveu, les aspirations des jeunes gens qui
ne sont ni millionnaires ni ouvriers, ressem-
bleraient fort à celles du supplicié Tantale. Je
n'en crois rien! en tout cas, ce serait la faute
des jeunes gens, et non celle du mariage. Ne
les voyons-nous pas, en effet, ces jeunes gens,
dissiper leurs ressources à proportion qu'elles

arrivent, au lieu de les conserver et de les faire fructifier pour le temps du mariage? Ne les voyons-nous pas renoncer aux goûts simples et purs qu'ils avaient puisés dans leur famille, pour se lancer dans une voie d'exigences et de prétentions?

« Non, l'homme ne devrait jamais oublier qu'il y a, dans la vie, deux époques importantes auxquelles il faut se préparer longtemps d'avance : le temps du mariage et celui de la vieillesse. Ne vous en prenez qu'à vous-même, je le répète, mon neveu, si les ressources dont vous pouvez disposer pour les besoins d'un ménage sont, par le fait, bien au-dessous de ce qu'elles devraient être.

« Néanmoins, tout n'est pas perdu sans retour, pourvu que vous ayez l'intelligence de vous en tenir aux besoins essentiels du ménage, et vous choisir une épouse parmi celles qui n'éprouvent pas d'autres goûts et n'imposent jamais d'autres exigences.

« Le bonheur domestique, croyez-le, Gaston, ne dépend que fort médiocrement de la quantité des ressources; il y a beaucoup plus de bons ménages dans les classes laborieuses et les classes moyennes, que dans les classes opulentes. Combien de familles possédant quarante mille livres de rente se trouvent, par le fait, bien plus en butte aux privations secrètes, aux embarras financiers, que certaines autres bien inférieures sous le rapport des revenus? L'aisance consiste moins à posséder beaucoup qu'à savoir mesurer ses dépenses au degré de ses recettes. Quand le mariage devient une source de privations, d'humiliations et d'anxiétés, c'est uniquement dans les familles qui s'attachent à trop paraître. »

VI

Où est le danger?

Que certaines personnes restent probes et
philantropes, sans observer les pratiques extérieures de la religion, il n'y a point là vrai
miracle. L'infidélité n'étouffe pas toujours les
bons sentiments qui nous viennent de la nature
ou de la religion. Comment se dépouiller
entièrement des inclinations que l'on tient de
l'enseignement social, du milieu chrétien
dans lequel on vit? Ce qui n'est pas moins
certain, c'est que l'homme le mieux doté de
la nature ne peut être vertueux dans toute la

force du terme, s'il ne subit l'influence des inspirations religieuses.

Quiconque s'est bien étudié dans sa nature et ses tendances, n'a pas de peine à convenir que pour marcher vers la véritable perfection, il a besoin de lutter continuellement contre lui-même. Or, peut-on être fort dans la victoire et même dans le combat, quand on est persuadé, comme l'impie, que nos luttes sont absolument stériles en résultats? Pourquoi ne pas chercher ici-bas la plus grande somme de bien-être, par toute espèce de moyens, quand on n'espère aucune récompense par le sacrifice et le dévouement; ou plutôt, quand le dévouement et le sacrifice ne sont que de vains mots, de vraies niaiseries?

De Maistre, écrivant à une sainte mère sur l'aimable enfant formé par ses soins, lui disait: « Si la vertu avait jeté en lui de si profondes « racines; si le vice le trouva toujours invul- « nérable, et s'il parut dans la société armé de « toutes pièces, vous le devez au courage que vous « eûtes de contredire les fausses idées de votre

« siècle et de rendre l'éducation de vos enfants
« éminemment religieuse. Les chrétiens moder-
« nes qui ont diffamé le titre de philosophe, ont
« dicté des méthodes bien différentes : ils ont
« travaillé sans relâche à *séparer la morale de la
« religion*. Un d'eux est allé jusqu'à soutenir
« nettement qu'il ne fallait pas parler de Dieu
« aux enfants; paradoxe qui touche d'assez près
« à la démence pour n'exciter que de la pitié. »

Le sentiment religieux, indispensable à tous,
paraît encore plus essentiel au perfectionnement de la femme qu'à celui de l'homme; car
celle-ci se montre plus faible, plus impressionnable, plus inconstante dans ses résolutions. Sa vive sensibilité ne lui permettant
guère de garder un juste milieu, on peut dire
d'elle, qu'elle est toute bonne ou toute mauvaise. La femme qui ne serait point perfec-
tionnée par l'influence de la religion, et ne
consulterait que ses appétits d'égoïsme et de
sensualité, serait un véritable monstre dans
les circonstances où elle pourrait commettre
le crime impunément. Si elle n'était pas es-

clave, elle serait tyran; si elle n'était pas victime, elle serait bourreau.

La religion est nécessaire à la **femme** pour la rendre vierge pure, épouse fidèle et bonne mère; car les devoirs constitutifs de sa mission, dans la famille, tiennent à ces obligations de chaque instant, à ces vertus peu bruyantes, échappant presque toujours à l'attention publique et n'attirant presque jamais les hauts cris de l'admiration. Sans contredit, il est bien plus facile au soldat de se montrer courageux sur les champs de bataille, qu'à la femme de rester fidèle à son époux, d'être constamment laborieuse et résignée au sanctuaire presque mystérieux de la famille.

Pour que la religion exerce le salutaire empire dont nous parlons, il est essentiel que la femme soit religieuse dans toute la force du terme, c'est-à-dire qu'elle se soumette aux règles de sagesse et de prudence conseillées par les lois évangéliques. Il ne lui suffirait pas de repousser ce qui est mal en soi; elle doit éviter encore, de la manière la plus scrupu-

leuse, tout ce qui peut conduire au mal, directement ou indirectement : *Qui amat periculum
in illo peribit.*

Parmi les précautions conseillées par les
sages, il en est qui paraissent ridicules, tant
elles sont minutieuses en elles-mêmes ; mais
les imprudents qui les regardent comme telles
sont ceux qui ne les ont pas assez comparées
avec les différentes épreuves de la vie ; ce
sont ceux qui s'obstinent à ne croire à
l'existence d'un abîme qu'après avoir eu l'occasion d'y constater un délit. Lorsqu'il s'agit
d'un danger, la femme doit l'éviter plutôt
que le braver. La faiblesse de son organisation, l'ardeur de son imagination, son extrême sensibilité, son inconstance pour les
bonnes résolutions, ne sont-elles pas, elles-
mêmes, de vrais écueils pour sa vertu ? Une
femme finit souvent par commettre, le lendemain, la faute dont le nom seul suffisait
la veille, pour la faire reculer d'épouvante et
d'horreur. N'est-ce pas des femmes surtout
que l'on doit dire : *L'esprit est prompt, et la
chair est faible ?*

Malheureusement, certaines femmes semblent courir après les dangers qu'elles devraient fuir avec le plus de soin. Telle personne qui semble tenir à la sagesse et l'a peutêtre conservée, ne craint pas de fréquenter les bals, amusements auxquels on peut quelquefois ne rien perdre, mais auxquels on ne saurait jamais rien gagner. Les jeunes gens de valeur sont devenus plus positifs que jamais. Quand il s'agit de s'unir à la personne qui doit partager avec eux les charges, les peines et les consolations de la famille, la plupart veulent des qualités et des conditions tout à fait indépendantes de l'aptitude à exécuter des scotichs et des polkas. A la personne légère qui ne peut compter que sur ses bonnes grâces, ils préfèrent, avec raison, celle qui n'attachant que peu d'importance aux futilités de la coquetterie, s'est préparée sincèrement aux devoirs de l'épouse fidèle, de la mère bonne et de la ménagère laborieuse et vigilante.

Quel est le théâtre aux représentations duquel une jeune personne puisse assister sans in-

convénients? Les mauvais fruits que le jeune
âge retire des spectacles, se perdent rarement :
s'ils ne se font pas sentir dans le présent, c'est
qu'ils se réservent pour l'avenir. Rien de plus
vrai dans un temps comme le nôtre où l'on
ne sait produire un drame sans le remplir d'intrigues amoureuses. Ce qui prouve que les
goûts sont dépravés et tendent vers le mal,
c'est qu'une pièce dépouillée de pareilles intrigues, ne trouverait pas d'admirateurs parmi
les habitués de nos théâtres. Ce que l'on recherche, ce sont les aventures qui exaltent
l'imagination et non celles qui se proposent le
progrès littéraire et le triomphe de la morale.
Les directeurs de théâtre, loin de combattre
de pareilles tendances, calculent, au contraire,
avec leur licence effrénée pour arriver aux
grandes recettes.

Parmi les œuvres dramatiques, il en est
qui sont moins mauvaises que d'autres; il en
est même qu'on peut lire en toute sécurité;
mais tel drame dont la lecture n'offre aucun
danger, produit des résultats bien différents,

quand il est représenté sur un théâtre. Ce qui n'est pas contenu dans l'écrit de l'auteur, est inspiré par les gestes des acteurs.

Les dangers peuvent encore varier selon les tempéraments et les âges. Telle représentation inoffensive pour une femme mariée, peut être pernicieuse à la jeune personne non encore initiée aux folles joies du monde. Plus un cœur est pur; plus il est vulnérable, et plus il faut de sages précautions pour sauvegarder sa pureté. Tels tableaux et descriptions qui n'exercent aucune impression sur une personne ayant abusé de la vie, suffisent pour en perdre une autre, encore innocente.

La passion du théâtre est devenue si vive que, pour la satisfaire, bon nombre d'ouvriers consentent à dîner avec du pain, et vont même jusqu'à constituer des dépôts au mont de piété! De bonne foi, est-ce bien l'amour de la littérature et le désir de s'instruire qui font naître des aspirations si coûteuses pour les classes destinées à vivre de leur travail? Ici, comme pour la plupart des jouissances dangereuses, la propension violente doit être combattue dès le bas âge. Certains bals et théâtres offrent des spectacles beaucoup plus révoltants, en fait d'indécence, que la plupart de ceux qui sont réputés vrais délits partout ailleurs.

Pour ce qui est de la lecture des intrigues amoureuses, une mère ne saurait exercer trop de vigilance sur sa fille. Telle jeune personne qui n'ose avouer en public son fol attrait pour le récit des aventures romanesques, n'y court pas moins avec avidité. Ils sont vraiment alarmants les ravages causés par les mauvais livres sur le cœur des jeunes filles de notre temps ; ravages qui s'exercent jusque dans les campagnes les plus retirées, jusqu'aux âges les plus tendres de la vie.

Tous ces dangers, Corinne Rossignol les avait bravés ; tous ces ravages, elle les avait subis. Sa mère n'en affectait pas moins de la prôner comme un ange de candeur qui n'avait jamais éprouvé que de la répulsion pour tout ce qui a l'ombre du mal.

Madame Rossignol connaissait trop le monde

pour ne pas comprendre tout ce qu'il y avait
de dangereux pour sa fille dans les théâtres,
les bals et les concerts. Souvent, ce sont les
femmes les plus larges pour elles-mêmes, qui
se montrent les plus sévères à l'égard de leurs
filles ; elles poussent quelquefois la susceptibi-
lité jusqu'à voir le mal dans les jeux les plus
innocents. La perspicacité ne manquait pas à
madame Rossignol ; mais sa fille, ayant pris
l'ascendant sur elle dès l'âge le plus tendre,
ne faisait aucun cas de ses avis et remontrances.

Ce qui prouve qu'il est bon d'éviter les ex-
trèmes dans la sévérité, autant que dans la
bonté, c'est que dans les pays, tels que l'Angleterre et l'Amérique, où la jeune fille jouit
de la plus grande liberté, les cas d'immoralité
s'y trouvent beaucoup plus rares qu'en France.
Les pe sonnes les plus contenues se montrent
souvent les plus hardies dans le mal, une fois
que la liberté leur a été rendue. Les prestiges
du vice semblent agir moins vivement sur le
cœur, quand ils nous apparaissent graduelle-

8

ment, à l'âge où les passions n'ont pas encore acquis tout leur empire et peuvent être dirigées par les douces influences de l'éducation. Les résultats sont bien autres quand ces attraits restés longtemps ignorés, viennent, comme une tempête, assaillir la jeune fille au moment où l'imagination a conquis toute son ardeur, et les passions toute leur force. Elle est terrible, alors, la lutte!

Quand les filles élevées dans les couvents se montrent plus sages que d'autres, ce bon effet tient moins à leur éloignement du monde pendant l'enfance, qu'à la bienfaisante influence du sentiment religieux. L'éducation de la famille n'est pas non plus sans effet sur ce précieux résultat; car, en général, les familles qui préfèrent le couvent sont celles où les bonnes traditions se sont mieux conservées qu'ailleurs.

S'il est peu utile, pour l'avenir, de trop isoler du monde les jeunes personnes qui sont appelées à vivre au milieu de lui, il n'en serait pas moins imprudent pour elles d'aller à la rencontre des périls extraordinaires, tels que les

bals, les spectacles et les mauvaises lectures.
Ne peut-on pas les éviter, ces périls, sans déroger aux habitudes journalières des familles,
sans sortir de l'ordre commun?

Corinne avait pris des leçons de peinture,
de chant et de piano pendant six ans, mais cela
bien moins par goût pour les arts que pour se
conformer à la mode, en fait d'éducation. Parfois, elle éprouvait un vif regret de n'être pas
artiste. Ce regret, elle l'éprouvait particulière-
ment au moment où elle voyait les chanteuses
du théâtre recevoir des applaudissements et
des bouquets de fleurs. Les sentiments de Corinne au sujet des artistes ne leur étaient pas
toujours favorables ; car son père ayant le projet d'acheter une maison de campagne à Nogent,
elle fit tout au monde pour l'en détourner, disant qu'il fallait choisir un séjour plus aristocratique, tel que Meudon ou Saint-Cloud.

« Nogent, ajouta-t-elle, n'est guère habité,
en belle saison, que par des employés ou des
artistes. »

Quoiqu'on puisse dire des artistes ce que

l'on a dit des poëtes, *nascuntur ;* néanmoins,
le talent ne suffit pas, il faut encore un travail
souvent pénible et soutenu. Si Corinne avait
assez de vanité pour désirer les applaudissements du théâtre; elle n'avait pas assez d'é-
nergie ni de persévérance pour se mettre en
état de les mériter. Rarement on allait la voir
sans la trouver mollement étendue sur un
divan. La position que prenait Corinne dans
ses promenades en voiture n'était autre que
celle dont nous venons de parler. La tenue
molle et presque indécente de certaines Parisiennes dans leurs landeaux, peut faire rougir
les femmes honnêtes, indigner les classes laborieuses.

VII

La poudre aux yeux dans les mariages.

En apparence, rien de plus facile qu'un mariage, tant abondent les jeunes gens et jeunes filles à marier; en réalité, rien n'est devenu plus difficile, tant il y a d'exagération dans le luxe.

Les jeunes gens de l'époque, ceux-mêmes qui n'ont d'autres ressources que celles d'un emploi subalterne, effrayés par les exigences actuelles des femmes, en fait de toilette, se croient obligés de refuser la main de toute jeune personne dont la dot s'élève à moins de cinquante ou soixante mille francs. Un autre

8.

fait non moins certain, c'est que la jeune fille
à laquelle ses parents peuvent compter cinquante ou soixante mille francs, se montre avec
des habitudes et des goûts tels que les revenus de
cette dot ne peuvent suffire à sa toilette et à ses
plaisirs, sans parler du logement et de la nourriture. Les jeunes gens et les jeunes filles qui
n'ont pas assez de force d'âme pour se soustraire
à la tyrannie du luxe, se trouvent donc condamnés aux inconvénients et dangers du célibat,
ou aux angoisses de la détresse, s'ils prennent
le parti de se marier. Voilà pourquoi le côté
matériel est le seul qui absorbe l'attention,
exerce de l'empire dans les déterminations
à prendre sur le choix des époux. A chaque
instant, des personnes, réputées fort rigides
en fait de mœurs, de caractère et de beauté,
n'en ferment pas moins les yeux sur les défauts les plus graves en ce genre, quand elles
trouvent l'occasion d'épouser une personne
assez riche pour leur donner de la toilette et
des voitures. C'est l'argent qui a pris la place
des qualités personnelles.

Tant que Gaston n'avait pas été en âge de se marier, il n'était jamais sorti de sa bouche que des anathèmes contre les mariages dans lesquels tout est pesé au poids de l'or.

« Le mariage existe véritablement, avait-il dit bien des fois à son père et à ses oncles, quand deux cœurs se sentent tellement attirés l'un vers l'autre, qu'ils éprouvent le besoin de s'unir pour ne plus se séparer et se jurent, en effet, fidélité inviolable en présence du ciel et de la terre. Puisque le mariage est, avant tout, un contrat spirituel, essentiellement fondé sur les aspirations du cœur, comment le poids de l'or saurait-il en décider; comment la quantité de la dot pourrait-elle prendre la place des qualités et des vertus? »

Le raisonnement était sage et logique; mais il n'y a pas de sagesse ni de logique qui puissent tenir devant le besoin qu'éprouve un vaniteux de faire de l'éclat par le moyen de l'or. En ce moment, ce qui paraissait à Gaston le plus essentiel et le plus urgent, c'était d'épouser une femme riche par sa dot. Visant plus au clin-

quant qu'au vrai bonheur, il tenait moins au
caractère et aux vertus de la jeune fille qu'à la
fortune et à la position de sa famille. Il n'aurait
point reculé devant la répugnance de s'unir à
une femme vieille, boiteuse, borgne, pourvu
qu'elle fût riche, s'il avait pu s'empêcher de
la montrer à ses amis et connaissances. Aussi
fut-il heureux d'apprendre par M. Ventelou,
l'un de ses amis, qu'il pouvait se présenter
en toute confiance chez M. Rossignol, pour
obtenir la main de sa fille. M. Rossignol avait
cessé d'être notaire par suite de l'état de faillite
dans lequel il s'était constitué trois ans aupa-
ravant.

« Le père Rossignol, se dit Gaston, est fort
bien un banqueroutier; mais combien d'autres
ayant fait comme lui n'en sont pas moins reçus
et considérés dans le monde? La mère Rossignol étant plus riche que jamais, la dot de
Corinne sera considérable. Quant aux relations, elles sont superbes; j'aurai pour oncles
un sénateur et un député; avec cela n'au-
rai-je pas entrée dans les meilleurs salons?

Le fils du paysan Robert ne pourrait-il pas, un jour, être admis aux Tuileries ? »

M. Rossignol avait eu le tort fort grave à nos yeux, de faire du luxe aux dépens d'autrui. Qu'un commerçant qui a tout fait pour arriver, se trouve réduit par suite d'accidents ou de mauvaise chance à se déclarer insolvable, c'est là un malheur que l'on doit regretter plutôt que blâmer ; mais peut-il en être de même pour celui qui se lance hardiment dans les voies du plaisir et du luxe, sans se préoccuper le moins du monde de ce qui en peut résulter de fâcheux pour ceux qui lui donnent sa confiance ? Si c'est folie de se condamner soi-même à la misère par des excès de luxe, n'est-ce pas un crime d'y entraîner des frères innocents ?

Quant à la mère Rossignol, on peut dire qu'elle était la principale cause de tout. La banqueroute n'aurait jamais eu lieu si cette femme, fidèle aux principaux devoirs de l'épouse, avait consacré moins de temps au monde pour en réserver davantage à l'intérieur de son ménage ; mais non, madame Rossignol

n'avait jamais reconnu qu'un empire : celui de
la coquetterie, et cela au point d'être ridicule.
Ce qu'il y a de plus étonnant, c'est que l'humiliation qu'elle aurait dû éprouver de la banqueroute de son mari n'avait pu rien corriger
de ses caprices et bizarreries. Quoique ayant
passé la quarantaine, elle n'en tenait pas
moins à paraître jeune. Aussi s'était-elle procuré une perruque au prix de quatre cents
francs, une dentitrice au prix de cinq cents
francs, et ne donnait pas moins de deux cents
francs à son coiffeur pour parfums, cosmétiques, poudre de riz, etc., etc. Nous dirons de
madame Rossignol ce qu'un célèbre moraliste
du dernier siècle disait de quelques femmes de
son temps :

« Il est un autre genre de caprice, c'est celui de ces femmes bruyantes qui, se mettant
au-dessus des bienséances de leur sexe, affi-
chent tous les travers d'éclat. Elles courent
partout, font vingt emplettes, rendent autant
de visites en un même jour et se croient hors
du monde si elles ne sont au bal, au spectacle

ou en nombreuse assemblée. Leur maison, à certain jour, devient une espèce de lieu public où se rendent en foule les plus étourdis de notre espèce, bien dignes de figurer autour d'elles.

« Cette espèce, connue sous le nom de petites maîtresses, semble avoir pris à tâche de décrier son sexe. Les femmes de théâtre sont les respectables modèles d'après lesquelles elles se forment ; elles ont emprunté d'elles l'indécence dans l'air, le maintien, l'habillement, et quelques-unes en ont pris même jusqu'aux mains.

« Tous ces travers et quantité d'autres dont je ferai grâce au lecteur, ne leur sont point naturels, et sont encore inconnus dans les lieux où le luxe et le mauvais exemple n'ont pas encore pénétré. Le caprice est fils du loisir et de la mollesse. Les femmes qui mènent une vie molle et oisive, doivent être en proie à quelque genre de folies, ou les prendre toutes successivement.

« Il en est qui prennent ce dernier parti ;

ce sont ces femmes inégales, dont le caractère
est de n'en point avoir; on les voit passer
d'une gaieté indiscrète à un morne silence;
de la plus froide indolence, elles sautent à une
pétulante vivacité : ce qui faisait hier leurs dé-
lices, leur est aujourd'hui un supplice insup-
portable. De telles femmes vont d'extrême en
extrême, et offrent tour à tour tous les travers de l'espèce humaine. »

Chose étonnante ! les femmes qui ont le plus
de peine à se plier devant les rigueurs de certaines lois divines et humaines, sont celles
mêmes qui acceptent avec le plus d'empressement toute espèce d'exigences en fait de modes.
Une coquette ne se ferait-elle pas un crime de
supprimer un seul volant, un simple nœud aux
robes et chapeaux de la saison? Faut-il, pour
respecter la mode, se soumettre aux rigueurs
du froid, aux incommodités du chaud et mille
autres inconvénients, dont plusieurs s'en prennent à la décence même? tout est subi avec
amour et empressement. Quelle est donc la
majesté du législateur devant lequel des fem-

mes, respectables à bien des titres, s'inclinent avec autant de docilité? Elle n'est souvent autre — les femmes honnêtes ne peuvent l'ignorer — que celle de quelques lorettes parisiennes qui n'ont pas rougi de vendre leur honneur pour du champagne et des bijoux. L'empire exercé par le luxe n'est donc pas seulement un désastre pour les familles et la société, c'est un cri d'accusation contre la dignité et le bon sens des femmes qui se respectent.

Gaston Robert, disons-nous, fut enchanté de pouvoir épouser mademoiselle Corinne, fille de M. Rossignol, l'ex-notaire. Les difficultés qu'éprouve à se marier un vaniteux sans position diffèrent peu de celles qui incombent à une fille sans dot. Gaston n'avait pas de clientèle acquise ; bien plus, il n'était pas encore reçu docteur.

Dès que l'époque de sa première visite à la famille Rossignol eut été déterminée, Gaston se hâta de faire des commandes au tailleur, au bottier, au chapelier, etc., etc. Au jour indiqué,

9

l'étudiant, quoique fumeur de premier ordre,
refusa même d'allumer un cigare, de crainte
que son haleine ou ses habits ne conservas-
sent l'odeur du tabac jusqu'au moment de la
visite. Au dîner, Gaston se fit servir des
mets particuliers, dont il usa modérément. Il
ne prit pas de cognac; mais il but un verre de
champagne et deux demi-tasses de café. « Ver-
sez-moi, dit-il au garçon de l'hôtel, tout ce
qui est réputé propre à donner de l'esprit, ou
à faire valoir celui que l'on a. » Tenant à
paraître aimable et spirituel, l'étudiant pensait
que les combinaisons physiques n'étaient pas
à dédaigner pour l'effet qu'il voulait produire.
C'est pour cela qu'après avoir dîné, il ne passa
pas moins de deux heures chez son coiffeur.
Aux yeux des vaniteux, les précautions de
ce genre ne valent-elles pas mieux que tous les
mérites que l'on pourrait acquérir dans l'ordre
intellectuel et moral?

De son côté, Corinne travaillait jour et nuit
à préparer deux morceaux de musique pour
les jouer devant Gaston; le choix de madame

Rossignol et de sa fille s'était porté sur la Lucie de Prudent et la sonate de Beethoven. « C'est à toi, dit Corinne à sa mère, qu'il appartient de faire valoir mes bonnes qualités. — Ne crains rien, répondit madame Rossignol ; je ferai tout pour le mieux. »

De nombreux préparatifs furent faits à l'occasion de cette visite, de manière, pourtant, à ne point laisser percer d'affectation. La coquetterie la plus raffinée se mêlait à certaines formes de simplicité. Les femmes sont si habiles à déguiser !

Deux tableaux achetés la veille furent placés dans le salon, en face du fauteuil sur lequel devait s'asseoir M. Robert. Tout naturellement Gaston y porta les yeux.

— Vous admirez ces tableaux, monsieur Robert ? s'écria madame Rossignol.

— C'est qu'en effet, madame, ils sont admirables ; ne sont-ce pas des tableaux de Raphaël ?

— Oui ; des copies faites par mademoiselle Corinne.

— Elle est donc artiste au premier degré, mademoiselle Corinne?

— Tout le monde le dit, excepté elle. Corinne a eu Gérôme pour maître.

— Plus je les contemple, ces tableaux, plus j'en trouve l'exécution parfaite. Ils sont si rares les artistes qui savent si bien imiter les grands maîtres!

Mademoiselle Corinne s'est toujours senti des goûts très-prononcés pour les arts libéraux, en particulier pour la peinture et la musique.

Corinne, joue donc quelque chose à M. Robert.

— Je n'ai rien à te refuser, répondit Corinne, si avide, en réalité, de jouer les deux morceaux préparés; mais je dois te dire, ma mère, que je me sens fort mal disposée en ce moment.

— M. Robert sera indulgent.

Madame Rossignol, s'adressant alors à Gaston, lui dit à voix basse : « Toute la journée, Corinne a été tourmentée par des excitations nerveuses qui tiennent probablement au temps ; le piano s'en ressentira ; soyez donc indulgent, monsieur Robert. »

— Mademoiselle Corinne ne peut avoir besoin d'aucune indulgence pour la terre ni pour le ciel, répondit Gaston en souriant.

— Merci, monsieur, répondit Corinne en inclinant légèrement la tête.

Que vais-je jouer, maman, ajouta-t-elle en s'adressant à sa mère ? Il y a longtemps, tu le sais, que je n'ai pas touché du piano.

— C'est vrai, ma fille ; mais encore une fois, M. Robert sera indulgent pour toi. Joue le Moïse de Thalberg, l'impromptu de Chapin.

Corinne alors fit semblant de chercher.

— Pourtant, ajouta madame Rossignol, si tu avais conservé les deux morceaux que tu nous as joués, l'année dernière, à la fête de ton père : la Lucie de Prudent et la célèbre sonate pathétique de Beethoven ; ce serait encore mieux.

— Il y a si longtemps que je les ai joués ! Véritablement, je ne sais plus ce qu'ils sont

devenus. Corinne se mit à chercher à droite
et à gauche pendant plus d'un quart d'heure.
Elle poussa enfin une exclamation de surprise
annonçant qu'elle venait de trouver ce qu'elle
cherchait.

Les deux morceaux une fois joués et mal exécutés, Gaston formula mille compliments des
plus flatteurs à l'adresse de Corinne. — N'oubliez pas, monsieur Robert, observa madame
Rossignol, que c'est presque une improvisation : il y avait près d'un an que ma fille n'avait
joué ces deux morceaux. Je ne sais, ajouta madame Rossignol, si mes sacrifices ont obtenu
des résultats satisfaisants ; mais je puis me glorifier d'avoir fait pour l'instruction musicale de
ma fille tout ce qu'ont pu désirer ses amies,
enfants des familles les plus élevées par leur
fortune et leur position. Pour le piano, Corinne
a eu pour professeur le célèbre Liszt ; pour le
chant, elle reçoit encore des leçons de M. Bor-
dogni. Ses auteurs favoris sont, en italien, le
maestro Rossini ; en français, Meyerbeer, Ha-
lévy, Donizetti, Auber, etc.

Que d'autres points sur lesquels la famille Rossignol usa de tous les moyens possibles pour jeter de la poudre aux yeux de M. Robert! Ces précautions minutieuses, utiles en certaines circonstances, ne l'étaient point en celle-ci : Gaston tenant par-dessus tout à la réputation d'un brillant mariage, son but n'était-il pas atteint aux yeux du public comme aux siens?

— Je suis étonnée, s'écria madame Rossignol, en s'adressant à M. Robert, qu'un jeune homme si bien posé se soit senti de l'attrait pour la carrière médicale! Sans doute, la médecine est une science, et une science fort utile; mais que de sacrifices n'impose-t-elle pas à ceux qui l'exercent? Quoique pleine d'estime et de reconnaissance pour les médecins qui m'ont soignée, je n'ai jamais pensé à envier leur sort pour mon mari.

— Madame, répondit Gaston, mes sentiments n'ont jamais été différents des vôtres; mais ma famille ayant fourni des médecins illustres qui ont rendu, en leur temps, d'éminents services à la science médicale, tenait à

me voir entrer dans cette carrière, non pour
laver des plaies et rédiger des ordonnances
moyennant salaire, mais uniquement pour
perpétuer le prestige traditionnel dont elle est
en possession. De plus, mon père désirant me
voir, un jour, conseiller général du canton, regardait le titre de médecin comme propre à
exercer une puissante influence sur bon nombre d'électeurs de nos campagnes.

— Vous pouvez arriver sans cela, mon
cher monsieur Robert ; je regrette sincèrement de ne vous avoir pas connu plus tôt. Il
m'eût été facile de vous recommander à mes
deux frères, le sénateur et le député. Certainement ils vous auraient fait obtenir un emploi
honorable et plein d'avenir. Ne pourriez-vous
pas être conseiller de préfecture ou sous-préfet?

— Parfaitement, madame.

— Ce serait bien mieux pour vous et votre
femme.

— J'ai toujours envié, s'écria Corinne, le
sort d'une préfète. S'il est agréable pour un
mari de se voir supplié par tant de personnes

venant humblement lui réclamer des faveurs, une femme n'est-elle pas heureuse, à son tour, de présider comme une reine aux nombreuses réunions dont l'État supporte les frais ?

— Monsieur Robert, ajouta madame Rossignol, je m'occuperai de votre avenir. En attendant, si M. votre oncle, curé de Brives, désirait un beau tableau pour son église, vous n'auriez qu'à m'en prévenir; mes relations avec la femme de M. le ministre des Beaux-Arts tiennent véritablement de l'intimité.

Rien de plus fréquent et de plus regrettable que les mensonges et supercheries que l'on invente dans les mariages pour rehausser sa fortune et se donner des prérogatives que l'on n'a pas. De pareilles comédies n'obtiennent que trop souvent des résultats absolument contraires à ceux que l'on devrait se proposer. Quoi de plus utile, en effet, que de se bien connaître avant de s'engager pour la vie?

Après une troisième visite à la famille Rossignol, Gaston Robert écrivit à l'abbé Renaut :

9.

« Mon cher oncle,

« Je ne puis tarder plus longtemps à vous faire part d'un projet de la plus haute importance pour moi. Il est question de m'unir en mariage avec une demoiselle nommée Corinne Rossignol, jeune personne charmante et bien élevée, qui fait l'admiration de tous, dans les soirées, au théâtre et ailleurs. Quoique sa dot ne soit point en rapport avec son éducation, vu que son père a éprouvé de grands malheurs, elle ne s'en élève pas moins à la somme de cinquante mille francs. Tous ses parents appartiennent à la haute classe. Un de ses oncles est sénateur, et l'autre député. Comme vous le voyez, je n'ai pas perdu pour attendre. Ne vous avais-je pas dit, mon oncle, que l'argent et les soins consacrés à l'extérieur de la personne servent bien mieux que l'instruction et la vertu? Les relations brillantes ne sont pas les seules prérogatives qui me reviendront par ce mariage, car ma future belle-mère se charge de m'obtenir une place de conseiller de préfecture ou de sous-préfet. Si vous voulez obtenir un tableau de prix pour votre église, vous n'avez qu'à me l'écrire ; il paraît que cette dame connaît aussi familièrement les ministres que ses propres parents.

« Me proposant de vous écrire plus longuement la semaine prochaine, je m'empresse de terminer ma lettre en vous priant d'agréer mes sentiments respectueux.

« GASTON ROBERT. »

L'abbé Renaut, bien renseigné sur le caractère, les tendances et les habitudes de Corinne Rossignol et de Joséphine Teyssier, aurait préféré de beaucoup voir son neveu épouser la seconde. Ce bon vieillard avait trop de sagesse et d'expérience pour ignorer que le luxe entraîne autant de monde à la misère, que l'esprit de travail et d'économie en conduit à l'aisance. Il se méfiait de l'éducation futile et coquette de mademoiselle Corinne, et croyait pouvoir attendre beaucoup de l'intelligence, la modestie et la candeur de mademoiselle Joséphine. Néanmoins ne voulant pas trop peser sur les déterminations de son neveu, le bon abbé se contenta de lui rappeler les règles de sagesse dont tout jeune homme sérieux doit tenir compte en pareille circonstance.

« Mon cher neveu, lui écrivit-il quelques jours après, la paix du foyer domestique dépendant presque entièrement du choix que l'on fait en se mariant, les futurs époux ne sauraient donner à ce choix trop d'importance et de réflexion. Le mariage reposant essentiellement sur l'union des cœurs, ne serait-il pas gravement imprudent le jeune homme qui ne s'attacherait qu'aux qualités extérieures et aux conditions étrangères à la personne qu'il doit épouser? Une femme peut paraître belle sans être intelligente, bien élevée sans être instruite ; comme aussi ne peut-elle pas être riche tout en étant privée des bonnes qualités qui maintiennent la prospérité dans le ménage ? Mon intention, croyez-le bien, n'est point de vous assujettir à des règles d'ascétisme en vous conseillant de préférer la pauvreté à la richesse. Non, le père de famille ne peut penser et agir comme le religieux ; ne lui faut-il pas de l'argent pour les dépenses du ménage et l'éducation de ses enfants? Puisque l'argent sert à obtenir des choses utiles et agréables, dont le Créateur lui-même nous a inspiré le désir avec la faculté de nous les procurer, pourquoi vous obligerais-je à les mépriser ?

« Que le jeune homme assez favorisé de la fortune pour se passer d'une dot, préfère s'unir à la femme que le sort ou le malheur a déshéritée, c'est là un acte de dévouement ayant droit à tout l'hommage de notre admiration. Ce jeune homme choisit uniquement selon son cœur, il entre au sanctuaire du foyer domestique par un acte de vertu. Mais ce qui est sage pour l'un pourrait ne pas l'être pour un autre.

« Tout en ayant droit d'exiger une dot de la part d'une épouse, vous penseriez mal si vous faisiez de l'accessoire le principal ; vous ne seriez qu'un imprudent si l'attention prêtée à la dot et à l'entourage de la famille anéantissait celle

que vous devez apporter aux qualités de la
jeune personne. Les prérogatives de la fortune et de la position ne peuvent contribuer à
la prospérité du ménage qu'autant que
les qualités de la jeune personne ne font
pas défaut. Les ménages pauvres , ayant la
santé, l'intelligence, la paix, l'esprit de travail
et d'économie, ne sont-ils pas mille fois plus
heureux que les millionnaires et les dignitaires
qui ne s'aiment pas ?

« Le mariage n'étant pas simplement l'union
d'un jour ou d'un an, mais bien de la vie
entière, l'époux doit s'attacher non aux qualités passagères, mais aux qualités permanentes,
devant durer autant que l'union qu'il s'agit de
consacrer. Pourquoi donc se laisser éblouir
par des qualités superficielles, telles que la couleur du teint, la forme du visage, le maintien
de la personne, l'élégance de la toilette, etc ?
De semblables influences n'ont-elles pas cessé
d'agir alors qu'il est encore ordonné aux époux
de s'aimer sincèrement?

« Recherchez les qualités durables, en par-

ticulier la rectitude dans les idées. La personne dont le jugement est droit peut avoir
des torts, mais, au moins, elle est capable de
les comprendre, de les réparer et même de
se servir de ses fautes pour se perfectionner.
La femme qui sait aimer son intérieur avant
la toilette et les plaisirs n'a pas de peine à
se corriger de ses défauts pour plaire à son
mari; elle sait voiler, oublier, pardonner,
corriger ce qu'il y a de défectueux en celui
qu'elle aime. Rien de plus efficace pour le
bonheur des époux que leur amour mutuel.

« Les devoirs si graves et si compliqués du
mariage réclament des sacrifices de tous les
instants. Cet esprit de sacrifice, de dévouement, la religion seule peut l'inspirer. Voilà
pourquoi il est si important de ne point accepter pour épouse celle dont l'éducation n'a point
été basée sur le sentiment religieux. La femme
la plus chrétienne, à mes yeux, n'est pas celle
qui abandonne à tout instant son mari et ses
enfants pour des réunions de confrérie, mais
bien l'épouse douée d'une piété sincère et

éclairée, sachant combiner ses devoirs d'épouse
et de mère avec ceux de la religion. De telles
femmes ne contribuent pas seulement à la perfection des époux ; elles font encore la gloire
de l'Église, dont elles savent faire admirer la
puissance par la nature même des vertus
qu'elles pratiquent. Quant à la jeune personne
qui affecte de mépriser les devoirs religieux,
elle fait supposer, à juste titre, qu'elle n'a ni
conviction sérieuse, ni sentiments nobles, pas
même le tact des convenances. Rarement elle
conserve son innocence; plus rarement encore, une fois épouse, elle se montre fidèle
aux devoirs qui lui sont imposés par le mariage.

« Ce qui n'est pas moins important, c'est la
conformité des goûts, je dirai presque des
tempéraments. Le jeune homme blasé sur
les plaisirs, cherchant exclusivement dans
les affections domestiques le bonheur calme
qu'il ne peut trouver ailleurs, aurait tort de
s'unir à la jeune fille qui ne voit dans le mariage que des avantages purement extérieurs,

tels qu'une plus grande facilité pour les voyages, les spectacles, les bals, etc. En effet, ou vous céderiez aux désirs d'une telle épouse, ou vous les entraveriez. Dans la première hypothèse, vous seriez véritablement martyr, ne trouvant rien dans le mariage de ce que vous y cherchiez le plus. Dans le second cas, ne serait-ce pas rendre malheureuse une femme qui se croirait peut-être obligée de vous abandonner pour trouver mieux ? Puisque vous ambitionnez par-dessus tout la vie d'intérieur, donnez-vous une épouse animée des mêmes désirs ; adressez-vous aux familles qui forment leurs enfants bien plus à l'amour des occupations sérieuses qu'à celui de la toilette.

« La santé du corps est un bien non moins précieux pour l'épouse et la mère. Combien de jeunes filles, pourtant, ne craignent pas de sacrifier les forces de leur tempérament aux combinaisons bizarres que leur inspire une sotte vanité ? De telles femmes, on le comprend, n'ont pas de concours à promettre, mais bien des infirmiers à réclamer. Je m'arrête ici, Gaston, vous conjurant de réfléchir, en tout point, sur le fameux proverbe : *Tout ce qui reluit n'est pas or.*

«Quant au tableau que vous me faites espérer, je dois vous dire que je me sens peu d'inclination à réclamer la protection des personnes que je ne connais pas. Cette répugnance, je la surmonterais s'il s'agissait du salut d'une âme ou même de sa plus grande perfection; mais je n'ai jamais pensé que des tableaux exécutés par des gens souvent sans cœur et sans foi pussent augmenter le nombre des vrais serviteurs de Dieu. Je n'en remercie pas moins madame Rossignol de la bonté qu'elle a eue de penser à mon église.

« Renaut. »

Trois jours après la réception de la lettre de son oncle, Gaston Robert fut appelé dans le cabinet particulier de M. Pompignan, ancien négociant de la rue Montmartre. M. Pompignan avait-il reçu une lettre confidentielle de la part de son vieil ami, l'abbé Renaut? Nous

n'oserions l'affirmer ; mais nous sommes tenté
de le croire.

La vénération profonde de M. Pompignan
pour l'abbé Renaut datait de dix ans à peine ;
voici dans quelle circonstance elle avait pris
naissance. Tout d'abord, M. Pompignan, entièrement absorbé, comme tant d'autres négociants
de Paris, par la seule préoccupation de réaliser une grande fortune en peu de temps,
n'avait jamais eu la pensée de réclamer à la
religion des secours et des consolations. Ayant
perdu successivement son père et sa femme, de
telles pertes lui arrachèrent les larmes et des
regrets ; mais ces regrets n'eurent qu'un temps
limité ; son affection ne fit que changer de place
en se concentrant tout entière sur une fille
unique qu'il aimait plus que lui-même. Dieu
voulut apprendre à cet homme une vérité de
l'existence de laquelle il ne s'était jamais douté,
savoir que la religion seule peut nous donner
le vrai bonheur. Sa fille, le seul objet qui l'oc-
cupât depuis que sa fortune était faite, lui fut
ravie au plus bel âge de la vie, par une maladie

de quelques jours. Ce malheureux père, alors,
ne sait plus que devenir; tout lui est à charge,
même ce qui lui plaisait le plus avant ce jour.
Que de fois ne lui est-il pas arrivé de traver-
ser les rues et les boulevards sans s'expliquer
où il allait et ce qu'il voulait! Ce qui l'étonnait,
c'était de trouver encore des hommes qui pa-
raissaient contents et tenir à la vie.

Passant un jour devant l'église Saint-Laurent, au moment où un grand nombre de personnes y accouraient, il y entra lui-même sans
savoir pourquoi. C'était le jour de Pâques, à
la fin des vêpres, alors que l'abbé Renaut, prédicateur de la station, prêchait sur la survivance de l'âme, sur les beautés du ciel, dont
le Christ nous a ouvert les portes par sa mort
et sa résurrection.

Un tel enseignement venant frapper pour la
première fois les oreilles de M. Pompignan,
vu que cet homme n'était jamais entré à l'église
que pour des mariages ou des convois, ne pro-
duisit d'abord en lui que de l'étonnement.
Mais, au bout de quelques instants, la pensée

suivante lui vint tout naturellement à l'esprit :
« J'ai cru jusqu'ici qu'il ne restait plus de ma
« fille qu'un peu de poussière destinée à être
« foulée aux pieds; mais n'en serait-il pas
« autrement si ce prêtre disait vrai? Dans ce
« cas, ma fille n'aurait point cessé d'exister ;
« je pourrais la voir, un jour, ou du moins
« continuer encore de l'aimer! »

Après le sermon, M. Pompignan courut vers
le prédicateur pour pouvoir lui parler dans la
sacristie. Il l'avait à peine atteint qu'il s'écria :
Je vous conjure, monsieur l'abbé, je vous conjure, au nom du Dieu que vous servez, de m'a-
vouer franchement votre conviction sur la doc-
trine que vous venez de prêcher. Croyez-vous
sincèrement à la survivance de l'âme?

— Ah! si j'y crois! répondit l'abbé ; non-
seulement j'y crois, mais je donnerais jusqu'à
la dernière goutte de mon sang pour en attes-
ter la vérité.

— S'il en était ainsi, reprit le malheureux
père, je pourrais encore aimer ma fille et la
revoir un jour!

— Mais oui, vous la verrez, votre fille, si vous partagez les bons sentiments qui l'animaient le jour de sa mort.

—Croyez, monsieur l'abbé, que je la reverrai s'il ne tient qu'à moi de la revoir.

A l'instant même, M. Pompignan, se jetant aux pieds de l'abbé Renaut, s'écria avec l'accent de la plus vive émotion : « Puisque vous êtes le représentant de Dieu sur la terre, tendez, mon père, tendez la main pour me bénir !

Dès ce jour, M. Pompignan ne fut plus un désespéré ; la vie sembla renaître pour lui. Ajoutons qu'il est resté plein de reconnaissance pour le prêtre qui lui avait ouvert les yeux sur une vérité si importante et si consolante.

M. Robert se trouvant en présence de M. Pompignan, dans son cabinet particulier, ce bienveillant protecteur l'interpella ainsi :

— Gaston, je crois remarquer depuis longtemps en vous un désir, je dirai presque un besoin de vous éloigner des personnes de votre condition, pour vous mettre en relation avec

les familles qui cherchent à en imposer par
l'éclat extérieur. Permettez-moi un conseil des
plus sages, reconnu comme tel par tous ceux
qui ont l'expérience de la vie. Les relations
ayant une valeur par les satisfactions qu'elles nous procurent, je comprends celles qui
sont familières et amicales ; elles peuvent être
classées au nombre des grands bienfaits de
l'ordre social. Quoi de plus agréable et de plus
utile que les réunions exemptes de gêne, où
chacun peut exposer et même discuter modérément ses opinions? Mais en est-il ainsi des
relations que vous recherchez? Vous vous faites
une gloire d'être admis en soirée chez M. le
comte de Valence, chez madame la duchesse
de Perpignan ; mais quel titre cette admission
peut-elle vous donner aux yeux des hommes
sensés? Au lieu de vous distraire , vous
vous préoccupez vivement, avant, pendant et
après la réunion ; vous vous condamnez à
entendre des conversations absolument infructueuses pour votre instruction. Quoi de plus
futile que les conversations des opulents dans

les soirées dansantes et amusantes? Ce n'est
pas tout. Que devient votre dignité en pareille
circonstance? Qu'une famille opulente, voulant
exercer du prestige par le vain éclat des as-
semblées nombreuses, soit heureuse de vous
compter au nombre des témoins de sa prétendue grandeur, je le comprends sans peine ;
mais peut-il en être ainsi de vous, visiteur
admis par faveur? Croyez bien, mon cher
Gaston, que les opulents ne nous reçoivent
que pour nous faire servir d'instrument à leur
vanité !

Est-il bien arrêté, ajouta M. Pompignan, que
vous renoncez à la main de mademoiselle Teyssier pour celle de mademoiselle Rossignol?

— Parfaitement, répondit Gaston. Il y a
déjà longtemps que j'ai rompu mes relations
avec la famille Teyssier ; je passe toutes mes
soirées chez M. Rossignol.

— Vous m'aviez dit, pourtant, que vous
épousiez mademoiselle Teyssier par estime
et affection ! Comment donc ces sentiments
ont-ils pu s'éteindre si vite en vous? L'ai-

mez-vous beaucoup, mademoiselle Rossignol?

—Vous n'ignorez pas assurément, monsieur Pompignan, ce que sont les vieux garçons de Paris quand ils ont déjà pris la détermination de devenir époux. Pour eux, les illusions et les écarts ont dû cesser avant ce jour. Si j'épouse mademoiselle Corinne de préférence à mademoiselle Joséphine, c'est uniquement parce que la première me va mieux par sa fortune et son éducation. Par elle, je vais obtenir de hautes protections et relations, auxquelles je n'aurais jamais pu prétendre.

— Que je vous plains, mon cher Gaston, s'il en est ainsi! Rien n'est plus dangereux que de contracter des engagements solennels sans en comprendre la nature et l'importance. Le mariage, sachez-le bien, ne donne le bonheur qu'autant qu'il repose sur l'affection mutuelle des deux époux. Vous êtes parfaitement libre de renoncer à mademoiselle Joséphine pour épouser mademoiselle Corinne ; mais, je tiens à vous le faire observer, le mobile de votre détermination, si peu digne et si peu mo-

ral en lui-même , n'a pas même l'avantage
d'être tel que vous le supposez. Vous préférez
Corinne, dites-vous, comme étant plus riche
et mieux élevée; mais Corinne n'est-elle pas,
en réalité, bien moins riche en fortune et en
éducation que mademoiselle Joséphine Teyssier ? La jeune fille la mieux élevée n'est-elle
pas celle qui est la mieux disposée à aimer, à
exercer les devoirs qu'elle est appelée à remplir plus tard comme épouse et comme mère?
Joséphine , vous le savez mieux que moi,
possède toutes ces qualités. Aimant son intérieur, habituée aux conversations sérieuses,
elle saura intéresser son époux et l'attacher au
foyer domestique. Les femmes se plaignent de
ce que les maris préfèrent le cercle à leur
compagnie; mais n'est-ce pas leur faute plutôt
que la nôtre, toutes les fois que l'épouse ne
sait causer que de toilette, de décorations et
de fêtes? Cet inconvénient, si préjudiciable à la
prospérité de la famille, n'est point à craindre avec mademoiselle Joséphine, mais vous
l'aurez certainement avec mademoiselle Co-

rinne : il suffit d'étudier le passé pour prévoir l'avenir.

Que faut-il à la mère pour qu'elle remplisse utilement ses devoirs ? Il lui faut de la santé pour allaiter son enfant, du dévouement pour le soigner, de l'instruction pour lui imprimer sa première éducation et retarder le plus possible son entrée au collége, sans préjudice aucun pour l'avenir. Des avantages si précieux, vous les obtiendrez avec mademoiselle Joséphine, mais non avec mademoiselle Corinne. Cette dernière, nul ne l'ignore, s'est détruit le tempérament par des combinaisons mystérieuses ayant pour but de modifier les formes de son corps et la couleur de son teint, comme aussi par son opiniâtreté à passer les nuits dans les salons et les théâtres. Ce qu'elle a aimé, elle l'aimera encore ; c'est-à-dire que son mari et ses enfants n'hériteront que d'une faible part de ses préoccupations et affections.

Comment oser prétendre que mademoiselle Corinne est mieux élevée, puisqu'elle est

moins apte à remplir les obligations auxquelles
l'éducation doit former la femme? Serait-ce
parce qu'elle sait mieux poser le pied et présenter la main? Mais de semblables minuties,
pourraient-elles se décorer du nom de qualités,
laissent tous les avantages aux étrangers
et le préjudice au mari.

Mademoiselle Corinne plus riche que mademoiselle Joséphine? quelle illusion ! Ignorez-
vous donc, Gaston, que l'épargne annuelle
est bien moins dépendante des recettes que des
dépenses? Supposons que la dot de mademoiselle Corinne augmente vos ressources annuelles de deux mille francs : c'est là le maxi-
mum, si l'on tient compte des frais de noce,
de l'achat de la corbeille et du mobilier ;
que seront les dépenses proportionnellement
aux recettes? Ne parlons que des dépenses ordinaires, c'est-à-dire de celles qui reviendront
périodiquement et ne peuvent que s'aggraver
avec les années. Mademoiselle Corinne exigera,
pour le moins, un logement de mille francs ;
vous conviendrez que la moitié de cette somme

aurait pu contenter mademoiselle Joséphine,
et vous loger convenablement selon votre condition.

Corinne, une fois mère, ne saurait se passer
d'une nourrice ou d'une bonne d'enfant, ce
qui fait mille francs de plus chaque année.
Uue femme aimant les plaisirs ne dépense
pas moins de deux mille francs pour les théâtres, les réunions, les voyages, etc. Pour ce
qui est de la toilette, deux mille francs ne lui
suffiront pas; jusqu'ici elle en a dépensé six. La
mise des enfants ne devra-t-elle pas se trouver
en rapport avec celle de la mère? de même
pour leur éducation, qui sera plus superficielle,
mais plus brillante et plus dispendieuse.

Pourquoi, Gaston, rechercher avant tout
les vaines puérilités du luxe? Pourquoi votre
esprit de vanité vous fait-il désirer ce que les
époux devraient le plus redouter? Est-il possible de concilier les exigences des vaniteux
avec le véritable esprit de famille, les devoirs
de la mère et la perfection des époux?

— A quoi donc servirait la fortune, mon-

sieur Pompignan, répondit Gaston , si le riche
ne pouvait s'en servir pour obtenir des distinctions ? Peut-il mieux l'employer qu'à donner
du travail aux ouvriers ?

— Des distinctions ! ajouta M. Pompignan,
le riche n'en obtient aucune par l'étalage, vu
que son inférieur en fortune se fait un devoir
de l'imiter le lendemain. En réalité, le luxe
a bien moins pour effet de distinguer le riche
que d'introduire la gêne chez ceux qui sont au-
dessous de lui. Croyez, Gaston, que les riches
ont mille moyens d'obtenir des distinctions sans
exciter la jalousie des classes inférieures. Le
vaniteux croit justifier son luxe en préconisant
la nécessité du travail ; ce n'est là qu'un prétexte : le luxe ne fait que changer la nature
du travail ; au lieu d'en augmenter la somme,
il tend à la diminuer. Je puis vous en donner un exemple frappant dans la personne de
M. Clarisse, que vous connaissez. Notre compatriote voulait employer douze mille francs
à réparer son château de Pierrefitte ; de cette
manière, il aurait procuré plus de quatre mille

journées aux ouvriers du pays. Madame
Clarisse ayant préféré employer cet argent à
l'achat d'un bijoux, la classe ouvrière de Paris
n'en a retiré qu'une somme de cent francs ;
le bijoutier à peu près autant, déduction faite
de tous les faux frais. Le bourg de Pierrefitte
ayant été privé des quatre mille journées, la
plupart des habitants se sont vus obligés de
s'expatrier pour suivre l'argent de M. Clarisse.
Puisque M. Clarisse dépense à Paris les revenus
que lui rapportent ses domaines de Pierrefitte, il est tout naturel que les ouvriers de la
localité conçoivent le désir de se réfugier à
la capitale, au risque de s'y trouver plus malheureux.

Gaston avait trop d'intelligence pour ne pas
reconnaître toute la justesse des observations
que venait de lui faire l'ami de son oncle ;
mais, de nos jours, pour préférer le solide
au brillant, ne faut-il pas plus de courage que
n'en avait ce vaniteux?

Corinne, ajouta M. Pompignan, vous a-
t-elle fait part de ses projets d'avenir, et ces

projets peuvent-ils se concilier avec vos goûts,
vos devoirs et votre fortune ?

— Corinne m'a parlé , en effet , de réunions,
de danses, de loge à l'Opéra , de bains de mer,
etc. Moi , imitant la plupart des grands dignitaires, j'ai fait espérer beaucoup ; mais, croyez,
monsieur Pompignan, que je saurai m'arrêter
quand il faudra. Le mari ne dispose-t-il pas de
mille moyens pour faire comprendre à sa
femme que telle ou telle promesse est devenue
irréalisable ?

— Illusion grave, monsieur Gaston ! L'empire du luxe n'est-il pas beaucoup plus des-
potique que celui du vice ? S'il en coûte à
l'homme vicieux pour se corriger, il en coûte
encore plus à l'homme qui a voulu passer pour
riche , de prouver qu'il ne l'est pas. Une fois
lancé sur la pente, il vous sera presque impossible de vous y arrêter.

Mademoiselle Corinne, n'ayant d'autre idée
du mariage que celle que lui en ont donnée les
romans et les théâtres , voit des roses sans
épines ; que deviendra-t-elle donc au moment

des déceptions? Si elle n'ose recourir à la séparation, sa vie ne sera qu'une série d'amertumes, de contrariétés, qui feront de vous deux
martyrs. Une piété ardente, un amour héroïque peuvent, je le sais, agir assez fortement
sur une femme pour lui faire supporter les
déceptions. Mais de laquelle de ces puissan-
ces Corinne pourra-t-elle disposer? Elle aime
trop le monde pour affectionner un mari; elle
se complaît trop en elle-même pour chercher
le bonheur en Dieu.

Corinne, dites-vous, est une fille de bon ton
qui n'est jamais sortie de sa chambre sans être
accompagnée de sa mère ou de sa femme de
chambre. Gaston, seriez-vous de ceux qui
placent la vertu dans le luxe ou la fortune?
Sans contredit, la corruption est plus profonde
dans le grand monde que dans les classes laborieuses; pourtant, n'est-ce pas la fille de l'ouvrier, celle du petit commerçant qui se trouvent condamnées à se promener seules, sous
peine de mourir à défaut d'air ou d'exercice?
Si dévergondée que soit la fille d'un million-

naire, elle se garde bien d'aller seule ; ce qu'elle ne fait point par vertu, elle le fait par amour-propre. Celle qui est riche, pouvant disposer à volonté de sa mère ou d'une gouvernante, peut-elle violer ce qu'on appelle le bon ton ? Ne s'exposerait-elle pas à passer pour la fille d'un simple artisan ?

En se séparant de M. Pompignan, Gaston était rêveur et attristé ; mais lorsqu'il s'aperçut que la réflexion l'amenait à des conclusions autres que celles qu'il enviait, il prit subitement la résolution de ne plus penser à rien.

De son côté, M. Rossignol, voyant sa fille désirer avec impatience le jour où elle appartiendrait à un autre qu'à son père, lui dit en souriant : « Tu l'aimes donc bien, ce M. Gaston ?

— Si j'aimais Gaston, père, tu serais le premier à m'en plaindre ; tu as trop vécu dans le monde pour ne pas blâmer intérieurement les femmes assez folles pour s'attacher vivement à leurs époux. Si bon nombre de maris ne rougissent pas de spéculer sur un pareil attache-

ment pour se jouer en secret de leurs femmes ,
jamais, non jamais, Gaston ne pourra se glorifier d'en faire autant ! Corinne saura s'acquitter fidèlement de ses devoirs d'épouse, mais
à la seule condition de voir, à son tour, ses
droits respectés. Les obligations étant les mêmes pour les deux époux, la femme ne doit-elle
pas se prémunir contre tout amour qui la rendrait vulnérable dans sa dignité ou son bien-
être ?

Assurément j'épouse Gaston sans répugnance : car tout fait espérer qu'il sera mari
complaisant pour sa femme. Homme du monde
par excellence, quelle peine peut-il avoir à se
plier aux exigences d'une position convenable ?
Encore lundi dernier, ce jeune homme a fait l'admiration de tout le monde à la soirée de madame la baronne de Maynard; c'était à qui
d'entre les dames l'aurait pour cavalier !

Peux-tu, père, être étonné de mon grand
désir d'être l'épouse de M. Robert ? Voilà déjà
six mois que la goutte ne te permet plus de
m'accompagner à la promenade, ni au specta-

cle. Coralie va partir pour les bains de
Trouville ; ayant promis de la suivre, qui m'y
conduirait ? En Angleterre, la jeune fille
jouit de la plus grande liberté dans tous ses
actes ; ici, au contraire, elle est véritablement esclave de l'opinion publique. Peut-elle
sortir seule pour un motif quelconque, sans
compromettre sa réputation et passer pour
ce qu'elle n'est pas ? Le mariage ne peut
donc être pour la femme qu'une ère de liberté,
le titre d'épouse, qu'un manteau de protection.
Vois madame Lambert : elle reçoit, elle visite
qui bon lui semble, sans que l'on dise le
moindre mot sur son compte ; en serait-il de
même si elle était encore jeune fille ?

— Corinne, dit alors le père Rossignol,
ne te fais pas illusion sur les effets heureux du mariage ; tu t'exposerais à trop
d'amères déceptions. La position d'épouse
n'offre pas seulement des plaisirs et des
garanties, elle impose encore des devoirs
nombreux dont l'accomplissement fidèle exige
des sacrifices de tout instant. Que d'épines

cachées sous les roses? Pour mon compte, n'ai-je pas toujours passé, avant ma banque-route, pour être riche et heureux, et pourtant étais-je tel en réalité?

— Allons ! reprit brusquement Corinne, les vieux parlent toujours ainsi. Voyant tout en noir, ils voudraient nous faire sentir et penser comme eux. Seriez-vous donc jaloux des doux rêves et des vives satisfactions de la jeunesse ? Quand je serai vieille, je ferai comme les vieil-les : je deviendrai mélancolique et dévote ; en attendant, rien ne m'empêche de prétendre aux jouissances faites pour mon âge et ma condition.

Là-dessus, Corinne s'éloigna de son père sous prétexte qu'elle devait rendre à madame de Romaneuf le dernier volume du Juif-Er-rant.

Le soir même, sa gouvernante lui fit part de la crainte qu'elle éprouvait de ne pouvoir jamais se marier : les mariages, disait-elle, étant devenus difficiles pour les jeunes per-sonnes les mieux posées dans la société. « Jus-

« tine, lui répondit Corinne, vous vous trom-
« pez gravement! c'est précisément parce que
« votre position est inférieure à la mienne,
« qu'il vous sera plus facile de trouver un
« époux. Savez-vous ce qui a rendu mon ma-
« riage difficile? Ce sont mes goûts élevés, que
« vous n'avez pas, et dont je ne puis me dé-
« pouiller, quoique au fond je les désapprouve.
« D'un autre côté, pourquoi tant de jeunes
« gens désirant ma main, ont fini par y
« renoncer? Ce n'est pas, assurément, que
« ma personne leur ait déplu, tant s'en faut;
« mais ces prétendants, ayant cru pouvoir
« mesurer ma dot au train de notre maison,
« ont paru reculer d'épouvante après s'être
« renseignés sur les véritables intentions de
« mon père par rapport au chiffre de ma dot,
« tant était grande leur déception. Comment!
« a répondu l'un d'entre eux, vous avez équi-
« page, maison de campagne; votre confor-
« table semble tenir de celui des princes, et
« vous ne parlez que de cinquante mille francs
« pour la dot de votre fille! Ils ne savent

« pas comprendre, ces jeunes gens, que c'est
« précisément parce qu'une famille dépense
« beaucoup en luxe, que la dot de ses filles
« ne peut être que fort minime ! peut-il donner
« beaucoup à ses enfants, le père qui se trouve
« obligé de subvenir aux dépenses telles qu'el-
« les sont aujourd'hui dans les grandes mai-
« sons ? Est-il possible de se réduire, quand
« on a des filles à marier? quoiqu'il en soit,
« Justine, regardez votre mariage comme dix
« fois plus facile que le mien. »

VIII

Paris renferme grand nombre de sociétés, moins connues de la police et du public, que les sociétés secrètes. Ce sont les sociétés dites des *louangeurs*. Chaque société se compose de sept à huit jeunes gens, tous célibataires et amis de vieille date, qui promettent de se recommander mutuellement dans les familles où ils sont reçus, toutes les fois que l'occasion paraît favorable. Si la famille Rossignol avait une idée si haute des talents et des mérites de M. Robert avant de l'avoir vu, c'est que M. Ventelou, qui avait des rapports assez fré-

quents avec cette famille, était membre d'une
société de *louangeurs*, dont l'étudiant limousin
faisait partie. M. Ventelou étant trop âgé pour
épouser mademoiselle Rossignol, avait pensé
que M. Robert conviendrait parfaitement à
Corinne, par sa personne, ses manières et
ses goûts.

Les sociétés de *louangeurs* ne peuvent qu'obtenir des résultats favorables à leurs membres,
dans une ville telle que Paris, où les moyens
manquent aux familles pour apprécier par elles-
mêmes les qualités et les défauts de leurs futurs gendres. La société dont M. Robert faisait
partie, fonctionnait si habilement qu'elle était
parvenue, en moins de deux ans, à faire passer
cinq de ses membres ; du célibat au mariage;
Gaston allait être le sixième.

Les succès seraient-ils les mêmes pour les
jeunes personnes, si elles venaient à imiter les
vieux célibataires sur ce point ? A notre avis,
les résultats seraient encore bien plus sensibles, car la femme sait bien mieux s'insinuer
dans les familles, et gagner les procès des per-

sonnes qui ont obtenu sa protection. La réalisation de l'œuvre nous paraît plus chanceuse que les effets qui pourraient en découler : car s'il en coûte à une femme pour convenir des qualités réelles de sa voisine, comment consentirait-elle à lui attribuer, d'une manière constante, les qualités qu'elle n'a pas ?

Le lundi avant son mariage, Gaston réunit ses confrères louangeurs et quelques autres amis, chez un des restaurateurs les plus renommés du Palais-Royal. Les invités, tous célibataires, furent au nombre de treize, nombre néfaste aux yeux des personnes superstitieuses, celles même qui ne s'occupent ni de leur âme ni de Dieu. Il avait été convenu d'avance que le dîner aurait lieu à six heures du soir, et que l'on disserterait sérieusement sur les qualités et défauts de la femme, en les comparant à ceux de l'homme, par rapport à l'orgueil, l'envie et la colère, afin d'éclairer le futur époux sur la ligne de conduite à tenir envers son épouse et en tirer le plus grand parti possible. A l'heure indiquée, M. Garein, ancien élève de Saint-Sulpice, en ce moment illustre docteur en médecine, débuta ainsi, du ton le plus grave et le plus sérieux :

« Madame de Staël, Messieurs, affirme dans l'un de ses ouvrages, *qu'en général les femmes valent beaucoup mieux que les hommes.* Sans contredire un auteur si compétent, ne peut-on pas répondre que les femmes sont loin d'être parfaites, surtout en fait d'orgueil, le premier des sept péchés capitaux ?

« Aux yeux de certains moralistes, non-seulement la femme n'est point coupable d'orgueil, mais elle n'en est pas même capable. L'erreur vient de ce que l'on confond souvent l'orgueil avec l'ambition. L'ambition est bien un enfant de l'orgueil, mais est-il le seul ? Tout le monde convient que les femmes sont pleines de vanité ; mais la vanité ne tient-elle pas essentiellement à l'orgueil ? Les principaux enfants de ce péché capital, nous disent les théologiens, sont : la vaine gloire, la jactance, le faste, la hauteur, l'ambition, l'hypocrisie, la présomption, l'opiniâtreté.

« 1° La *vaine gloire* consiste à se complaire en soi-même à cause des avantages que l'on a ou que l'on croit avoir au-dessus des autres. De là ce désir désordonné d'être estimé, loué et honoré, cette ostentation à se montrer et à faire connaître plus ou moins adroitement tout ce qui peut nous obtenir la considération des hommes.

« Quelles sont en nous les qualités les plus précieuses, celles dont on aurait le plus raison de se prévaloir? Sont-ce les qualités de l'esprit ou bien celles du corps? Tout homme sérieux va me répondre que c'est folie de poser une question dont la réponse ne peut être doûteuse. Tous les grands maîtres de la psychologie et même de la physiologie sont unanimes, en effet, à proclamer les prérogatives de l'esprit comme étant mille fois plus nobles et plus précieuses que celles du corps. On me dira que la créature raisonnable ne trouvant que dans ses facultés intellectuelles les caractères qui la distinguent des autres êtres et la rendent éminemment supérieure à eux, c'est

dans ces facultés, exclusivement, que nous
devons chercher notre grandeur et notre gloire.
Eh bien, à ceux qui me tiendront ce langage,
je répondrai qu'ils n'ont jamais compté avec
les appréciations des femmes élégantes. Y
a-t-il, pour elles, quelque chose de comparable
à des cheveux noirs, à des dents blanches?
Ces femmes, assurément, ne sont pas assez
mal élevées pour mépriser les profonds pen-
seurs; mais de tels hommes, à leurs yeux, peuvent-ils valoir le gentilhomme qui joint à une
physionomie intéressante l'art de lancer quelques bons mots dans un salon, et sait, avec
un peu d'esprit, se rendre agréable par l'élégance de ses poses et de ses manières? La société parisienne éprise des talents de Jean-
Jacques Rousseau dont elle ne connaissait pas la
personne, manda venir ce grand écrivain pour
le faire passer sous un arc de triomphe.
Quand on aperçut Rousseau si mal servi
de la nature sous le rapport de l'extérieur,
l'assemblée fut tentée de ne pas le reconnaître pour décerner les honneurs à son se-

11.

crétaire, posant bien mieux que son maître.

« Les biographes qui mentionnent ce fait, oublient une circonstance que je regarde comme en étant la seule source, c'est que la solennité comptait beaucoup plus de femmes que d'hommes. Pendant la discussion des Chambres, sous la Restauration et le gouvernement de juillet, les femmes encombraient les tribunes à certains jours donnés. Était-ce au moment où les plus graves intérêts religieux, politiques et sociaux étaient en jeu? nullement, mais simplement lorsqu'il s'agissait d'entendre un orateur élégant, sous le rapport de la mise comme sous le rapport de la diction, et principalement sous le rapport de la physionomie.

« En fait d'opérations intellectuelles, je n'en vois que deux auxquelles les femmes semblent ajouter quelque importance : l'art de converser et celui d'observer.

« L'art de converser, messieurs, n'est nulle part mieux exercé qu'en France. Aux Français seuls il appartient de faire oublier les

heures par l'intérêt qui s'attache à leurs conversations. Sous ce rapport, la femme fran-
çaise est aussi supérieure à son époux, que le
parisien l'est au provincial. Si les femmes ont
reçu de la nature une aptitude exceptionnelle
pour la conversation, il leur faut des conditions
spéciales pour l'exercer. Veut-on les intéresser dans une réunion ? qu'on se garde bien
de discourir en choses sérieuses; mais que
l'on s'en tienne aux causeries sur les toilettes,
décorations, visites, soirées, promenades,
courses, etc.; en un mot, sur tout ce qui peut
frapper l'imagination sans fatiguer l'esprit, sur
tout ce que les femmes peuvent avoir appris
sans avoir étudié. Autrefois, l'on se contentait de prohiber le latin en présence des
dames ; aujourd'hui la défense s'étend à tout
ce qui n'est point bagatelles et futilités.

« Le second talent de la femme c'est l'esprit
d'observation. En moins de trente minutes,
une femme aura entendu la messe, compté toutes les personnes présentes à l'église, étudié la
physionomie de chacune, observé la forme de

tous les bonnets et de tous les chapeaux, de toutes les robes et de toutes les chaussures, etc., etc. Quel dommage que cette force d'observation ne tienne pas à se développer sur les êtres et les phénomènes de la nature!

« Je laisse de côté les facultés de l'esprit pour passer aux qualités du corps; c'est ici que la femme applique toutes ses adorations et ses préoccupations. Autant est marquante son indifférence pour les premières, autant elle se sent d'attraits pour les secondes. La femme dotée d'un bel extérieur, l'a entendu dire trop souvent depuis son enfance, pour l'ignorer; rarement elle passe une heure sans se livrer, sur ce fait, à de fréquents actes de foi et d'amour.

« Il y a, dit-on, des tables qui parlent, des tables qui peuvent dire toutes les pensées de ceux qui les touchent. Ah! que nous saurions de belles choses, si les glaces avaient aussi la vertu de révéler les pensées intimes de celles qui s'y regardent! Nous apprendrions, peut-être, qu'il n'est pas une seule femme qui ne s'incline devant elle-même pour se complaire et s'admirer !

« Si l'homme se regarde comme le roi de la nature par la possession de l'intelligence, la femme s'en regarde comme la reine par la forme de ses traits. Le spectacle offert par sa beauté n'est-il pas à ses yeux mille fois plus attrayant que celui de la terre pendant une journée de printemps, que celui du ciel pendant une nuit pure et sereine ? »

Au premier abord, ces illusions ne semblent possibles qu'à certaines femmes, celles auxquelles la nature a prodigué des dons exceptionnels. Mais quelle est la femme qui ne se croit point ou ne s'est pas crue belle ? Dites à celle qui est la moins favorisée de la nature, que sa beauté vous charme, ne finira-t-elle pas par vous en savoir gré, et même par se persuader qu'il ne peut en être autrement ? Rien de plus vrai que le vieux proverbe de nos pères : « Dites une seule fois à la femme qu'elle est jolie, le diable le lui répétera dix

fois par jour. » C'est là encore de la vaine
gloire, puisque ce péché existe quand on se
complait en soi-même à cause des avantages
que l'on a , ou *que l'on croit avoir.*

La femme qui se croit belle sans l'être, est
mille fois plus excusable que celle qui veut imiter le geai se parant des plumes du paon. Je
parlais tout à l'heure des curieuses révélations
des glaces, ne pourrai-je pas en dire autant de
celles des coiffeurs et des dentistes?

« Si l'ambitieux et l'opulent peuvent conserver jusqu'au tombeau les richesses et les emplois
dont ils se prévalent, la femme , à moins
qu'elle ne soit enlevée par une mort prématu-
rée, se voit dépouillée longtemps avant de
mourir, des ornements qui faisaient l'objet
de ses complaisances. Il arrive un temps,
c'est celui de la vieillesse , où elle n'offre
plus de charme, même à ses yeux. Elle a beau
passer d'une glace à l'autre, toutes ces glaces
s'entendent pour lui dire qu'elle n'est plus
la même. Cette mystification, que Dieu réserve aux femmes avancées en âge, ne devrait-

elle pas inspirer aux jeunes des goûts moins
futiles et plus modestes? Non, la femme
est presque incorrigible à cet endroit; les
vieilles mères ne sont-elles pas les plus ardentes à transmettre à leurs filles les illusions
qui ont causé leur propre perte?

« Les anciens, dit Buffon, avaient des goûts
de beauté différents des nôtres, les sourcils
joints ou presque point séparés étaient des agréments dans le visage d'une femme ; on fait encore grand cas, aujourd'hui, en Perse, de
gros sourcils qui se joignent ; dans quelques
pays des Indes, il faut pour être belle, avoir
des dents noirs et des cheveux blancs, et l'une
des principales occupations des femmes, aux
îles Mariannes, est de se noircir les dents avec
des herbes, et de se blanchir les cheveux à
force de les laver avec de certaines eaux pré-
parées. En Chine et au Japon, c'est une beauté
que d'avoir le visage large, les yeux petits et
couverts, le nez camus et large, les pieds ex-
trêmement petits, le ventre fort gros, etc.

« Il y a des peuples, parmi les Indiens de

l'Amérique et de l'Asie, qui aplatissent la tête de leurs enfants en leur serrant le front et le derrière de la tête entre des planches, afin de rendre leur visage beaucoup plus large qu'il ne le serait naturellement ; d'autres aplatissent la tête et l'allongent en la serrant par les côtés, d'autres l'aplatissent par le sommet, d'autres enfin la rendent aussi ronde qu'ils peuvent. Chaque nation a des préjugés différents sur la beauté, chaque homme a même sur cela ses idées et son goût particulier; ce goût est apparemment relatif aux premières impressions agréables qu'on a reçues de certains objets dans le temps de l'enfance, et dépend peut-être plus de l'habitude et du hazard que de la disposition de nos organes.

« Gaston, ajouta l'orateur, remerciez le ciel de vous avoir fait naître en Europe. Ce qui vous élève si haut dans les appréciations de Corinne, ne servirait ailleurs, qu'à vous maintenir dans le célibat. »

2° La *jactance* est le péché de ceux qui se donnent eux-mêmes des louanges par vanité,

font valoir leurs mérites, leur crédit, leurs succès, leurs bonnes œuvres.

« Celui qui se glorifie lui-même, s'écarte de
son but plutôt qu'il ne l'atteint ; si Dieu a promis d'élever ceux qui s'abaissent et d'abaisser
ceux qui s'élèvent, il en est presque de même
de ceux qui nous entourent. Plus un homme de
mérite paraît s'oublier, moins on conçoit d'om-
brage sur sa supériorité, et plus on est porté à
glorifier tout ce qui se rattache à sa personne
et à ses œuvres. Plus, au contraire, l'on se
prévaut de ses œuvres, plus le public se montre sévère dans ses appréciations. La jalousie
qu'excite notre jactance finit même par rendre
l'opinion publique injuste à notre égard; on
trouve au vaniteux des imperfections qu'il n'a
pas ; on cherche à diminuer ses mérites, lors
même qu'ils sont incontestables. C'est pour
cela que tous les habiles scrutateurs du cœur
humain tiennent à se montrer humbles : ce
qu'ils ne sont point par vertu, il veulent le paraître par spéculation.

« Celui qui s'oublie, finit par obtenir justice ;

mais, souvent, cette justice se fait attendre
bien longtemps. Que de fois la glorification
n'arrive qu'après de longues années d'oubli et
même de mépris ! Si les femmes sont trop habiles pour se louer elles-mêmes, elles n'ont pas
assez de patience pour attendre la réparation
dont nous parlons. Que font-elles donc ? Elles
savent se créer des protecteurs placés dans les
meilleures conditions pour remplir cette mission. C'est ainsi que cachées dans les coulisses,
elles reçoivent les applaudissements du public
sans paraître sur le théâtre. Avouons que s'il
n'y a pas ici grande humilité, il y a sage habi-
leté.

3° Le *faste* consiste à vouloir s'élever au-
dessus des autres, au-dessus de sa condition par
la magnificence de la tenue, des ameuble-
ments, des équipages, etc. C'est ici que les
femmes doivent s'examiner longuement pour
comprendre la gravité de leurs fautes et s'exciter au repentir. De nos jours, la passion des
femmes pour le luxe est arrivée à un tel degré
d'excentricité, qu'on a de la peine à se l'expli-

quer. Leurs tendances ne sont pas seulement pernicieuses pour elles-mêmes, elles le sont encore pour la paix et la prospérité des familles, pour les intérêts de la morale, de la religion et de la société.

Les femmes, par leurs habitudes de luxe, multiplient les occasions du péché, et vont même jusqu'à entrer dans des voies criminelles pour suffire à leurs exigences; de plus elles contribuent largement à la propagation de l'immoralité, en rendant les mariages plus rares et presque impossibles dans certaines conditions. Si quelque frein n'est bientôt mis à ces tendances, nous verrons sous peu le nombre des lorettes dépasser celui des femmes légitimes. Combien d'hommes qui auraient pu vivre dans l'aisance en restant célibataires, se trouvent condamnés par le mariage à des privations de toutes sortes et même à des humiliations profondes? Si la morale perd considérablement à l'accroissement des célibataires, les femmes n'y gagnent pas davantage : la plupart de celles qui se jettent

dans les voies du luxe pour se marier plus facilement, se créent au contraire de plus nombreuses difficultés. Tout récemment, une mère
de Belgravia, ayant sept filles à marier, se
plaignait à un anglais de ne point recevoir de
demandes en mariage, quoique ses filles fussent belles et fortunées : Madame, lui répondit celui-ci, les matrones de Belgravia montrent avec colère les jolies dompteuses de
chevaux qui se groupent sous les ombrages
de Brompton ou nichent dans les paisibles re-
traites de saint Jean l'Évangéliste....

« Mais elles ne sont nullement la cause, elles
sont plutôt le résultat de l'état actuel. La cause
en est plus près de nous ; elle est dans les
mœurs et les habitudes du xixe siècle, dans
l'absurde atmosphère qui nous entoure, dans
cette vie toute de convention, d'artifice, de
folie, de frivolité et de vice sur laquelle nous
fermons les yeux.

« Il y a quelques années, je songeais à me
marier ; je pris donc le parti de sonder ma
prétendue sur notre futur genre de vie : Mon

cher monsieur, répondit-elle avec une douceur infinie, j'aspire à peu de chose : un coupé avec un joli attelage, un cheval de selle (cela voulait dire deux), une maison dans un coin retiré de Belgravia, une chaumière dans l'île de Wight, et, enfin, de temps à autre, une loge à l'Opéra. Vous voyez que je suis modeste. — Si modeste, mademoiselle, que je dois renoncer à votre main : votre dot est de cent mille francs, mon revenu est de quinze mille environ ; comment voulez-vous que nous joignons les deux bouts avec ces prétentions-là ?...

« Mais ces prétentions-là ont forcé des centaines de jeunes gens à renoncer au mariage et à chercher des combinaisons plus simples et plus économiques, temporaires ou permanentes à leur volonté. Tenez, j'ai dîné hier chez un ami dans cette position, et je n'ai jamais vu un ménage plus élégant, plus confortable, mieux tenu. Celle qui partage ses joies et ses soirées, est aussi bien élevée que n'importe quelle dame de Belgravia. Elle parle avec aisance trois

langues; elle chante, joue et dessine fort bien;
elle soutient une conversation sur n'importe
quel sujet du jour, et possède en outre un
charmant esprit de répartie. Ajoutez à cela
qu'elle surveille admirablement les détails de
la cuisine et de la cave. Mon ami m'assure qu'à
la fin de l'année son bilan modeste se balance
beaucoup plus à son profit que du temps où il
vivait seul. Je vous laisse à penser s'il en serait
de même s'il s'était laissé séduire aux douceurs
du mariage.

« Gaston, prenez garde que Corinne ne soit
de Belgravia; dans ce cas, les *louangeurs* vous
auraient rendu mauvais service. »

4° La *hauteur* s'annonce par la manière im-
périeuse avec laquelle on traite le prochain,
la fierté avec laquelle on lui parle, le dédain
qu'on lui montre, le ton méprisant qu'on
prend à son égard. Ce défaut est rare chez
les femmes; on observe en elles peu de traces
de cette arrogance farouche qui semble tenir à
la barbarie. Si l'on en trouvait, ce serait dans
quelques familles de nouveaux parvenus.

5° *L'ambition* est le désir déréglé de s'élever aux dignités sociales, dignités que l'on recherche principalement en vue de la considération et des honneurs qui y sont attachés.

« L'ambition, dit un auteur célèbre, n'est pas une passion faite pour le cœur des femmes. Leurs tendances ne les entraînent point vers ces rêves de gloire, de domination, de fortune, de conquêtes, qui s'emparent si souvent du cœur et de l'esprit des hommes. Leurs convoitises ont un champ plus restreint, et leurs affections ne s'éprennent pas de ces grandes chimères que nous poursuivons si fréquemment.

« Sauf quelques rares exceptions, les femmes que l'histoire a qualifiées d'ambitieuses, n'étaient que des femmes intrigantes, assez adroites pour exploiter la faiblesse de certains monarques ou de leur entourage. Leurs desseins ne visaient pas au-delà d'une domination d'intérieur : presque toujours, il y avait au fond quelque intérêt de cœur qui les dirigeait.

En général, la femme n'ambitionne la gloire, les grandeurs, la fortune, que pour ceux qu'elle aime. Le reflet qu'elle en reçoit, flatte sa vanité, mais elle n'a pas d'ambition pour elle-même ; elle sent instinctivement qu'elle n'est point appelée à ces rôles éclatants que remplissent certains hommes sur la scène du monde. »

— Comment ! interrompit alors M. Nardin, avocat, d'un ton animé qui tenait presque de l'indignation, vous donnez à la femme une éducation propre à étouffer, ou du moins à laisser inculte ce qu'il y a de grand dans ses facultés ; vous lui faites un devoir de mépriser, sous peine de s'attirer le ridicule, ce qu'elle ressent d'aspirations élevées, et vous venez ensuite lui faire un reproche de son indifférence et de son impuissance pour les grandes entreprises ; bien plus, vous partez de ce point pour l'apprécier et la condamner dans son intelligence et son caractère ! Un tel stratagème n'est point juste ni loyal.

« Faites à la femme la même part qu'à nous ;

rehaussez sa dignité, en lui persuadant qu'elle est capable de tout ce qui est possible à l'homme; ouvrez-lui la porte de toutes les écoles préparatoires et spéciales ; si, après cela, c'est-à-dire avec les moyens dont tous les hommes peuvent disposer, elle montre le même dégoût et la même impuissance, oh! alors, mais alors seulement, vous aurez raison de la juger et de la condamner.

« Que d'administrateurs habiles ne seraient que de simples ouvriers, si des écoles n'avaient été ouvertes pour faire reconnaître et développer leurs talents? Que de laboureurs seraient devenus capables de remplir de hauts emplois, si les moyens de s'instruire ne leur avaient pas été refusés? Ce que nous disons des administrateurs, nous pourrions le dire de tous les hommes marquants dans l'art militaire, la magistrature et l'Eglise. Eh bien, les circonstances qui font défaut à certains hommes, manquent à toutes les femmes. Quels que soient les dons naturels dont le Créateur ait doté bon nombre de femmes, leur est-il possible,

12

dans les conditions où on les place, de briller
dans la chaire, la tribune, le barreau, dans l'accomplissement des autres fonctions sociales? La
nature de l'éducation, les appréciations de
l'opinion publique sont pour les talents d'une
femme, dans sa mission sociale, ce que sont les
barreaux d'une prison pour le prisonnier qui
voudrait entreprendre un voyage.

« Mais, dira peut-être M. Garein, que
deviendraient les procès et les sessions légis-
latives, si les femmes pouvaient plaider et
discuter? Qui se chargerait des fonctions du
ménage, si elles se croyaient appelées aux
grandes choses? — Les femmes, répondrai-je
à mon tour, deviendront plus sérieuses et
moins portées à la loquacité par cela même
qu'elles recevront une éducation plus forte, et
se croiront appelées aux fonctions importantes.
Si quelques femmes abandonnent les occupations du ménage pour en remplir d'autres plus
élevées, bon nombre d'hommes se trouvent
propres à les remplacer sur ce point. Du reste,
de même que tous les agriculteurs et tous les

mécaniciens ne quittent point la charrue ou
l'outil pour se consacrer à l'étude de la phi-
losophie, de même aussi toutes les femmes ne
renonceront point aux fonctions du ménage
pour aspirer aux dignités. Chacun de nous
possède des aptitudes spéciales, des aspirations
particulières.

« L'hypocrisie, reprit alors M. Garein, est un
défaut par lequel on cherche à s'attirer l'estime
de ses semblables, en empruntant les dehors
de la vertu, en voulant paraître homme de
bien sans l'être effectivement. La femme a
d'elle-même un talent spécial pour représenter des sentiments qu'elle n'éprouve pas.
Rien ne lui est plus facile que de se faire
regarder comme une amie dévouée par celui
même dont elle se moque en secret, celui auquel elle veut nuire. La femme possède au
suprême degré l'art d'être perfide ; la prudence veut qu'on soit méfiant à son égard avant
de l'avoir bien étudiée et bien connue.

« En général, quand l'homme est religieux,
il l'est par l'effet d'une conviction raisonnée.

Si le savant croit à Dieu, c'est parce que le
monde visible lui apparaît comme n'ayant pu
se créer et se diriger par lui-même, comme
attestant la présence d'un être suprême qui à
tout produit et n'a jamais été produit. Il croit
à la mission divine de l'Église, parce qu'il ne
peut expliquer autrement l'existence et l'influence de cette Église parmi les peuples.
Méconnaître l'Église dans sa source divine, ce
serait, à ses yeux, tomber dans le scepticisme
le plus complet sur tous les enseignements les
plus authentiques de l'histoire. Rarement la
femme entre dans cette voie pour se rendre
compte de ses convictions. Ce que l'homme
atteint par le raisonnement, la femme l'acquiert
par le sentiment.

« La femme est-elle pour cela plus sujette à
l'erreur ? Nullement. Si le raisonnement a ses
lumières, le sentiment a aussi les siennes.
L'un est aussi bien fait que l'autre pour diriger
la créature raisonnable à travers les sentiers
de la vie, et lui montrer le but vers lequel elle
doit tendre. Sans doute, le sentiment peut

quelquefois être mal interprété, et par conséquent illusionner ceux qui s'abandonnent à ses
inspirations ; mais n'en est-il pas de même du
raisonnement ? Lui aussi ne peut-il pas être
mal déduit et par conséquent égarer ceux qui
l'emploient ? Si nous faisions un tableau complet des erreurs et catastrophes produites par
le sophisme, pour les comparer aux écarts
du sentiment, nous serions très probablement
forcés d'avouer que ce n'est point à l'esprit
mais bien au cœur, que reviennent les honneurs
de la comparaison.

« Les femmes, disons-le, sont beaucoup
plus religieuses que les hommes. Éprouvant le
besoin d'aimer, elles comprennent que Dieu
seul peut les satisfaire à cet égard. Lorsqu'elles éprouvent des déceptions, des contrariétés, des humiliations, c'est dans les pratiques religieuses qu'elles trouvent des remèdes
et des consolations. La seule force capable de les
maintenir dans la vertu, peut seule aussi, elles
le savent, les re dre he uréuses, ou du moins
leur faire supporter les peines intérieures dont
elles tiennent à garder le secret.

.12

« C'est précisément parce que les femmes
sont généralement animées des sentiments
religieux, que les indifférentes sentent le besoin
de se montrer tout autres qu'elles ne sont. Grâce
aux exigences de l'opinion, la femme qui n'est
pas religieuse, ne s'en croit pas moins obligée
de se soumettre à certaines pratiques extérieures. En toilette comme en religion, elle
se dit : *Noblesse oblige*. A cette femme, religieuse par coquetterie, il faut des prédicateurs
et des confesseurs d'un genre particulier. Ici,
comme ailleurs, le fond lui importe peu ; ce
qu'elle veut, c'est de l'original et surtout du
brillant.

« 7° La *présomption* consistant à se confier
trop en soi-même, à ses propres lumières, il
me suffira d'observer sur ce point, que bon
nombre de femmes ressemblent aux jeunes
gens de notre temps.

« 8° L'*opiniâtreté* règne quand on s'attache
trop à son propre sentiment, malgré les observations motivées de ceux qui pensent autrement.

« Rien de plus difficile que d'analyser la femme à ce point de vue. D'un côté, elle se montre versatile, et donne à chaque instant les signes les plus péremptoires de l'inconstance. Fort sensible et impressionnable, ses idées varient presque aussi souvent que les impressions diverses qu'elle subit. Ses larmes coulent plus facilement que celles de l'homme ; en revanche, elles tarissent plus vite. Semblable à l'enfant, une femme rit et pleure dans la même journée, et quelquefois pour le même événement. Ses manières de voir sont aussi inconstantes que ses émotions. Les appréciations d'une amie, d'un époux font changer totalement les siennes, au risque d'y revenir le lendemain ; la femme est donc inconstante. D'un autre côté, n'est-il pas souvent impossible de modifier le dire d'une femme, lors même même qu'elle a tort aux yeux de tout le monde? Cette accusation est celle de tous les maris qui ont des épouses peu intelligentes ou peu instruites.

« Messieurs, dit alors l'orateur en terminant,

je puis m'être trompé dans quelques-unes de mes appréciations, mais elles n'en sont pas moins l'expression la plus pure de mes études et de mes convictions. »

A ce moment, les convives, qui s'étaient contentés de courtes interruptions, exprimèrent hautement leurs sentiments ; les uns pour approuver, les autres pour accuser M. Garein d'une trop grande sévérité envers les absentes.

Un avocat de quarante-trois ans, nommé Delort, prit alors la parole pour apprécier la femme sous le rapport de l'envie, autre péché capital qui lui est assez communément imputé.

« Fort souvent, s'écria-t-il, l'auditeur d'un discours bien pensé, bien senti et bien prononcé du haut de la chaire ou de la tribune, se dit en lui-même en sortant de l'enceinte : « Que je voudrais pouvoir parler aussi bien que l'illustre orateur que je viens d'entendre !» Ce sont là, évidemment, des sentiments d'admiration et non d'envie, quand ce langage est tenu par un jeune lévite ou un jeune avocat, désirant et espérant obtenir un jour pour lui-même le degré de puissance qu'il proclame chez les autres. Non, alors il n'y a pas envie, car il est permis de désirer et de rechercher pour soi les bonnes qualités que l'on admire ailleurs. Ce n'est pas seulement une chose permise, c'est un besoin de l'être intelligent, un devoir commandé à chacun de nous. Dieu veut que nous visions tous à imiter les plus parfaits, que nous portions nos regards jusque sur lui-même, centre de toutes les perfections. »

« S'il est permis d'admirer ce qu'il y a de bon chez les autres et le désirer pour soi-même, il serait criminel de nous attrister des prérogatives de celui que nos mauvais sentiments nous font regarder comme un supérieur, ou un rival. Voir d'un mauvais œil la gloire de son frère, chercher à la ternir, n'est-ce pas faire un pas anti-social, n'est-ce pas se dégrader soi-même ?

« Comme l'envie s'exerce principalement dans le domaine des emplois et des honneurs, il est rare de trouver des femmes coupables de ce crime. Certainement, il y a des femmes envieuses; mais la plupart ne sont ainsi tourmentées que pour leurs maris ou leurs enfants, dont elles comparent la position à quelque autre de leur connaissance.

« Il n'en est pas de la jalousie comme de l'envie. Si l'envie fait plus de ravages chez les hommes que chez les femmes, tout le contraire existe par rapport à la jalousie.

« Pour ce qui est de la jalousie ordinaire que les femmes éprouvent entre elles pour la beauté, la conversation, la toilette, en un mot pour tout ce qui regarde l'art de plaire, nous pouvons dire que c'est là leur pain quotidien. Une femme intelligente et belle peut obtenir l'admiration de tous les hommes qui la connaissent; mais qu'elle se garde bien de compter sur celle des femmes qui l'entourent. Serait-elle un ange, qu'on lui trouverait mille défauts. Quand l'une de ses voisines semble lui reconnaître des qualités, c'est uniquement pour avoir mieux le droit de l'attaquer sous d'autres rapports; c'est surtout pour donner à sa médisance plus de croyance et d'autorité. A cet endroit, la femme peut se méfier de celles qu'elle regarde comme ses meilleures amies, peut-être même de ses plus proches parentes. On ne saurait croire combien sont nombreux et funestes les ravages causés, dans les familles, par la jalousie des femmes et surtout de la femme coquette! La vaniteuse pardonne difficilement à celle qui a voulu la surpasser en toilette ou autres futilités. »

Un professeur du collège Louis-le-Grand ayant demandé la parole sur la femme considérée par rapport à la colère, s'exprima ainsi :

« Que veulent dire le son de l'airain qui se sent frappé, le mugissement des flots qui viennent se briser contre un rocher, le bruit du tonnerre qui gronde, etc., etc.? Ces éléments proclament une puissance qui les gêne, ils s'attaquent à des barrières qu'ils voudraient briser. Il en est des êtres instinctifs comme des êtres purement organiques; ils se plaignent, ils s'irritent, quand des obstacles invincibles viennent s'opposer à l'accomplissement de leur volonté.

« L'homme, non plus, n'est pas exempt de la douleur; car lui aussi est limité; lui aussi trouve, à chaque instant, des résistances qu'il ne peut vaincre. Malheureusement, nous allons souvent trop loin pour manifester notre douleur; et nous nous livrons à des emportements violents qui nous font oublier les sages lumières de la raison.

« L'état social multipliant les besoins, les désirs, les relations, multiplie par cela même les contrariétés et les cas de colère. Faut-il donc dire avec Rousseau, que l'état sauvage est plus favorable à notre perfectionnement que l'état social? Le philosophe de Genève aurait raison, si l'état social ne portait avec lui des remèdes pour guérir les plaies, des forces pour affronter les dangers, pour diriger et surmonter les mauvaises tendances de notre nature. L'état social tend à augmenter en nous les émotions, mais il nous apprend aussi à les modérer. N'est-ce pas lui qui nous enseigne que la patience et la résignation tiennent bien plus de l'héroïsme, que les violences de la colère? L'homme civilisé, sachant qu'il y a une autorité publique destinée à protéger les droits et à réparer les injures, repousse toute pensée de se faire justice par ses mains; il reste calme dans bien des circonstances où le sauvage éprouve le besoin de se venger lui-même contre le coupable qui l'a offensé.

« Le milieu dans lequel on vit, n'est pas le seul aiguillon de la colère; les influences les plus marquantes tiennent à la nature des tempéraments. Toute personne caractérisée par le tempérament sanguin, se livre facilement aux emportements ; mais ces emportements ont peu de durée et ne laissent presque jamais de rancune. Quand elle refuse de revenir vers celui qui l'a offensée, c'est plutôt par orgueil que par haine. Il n'en est pas de même du sujet d'un tempérament flegma-

13

tique et surtout d'un caractère mélancolique.
Celui-ci, quoique ayant plus de force pour
modérer ses emportements, n'en est pas moins
irascible et vindicatif. Il fait semblant de
pardonner, alors même que se croyant gravement offensé, il médite en secret les moyens
de se venger d'une manière plus tragique. Le
mélancolique sait attendre; mais il n'oublie
presque jamais. Nul emportement n'est
excusable, quand il nous fait parler ou agir
d'une manière excentrique; néanmoins, les
mouvements désordonnés provenant d'une
mauvaise éducation, sont mille fois préférables
aux rancunes implacables qui se cachent et ne
finissent jamais. Mieux vaut connaître son
ennemi quand il se montre en face, que le regarder comme notre ami, lorsqu'il nous tend
des piéges pour mieux se venger.

« Les femmes sont bien plus portées à la colère que les hommes. Qui le croirait, si l'expérience ne nous le prouvait? La colère rend les
yeux brûlants, déforme le visage, produit une
agitation excentrique et dangereuse dans toute

l'organisation, et finit quelquefois par une mort instantanée. Quelquefois elle enlève totalement la raison, et pousse à des cruautés horribles. Tout cela peut-il se trouver chez la femme, qui paraît généralement si faible, si douce, si bonne, si aimable pour tous? Malheureusement oui, car elle est plus susceptible et plus impressionnable que nous. Le système nerveux étant très-développé dans son organisme, les émotions se montrent plus fréquentes et plus vives. La femme qui se croit offensée dans son amour-propre, blessée dans ses affections, ne sait guère pardonner. Tous ses emportements violents ne sont pas de longue durée, mais ils sont terribles, car la raison vient rarement les maîtriser. Une femme en proie à la colère, ne se possède plus; il n'est rien qu'elle ne dise ou ne fasse pour se venger. C'est véritablement un tigre qui a brisé les barreaux de sa prison pour se précipiter sur sa victime. C'est ce qui a fait dire à un physiologiste très-sensé :
Ab irata muliere libera nos, Domine.

« Il est assez rare de constater des emportements aussi outrés chez les femmes bien élevées. Ces dernières sont bien plus irascibles que les femmes du peuple ; mais ce même amour-propre qui les pousse à la colère, quand il est froissé, sert vivement à les retenir. Que dirait-on d'une dame qui aurait eu, en public, des contractions de nerfs, qui aurait crié, insulté comme une femme de la halle ! sa réputation ne serait-elle pas à jamais perdue ?

« Il n'y a pas de dicton populaire qui n'ait sa raison d'être ; or nos pères n'ont-ils pas toujours dit : *Femme et vin ont leur venin ; — Les femmes sont toujours meilleures l'année qui vient ; — Femmes sont, à l'église, saintes ; aux rues sont anges ; à la maison diablesses ?* Ce qu'il y a de certain, c'est que bon nombre de maris se trouvent moins satisfaits de leurs femmes, que ceux qui ne les voient qu'un jour par semaine, ou par mois.

« Tous les torts du ménage ne sont pas imputables aux femmes ; les hommes doivent en

revendiquer une part considérable, surtout
dans les classes ignorantes où les maris
débauchés abondent. Parmi les maris sages
et tranquilles, fort peu ont l'occasion de
pratiquer la résignation à un degré aussi
élevé que certaines femmes de mérite. Souvent, ils n'ont rien d'extraordinaire à supporter ; d'autres fois, ils se livrent à des entreprises extérieures qui les débarrassent des
querelles de ménage. Parmi les épouses, il
en est qui sont de vrais anges de douceur,
de calme et de patience. Comme elles ont
la faiblesse en partage, et qu'elles n'ont pas
l'avantage des préoccupations extérieures, il
s'ensuit que leur sort est plus digne d'intérêt,
que leurs mérites sont plus grands aux yeux de
Dieu et des hommes qui savent les apprécier.

« Si la colère, avec les violences qu'elle engendre ordinairement chez la femme, durait
longtemps, elle l'anéantirait dans son organisme, elle l'enlèverait par une mort prompte.
Il est naturel que ce qui est violent cesse plus

tôt. La femme devient calme ; mais son amertume, pour être secrète, n'en est pas moins
réelle et moins durable. Une femme a trop
de peine à oublier l'offense qu'elle croit avoir
reçue dans son amour propre ou son affection,
pour ne pas méditer une vengeance. Si elle
attend très-longtemps, et va même jusqu'à
prodiguer des caresses à son ennemi, ce n'est
que pour mieux arriver à son but. Quelquefois, la femme vindicative se cache derrière
le rideau : elle n'agit pas directement, elle fait
agir ; c'est encore pour mieux frapper.

« Si l'on pouvait, prétend un historien,
dérouler à part toutes les vengeances exercées
sous l'inspiration secrète des femmes, le tableau en serait effrayant. Je n'ai guère de
peine à le croire ; car si les hommes sont plus
durs dans leurs menaces, les femmes sont
plus perfides dans leurs menées, plus cruelles
dans l'exécution de leurs desseins. C'est ce qui
fait dire à Juvénal : « Personne ne se réjouit
de la vengeance comme une femme. »

« Pour obtenir une terrible vengeance, il

n'est pas de moyen devant lequel une femme
recule. Ce n'est pas assez de la médisance, il
lui faut la calomnie propagée de mille manières ; il lui faut des discordes qu'elle cherche à soulever, partout, contre celui dont elle
a juré la perte. La plupart des crimes exécutés sous l'inspiration de la vengeance viennent des hommes, mais les plus indignes et
les plus horribles ont été commis par des
femmes. Il en a été ainsi dans toutes les ré-
volutions, même en 1848. Le général Bréa
n'eût jamais été traité aussi cruellement par
des hommes, qu'il l'a été par des femmes.

Chez la femme, tout est extrême : vice ou
vertu, force ou faiblesse. Tantôt elle est l'ange
de la douceur, tantôt elle est un vrai démon
de malice. Elle est quelquefois si débile et si
faible, qu'on obtient d'elle tout ce qu'on veut ;
d'autres fois, elle donne des preuves d'un courage que la plupart des hommes ne pourraient
imiter. Une femme, dans un moment de péril pour son époux ou son enfant, entrepren-
dra pour les sauver ce que l'on n'aurait jamais

attendu d'elle. Son courage va jusqu'à l'héroïsme, on peut à peine le comprendre.

« Un point sur lequel le courage de la femme montre une supériorité incontestable sur celui de l'homme, c'est la force de l'abnégation, de la résignation et de la souffrance. Lorsqu'un homme, sous le coup de l'adversité, ou en proie à des douleurs physiques sans remède, se laisse abattre, ou ne puise dans l'énergie de son caractère que le triste et coupable courage du suicide; une femme, dans les mêmes circonstances, trouve dans son âme un fond de calme et de patience, une résignation qui résiste aux plus vives, aux plus cuisantes comme aux plus persévérantes douleurs. Elle sait souffrir, et pour souffrir ne faut-il pas plus de vrai courage, plus d'énergie et de force que pour mourir? Ce courage de la souffrance, la femme le puise dans les qualités naturelles de son âme, et surtout dans son amour pour Dieu, ou la créature. »

Cette belle conclusion de l'orateur fut applaudie de la manière la plus vive et la

plus accentuée, par ceux mêmes qui repro-
chaient au professeur d'avoir été fort injuste
vis-à-vis des femmes, en bien des points de
son discours.

M. Laliron, chef de bureau à l'Hôtel-de-
Ville, termina la séance académique par quelques paroles bien senties. L'orateur parfaitement renseigné sur les goûts de Gaston et de
Corinne, se permit à cet endroit, quelques
allusions délicates ; en cela il ne fit qu'imiter
ceux qui avaient déjà pris la parole.

« La femme, dit-il, vaut-elle plus que
l'homme? A cette question, la réponse doit
être tantôt affirmative, tantôt négative, selon
le point de vue auquel l'on tient à se placer.
S'agit-il d'une faculté profonde de l'esprit?
c'est à l'homme que l'on doit donner la préférence, tout en reconnaissant l'hommage qui
a été mérité et qui l'est encore par bien des
femmes sous ce rapport.

« S'agit-il des qualités du cœur? c'est à la
femme que nous devons attribuer la palme ;
car si la femme est la reine du monde, c'est

13.

par le cœur surtout qu'elle manifeste sa sou-
veraineté, comme on vient de le dire en termes
si nobles. La femme est beaucoup plus forte
que l'homme pour l'amour et la souffrance ;
sur ce point, son cœur est doué d'une puissance que le nôtre aurait de la peine à égaler.

« En parlant de l'influence exercée dans la
famille, nous devons avouer que celle de la
femme est généralement plus efficace et plus
utile.

« Ce qui paraît plus étonnant, quoique non
moins réel, c'est le haut degré de puissance
que la femme exerce dans l'ordre social.
Cette puissance, quoique indirecte et presque
toujours mystérieuse, n'en est pas moins
très-efficace. Ne peut-on pas dire que si les
hommes règnent, les femmes gouvernent?

« Parmi les nombreux auteurs qui ont écrit
sur le sexe, les uns ont méconnu sa puissance et sa valeur, en prétendant que la
femme n'est bonne à rien en dehors des occupations du ménage. Cette assertion, fréquemment démentie par l'histoire, le serait

encore plus, si le genre d'éducation donnée
aux jeunes filles, n'était point de nature à
étouffer les facultés de leur esprit. D'autres,
ne considérant dans la femme que son côté
superficiel, en ont fait une espèce de divinité
devant laquelle les hommes doivent sans cesse
se prosterner. Dieu me garde de mériter des
reproches de ce genre! Tout en proclamant
les mérites de la femme, ceux-mêmes qui
sont les plus méconnus par la société, pourquoi craindrions-nous de dévoiler ses imperfections, soit que ces imperfections dérivent
de sa constitution même, soit qu'elles tiennent
à la direction que la femme se donne ou reçoit
dans notre siècle?

« Quoiqu'il en soit de la valeur que les femmes tiennent de la nature, ou acquièrent par
l'éducation, je dois dire, pour déclarer toute
ma pensée, que la femme qui a le plus de
droit à l'admiration du public, par ses talents
et ses connaissances, n'est pas toujours celle
que le jeune homme doit préférer pour son
épouse. Il est même à remarquer que la plu-

part des hommes illustres se sont attachés à prendre pour compagnes de leur vie des femmes modestes dans leurs habitudes et leurs goûts. Nous pourrions dire de presque tous ce que le bon poète Ducis a dit de Racine :

« L'immortel auteur d'Athalie
« Et de Phèdre et d'Iphigénie,
« Ce peintre enchanteur de l'amour
« Qui plein d'esprit, de goût, de grâce,
« Couvert des lauriers du Parnasse
« Charma la plus brillante cour,
« En sa maturité sévère
« Dans sa femme que chercha-t-il ?
« Une très-simple ménagère,
« Qui fit avec lui sa prière
« Et répondit : Ainsi soit-il. »

IX

Un jeudi, 23 mai, quarante ou cinquante voitures stationnaient devant l'Eglise Saint-Germain-l'Auxerrois ; les curieux s'arrêtaient un instant pour demander de quelle cérémonie et de quelle famille il s'agissait. Ce jour là, les suisses, bedeaux et autres employés de l'Eglise, se montraient en grande tenue. Monsieur le curé lui-même officiait. Il était question, en effet, de procéder à la célébration d'un mariage de première classe, dont les noms des deux fiancés étaient Gaston et Corinne.

Ce qui absorbait l'attention de Corinne, c'était sa toilette, celle de ses amies, et les décorations de l'Eglise, étalées en son honneur. Après le discours d'usage, la mariée disait à sa mère : « N'est-il pas vrai que Monsieur le « Curé n'a jamais si bien parlé qu'aujourd'hui, « même dans les mariages les plus aristocra-« tiques? » Corinne ne cessait de se représenter avec orgueil sa marche triomphante à travers la nef jusqu'à son prie-dieu, au milieu d'une foule compacte, au son le plus bruyant du grand orgue ! « Comment m'as-« tu trouvée, disait-elle le soir même à « l'une de ses amies? On prétend que j'é-« tais ravissante quand je gravissais comme « une reine, les marches du sanctuaire « avec ma belle robe de moire et ma superbe « couronne d'oranger!.. »

Quelques jours après le mariage, Gaston disait à sa femme, en rentrant au logis : Je viens de rencontrer un jeune prêtre qui a été mon camarade de collége ; il regrette vivement de n'avoir pas eu connaissance de notre ma-

riage ; il aurait désiré le bénir lui-même. Je
le regrette autant que lui.

— Qu'est-il ce prêtre, répondit Corinne ?

— Il est vicaire à Saint-Joseph, rue Cor-
beau.

— Voyons, Gaston, est-ce que notre mariage pouvait être béni par un simple vicaire, et surtout par un vicaire d'une paroisse
telle que Saint-Joseph ?

— Pourquoi pas ? Il n'en serait pas moins
valable et moins licite.

— Quelle idée aurions-nous donnée de
notre position et de nos relations, si notre
mariage n'avait été béni que par un vicaire ?

— C'est un vrai saint, un savant du premier ordre.

— Les saints et les savants pullulent dans
notre siècle ; or il est bon d'éviter dans ces
circonstances ce qui est vulgaire et commun ;
ce qu'il faut dans un mariage, c'est du brillant. Il nous aurait fallu un évêque ! Si saint
et si savant que soit un vicaire, ce n'est point
à lui qu'une famille bien posée doit s'adres-

ser en pareille circonstance ; laissons aux vicaires le soin de marier les ouvriers et les petits commerçants.

— Mais, Corinne, l'abbé Valentin, mon compatriote, a droit de porter du violet ; il est camérier ou protonotaire de sa Sainteté. Moi, je l'appelle simplement abbé ; mais on lui donne partout le nom de *Monseigneur;* c'est un prélat qui pose à merveille quand il pontifie avec la mitre et l'anneau.

— Est-il gentil !

— Au possible ; sa taille est plus que moyenne, sa pose élégante ; on dirait, à le voir, que c'est un de ces évêques gentilshommes dont les cours aimaient autrefois à s'entourer.

— Oui, il est vraiment regrettable, s'il en est ainsi, que nous n'ayons pas connu plus tôt son adresse. Comptons-le au nombre de nos amis ; nous l'inviterons à notre dîner du carnaval, s'il a, comme je l'espère, l'attention de nous faire une visite.

—Il s'agit en ce moment, Gaston, de pourvoir à notre logement et à son ameublement.

Il est entendu que nous habiterons le faubourg Saint-Germain, ou le faubourg Saint-Honoré. Il va sans dire que nos appartements seront au premier ou au second : il est utile de se bien poser dans son quartier, quand on débute en ménage. Cette condition est rigoureuse pour toi qui veux t'établir comme homme d'affaires, en attendant une place de sous-préfet. Comment s'attirer de la clientèle, et surtout la bonne clientèle, si l'on n'arrive point à en imposer par l'éclat fictif ou réel de sa position?

, — Je prendrai un second, si le prix des premiers est trop élevé. Bien entendu que je ne compte pas l'entresol.

— Le nombre des escaliers à monter ne me fait rien, pourvu que l'appartement soit censé faire partie du premier, ou du second étage. Les visiteurs savent bien que l'entresol ne compte pas. Ce qui n'est pas moins essentiel, c'est que notre salon soit beau et vaste; pour ce qui est des autres appartements, je tiens fort peu à leurs bonnes qualités, à l'ex-

ception de la salle à manger, vu que
l'on y reçoit quelquefois. Ce qu'il nous
faut pour le salon en fait d'ameublement,
c'est du brillant plutôt que du solide; achète
tous les meubles de Boule. Pour les autres
pièces, nous les garnirons à moins de frais.

— Quelles sont tes intentions, reprit Gaston, pour l'ameublement de la salle à manger?
Faut-il de l'acajou?

— L'acajou est devenu trop commun pour
les meubles de ce genre ; je préfère du vieux
chêne sculpté. Ce genre est un peu sévère,
mais nous pourrons l'égayer par deux belles
études de nature morte et des porcelaines de
Chine sur le haut dressoir du buffet.

Quant au salon, il faut que nos visiteurs
puissent reconnaître, en y entrant, la direction
d'une femme du monde, élégante et distin-
guée. J'y veux de la soie rouge puisque je suis
brune. Il nous faut un canapé qui permette
aux plus larges robes de s'y étaler, deux petites chauffeuses basses, moelleuses, capi-
tonnées, et, dans les angles, ces jolis pouffs de

tapisserie aux franges traînantes. La cheminée
peut être ornée avec deux coupes et une pen-
dule de marbre blanc surmontée d'un sujet
des plus gracieux. J'ai remarqué hier, chez
Barbedienne, une fort belle Diane que nous
pourrions acheter. A tout cela nous ajouterons
une table Louis XV, sur laquelle nous placerons un album des plus beaux.

— L'album me préoccupe fort peu.

— Tu as tort, Gaston, car l'album est un
moyen naturel de faire valoir ses relations
brillantes, quand on en a.

— Que te faut-il encore?

— Un tapis blanc à larges fleurs que l'on
découvrira le mardi, de longs rideaux de soie
recouverts de stores de tulle brodé, ne laissant
tomber qu'un demi-jour. Il me semble que
cela, joint au piano que nous placerons sur
un des côtés, sera de nature à produire un
merveilleux effet. Mon salon sera presque
aussi beau que celui de madame de Ventouse,
si connue dans le grand monde.

— Oui, répondit Gaston, l'effet sera merveilleux pour le temple et la déesse ; mais ne sais-tu pas que madame de Ventouse a consacré plus de vingt mille francs à l'ameublement et à l'ornementation de ses appartements ? Que serait pour nous l'avenir si nous en faisions autant ?

— Nous pouvons faire des achats à l'hôtel Drouot dans de très-bonnes conditions. Dans ce cas, nous recourrons au ministère d'un ami de mon père pour que nos connaissances n'en sachent rien. Quant aux objets neufs, il y a moyen de se les procurer beaux et brillants sans que le prix en soit fort élevé. Le grand, et pour ainsi dire le seul progrès de notre siècle, c'est de produire des imitations à des prix excessivement réduits. Nous obtiendrons des meubles et des décorations en tout semblables, par l'extérieur, à ceux de madame de Ventouse, en les payant dix fois moins. Dans les bals et les soirées, mes robes et mes bijoux font l'admiration de tous ceux qui les contemplent. Pourquoi cela ? Parce que je sais employer le clinquant, en tout semblable l'or. Gaston, je t'apprendrai le secret de passer pour riche sans l'être en réalité. C'est là une prérogative des femmes intelligentes qui ont l'usage du monde.

Le secret dont parle ici Corinne est loin de mériter ce nom. Aujourd'hui, personne n'ignore qu'il y a plus de faux bijoux que de vrais. Comme le bon marché, en fait de meubles et d'habits, est toujours le plus cher, les familles qui visent à l'effet par des moyens détournés ne tardent pas à s'en repentir et à en souffrir.

— A quel journal nous abonnerons-nous, ajouta Corinne ? Pour moi, je continuerai de recevoir *Les Modes*, le *Journal Illustré* et le *Petit-Journal*.

— Que t'importent les journaux politiques, puisque tu ne les lis jamais ?

— C'est vrai, je ne les lis jamais ; mais ne sais-tu pas que nos amis nous jugent souvent par le journal que nous recevons ?

— J'étais abonné au *Siècle*.

— Ne parlons pas du *Siècle* ; tous les

marchands de vin le reçoivent. Il nous faut
un journal aristocratique, tel que la *Gazette
de France*; c'est celui que reçoit le baron de
Matère, le duc de Palambourg, le comte de
Rochefert et plusieurs autres familles de ma
connaissance.

— Eh bien, dit Gaston, nous recevrons la
Gazette de France. Quelques temps après,
M. Robert, se trouvant en relation avec des
amis dévoués du gouvernement qui lui avaient
promis leur protection pour un emploi de
sous-préfet, crut devoir renoncer au journal
légitimiste pour s'abonner au *Constitutionnel*.

Une fois installée, Corinne fixa le mardi
pour ses jours de réception. Comme il lui semblait fort humiliant de n'avoir qu'une seule
domestique, elle fit des conditions très-
avantageuses au garçon de son chausseur pour
qu'il vînt revêtir la livrée tous les mardis,
les réceptions n'ayant lieu que ce jour là.
C'est ce qui nous explique pourquoi les
amis et connaissances de la famille Robert,
n'employaient jamais que le pluriel en par-

lant des personnes employées à leur service.
« A-t-il eu du bonheur, se disaient en eux-
« mêmes les anciens camarades de Gaston,
« a-t-il eu du bonheur, notre ami, d'avoir
« épousé une femme si riche! Lui réduit
« naguère à manger comme nous au res-
« taurant, le voilà entouré de domestiques
« en livrée! Quel salon vaste et richement
« meublé! »

Loin de chercher à dissiper de semblables
illusions, Gaston et Corinne ne négligeaient
rien au contraire pour les confirmer.

La pauvre fille, chargée seule de tous les
soins du ménage, était vraiment remarquable
par sa modestie, sa prévenance et son empressement à obéir à ses maîtres. Corinne était
loin de valoir comme maîtresse ce que valait
Jeanne comme domestique.

Certaines dames du monde ont le talent de
donner dix fois plus de peine et d'embarras à
leurs bonnes, que d'autres de la même condition.
Corinne était de ce nombre, elle ne craignait
pas d'agiter sa sonnette à tout instant pour des

choses presque inutiles : tantôt pour demander un livre qu'elle aurait pu prendre elle-
même sans se déranger, tantôt pour repro-
cher à Jeanne d'avoir laissé un brin de poussière sur quelque meuble des appartements.
Un jour, Gaston, presque indigné de ce que
sa femme, peu bienveillante pour Jeanne,
venait de l'appeler pour un rien, après
l'avoir fait courir pendant trois heures
pour différentes commissions, se crut obligé
de la blâmer ouvertement sur cette manière
d'agir. « Gaston, lui répondit Corinne, pourquoi les riches prennent-ils des domestiques,
si ce n'est pour les employer ? »

— Sans contester le droit des maîtres, répondit Gaston ; il me semble que la tâche des
serviteurs est assez pénible par elle-même,
sans que l'on cherche à la rendre plus dure
par des ordres et des actes inutiles.

— Quel moyen plus efficace peuvent employer les maîtres pour faire sentir leur supériorité à ceux qui sont faits pour les servir ?

Jeanne, exténuée de fatigue après une longue

course en ville, venait de s'asseoir dans la salle
à manger pour se reposer un instant ; c'est de
là qu'elle entendit les dernières paroles de
Corinne.

« Le langage de ma maîtresse serait bien
« différent, pensa-t-elle en elle-même, si les
« rôles entre elle et moi étaient changés pen-
« dant une semaine seulement ! Il serait bon,
« que ceux qui sont appelés à commander
« fussent condamnés à obéir pendant un cer-
« tain temps. Malheureusement, ce qui devrait
« être n'arrive jamais ! »

Jeanne aurait conclu bien autrement si elle
avait pu comprendre que rien de ce genre n'est
impossible dans un siècle où le luxe a détruit
toute sécurité dans les positions. Qu'aurait-elle
dit si elle avait prévu ce que la Providence
réservait à sa maîtresse ? S'il est utile d'avoir
servi pour commander, il est aussi bien pénible
de servir après avoir commandé !

Seize mois après le mariage de Gaston,
l'abbé Renaut, obligé de se rendre à Malines,
en Belgique, profita de quelques instants dont

14

il pouvait disposer, à Paris, pour faire une
courte visite à son neveu. A ce moment,
Gaston n'était pas chez lui, et madame se déclara invisible.

A son retour au logis, Gaston regretta vivement de n'avoir pu voir l'abbé Renaut. Pourquoi, dit-il à sa femme, n'as-tu pas reçu
l'oncle, puisque tu étais ici?

— Je n'avais pas encore fait toilette; tu
sais bien que je ne la fais qu'à cinq heures du
soir, à l'exception du mardi.

— Ne valait-il pas mieux paraître en tenue
ordinaire, que de te priver de la visite d'un
oncle que tu n'as pas encore vu?

— Je ne partage nullement ton avis. Quelle
idée ton oncle aurait-il eue de moi, si je m'é-
tais présentée à lui telle que je suis ordinairement? Ne sais-tu pas, Gaston, que si l'habit ne
fait pas le moine, il le modifie considérablement? Ton oncle aurait bien pu croire que tu
avais épousé quelque fille d'épicier. J'ai donc
agi de la sorte autant pour ton honneur que
pour le mien. Du reste, ce matin, j'étais plus

pâle que de coutume, et il me restait trop peu
de temps pour appliquer habilement du fard
sur mes joues.

Gaston s'entretenait encore avec Corinne,
quand on vint lui remettre une lettre de son
oncle. L'abbé Renaut s'annonçait à son neveu
pour la fin du mois; car, à cette époque, il
devait passer huit jours à Boulogne-sur-Seine,
chez son ami, M. Pompignan. Gaston était
consolé, et Corinne avait le temps de prendre
ses précautions pour paraître avec tous les
ajustements qu'elle avait l'habitude d'emprunter à la coquetterie.

L'abbé Renaut étant arrivé à Boulogne,
chez son ami Pompignan, Gaston s'empressa
de s'y rendre pour le voir. L'oncle promit au
neveu de venir passer chez lui le mardi suivant, à partir de midi jusqu'à dix heures du
soir, moment de son départ pour Brives. Au
jour indiqué, l'abbé Renaut fut introduit au
salon où Corinne, qui avait employé plus de
quatre heures à sa toilette, se rendit quelques
instant après. Comme l'abbé Renaut habitait

une province fort éloignée de Paris, Corinne
pensait que rien n'était plus opportun et plus
facile que de l'éblouir par des apparences brillantes.

Aussi, avait-elle acheté ou emprunté plusieurs objets d'ornementation, destinés à embellir ses appartements, et avait trouvé moyen
de se faire promettre pour un tel jour la visite de quelques familles ayant équipage. Corinne avait eu soin de faire ouvrir une croisée
qui donnait sur la cour, pour que son oncle
pût remarquer qu'elle recevait des visiteurs
en équipage. La première visiteuse fut madame de Nontron avec ses deux filles.

— Oh! que vous êtes aimable, s'écria Corinne en la recevant, d'être venue nous voir
aujourd'hui; le temps est si mauvais!

— Mais non, madame, le temps n'est pas
mauvais. Du reste, que n'entreprendrait-on
pas pour se procurer le plaisir de vous voir? En
vous voyant et en vous écoutant, n'est-on pas
amplement dédommagé de tout ce qu'on a pu
souffrir pour arriver jusqu'à votre domicile?

— Vous êtes trop bonne, madame; il ne pleut donc pas?

— Nullement; il fait très-chaud, en ce moment.

— Vous êtes bien bonne d'avoir bravé la chaleur pour venir me voir. Mon oncle, ajouta-t-elle, en s'adressant à l'abbé Renaut, je vous présente madame Nontron, une des femmes les plus distinguées du quartier, pour ne pas dire de la capitale. Il n'est guère de famille notable qui ne réclame l'honneur de compter madame au nombre de ses invités, quand il s'agit de réunion. Madame est si spirituelle, si aimable et si bonne! Ses deux filles lui ressemblent au moral et au physique; car elles ont déjà donné des preuves d'une intelligence rare. Elles sont élevées au Sacré-Cœur; leurs professeurs de musique et de peinture sont de grands maîtres.

Après tous ces compliments et mille autres que Corinne savait par cœur, vu qu'elle les débitait à peu près dans les mêmes termes à toutes les personnes qui venaient la voir, la

14.

conversation roula sur les fêtes passées et fu-
tures, sur l'étalage de quelques nouveaux ma-
gasins, sur les avantages et les inconvénients
des chapeaux à la mode, sur la toilette ori-
ginale de certaines amies, en un mot sur mille
futilités de ce genre. Il en fut de même, à chaque visite, jusqu'à six heures du soir.

L'abbé Renaut ne voulut point sortir du salon pour une première visite qu'il faisait à son
neveu et à sa femme, mais il se promit à lui-
même qu'on ne l'y prendrait plus. « Quel vide
dans ces intelligences, se dit-il en lui-même ;
quoi de plus banal et de plus sot que leur
conversation ! Comme elles sont dans l'illusion les personnes qui jugent de la valeur de
leurs semblables, par la richesse de leurs habits et le luxe qu'ils étalent ! Les maris sérieux et instruits sont vraiment à plaindre,
quand ils sont condamnés à entendre ré-
péter cinq ou six fois par semaine de pareilles inutilités. J'excuse ceux qui abandonnent
le foyer domestique pour le cercle dans le
but d'échapper à ce genre de corvée, mais que

devient pour eux l'esprit de famille ; à quoi
leur sert le mariage, dont il ne leur reste que
les charges ? »

Toutes ces réflexions lui revinrent encore
bien des fois, depuis six heures jusqu'à dix
heures du soir; car M. Robert avait invité
quelques familles de cette même catégorie,
pour les faire dîner avec lui.

Il va sans dire que l'on servit à table des
primeurs de grand prix, telles qu'une botte
d'asperges qui coûta vingt-cinq francs, un plat
de fraises acheté cinquante francs.

L'abbé Renaut, qui ne paraissait rien voir,
tant il était modeste, mais auquel rien n'échap-
pait, tant il était observateur perspicace, ayant
pris Gaston à part, lui adressa les questions
suivantes :

—D'où vient, Gaston, que vos appartements
sont si étroits, tandis que le salon qui ne sert
que pendant quelques heures, le mardi,
occupe autant d'espace que tous les autres ensemble?

—C'est une des exigences de notre époque.

— Pourquoi avez-vous acheté si cher des asperges et des fraises qui sont loin de valoir celles que l'on paie vingt fois moins dans la saison?

— C'est ici l'usage de servir des primeurs quand on fait des invitations.

— Pourquoi votre femme se montre-t-elle si décolletée dans une saison où il est si nécessaire de se couvrir?

— C'est la mode.

— Pourquoi veille-t-elle les nuits et dort-elle une grande partie du jour?

— C'est encore là un usage du grand monde.

— Gaston, reprit l'abbé Renaut d'un ton grave et presque sévère, quand la mode consiste à déroger aux lois établies par le Créateur, à compromettre sa position, et même à détruire sa santé, on la laisse pour les insensés: car il n'y a que des insensés qui puissent se glorifier comme d'un mérite d'une violation des lois de la décence et de l'hygiène.

Quel a été jusqu'ici, le taux de vos recettes et de vos dépenses?

— Je ne me rends plus compte de rien, mon oncle, depuis le moment où j'ai perdu l'espoir de faire honneur à mes affaires. Pourquoi me livrer à une préoccupation amère, dès que ma ruine est inévitable? Il n'en a pas été toujours de même : car, la première année de notre mariage, j'avais tout inscrit sur mon journal. Cette année là, nous avons dépensé quinze mille francs, quoique nos revenus ne fussent que de six. Ce qui restait de la dot de ma femme après les frais de noces et d'installation, rapportait deux mille francs, et j'en gagnais quatre, comme homme d'affaires.

— Six mille francs pour un ménage composé du mari et de la femme, n'était-ce pas assez? Que l'on est sot de se préparer des humiliations et des anxiétés pour le reste de sa vie, par des dépenses excessives! Pourquoi recevoir tant d'amis quand notre position ne le permet pas?

— Pour la nourriture, il n'y avait rien à

retrancher sans préjudice pour la santé. Sur ce point, nous n'avons dépensé qu'une somme de 1,500 francs. Pour les amis, nous ne les recevons qu'une fois l'an ; ce n'est pas ici comme en Limousin.

— Où passaient donc les autres 13,500 fr. ?

— Deux mille en loyer, mille pour la domestique et le garçon du mardi, mille pour frais de voiture, six mille pour la toilette de Corinne, cinq cents francs pour moi, et tout le reste en voyages et autres distractions.

— Gaston, l'argent a une valeur réelle parce qu'il peut accroître notre bien-être. Mais il en a été bien autrement pour vous. Vos dépenses exagérées n'ont eu qu'un seul résultat, celui de créer des besoins factices en vous et Corinne, et d'amoindrir votre affection mutuelle en vous attachant davantage au monde et à ses futilités.

Un seul moyen vous reste pour sauvegarder votre honneur et votre bien-être : celui de réduire immédiatement vos dépenses des deux tiers, en cessant de faire au monde des sacri-

fices dont il ne vous tient aucun compte. Renoncez à un logement si cher pour en choisir
un autre dont le salon aura moins d'apparence
et les autres appartements beaucoup plus d'air
et d'espace. Que la cuisinière ouvre la porte
le mardi aussi bien que les autres jours ; cela
vous débarassera du porteur de livrée ; que
votre épouse se préoccupe moins des étrangers,
et plus d'elle-même et de son mari ; qu'elle
veille à son ménage et n'oublie jamais que le
but principal des vêtements est de protéger le
corps contre la nudité et l'intempérie des sai-
sons. De cette manière, vous vous aimerez
davantage, vous éviterez bien des tribulations,
et vous garantirez votre avoir au lieu de le
compromettre.

Gaston ne pouvait douter de l'utilité et de
l'opportunité de ces conseils, mais il ne se
sentait pas le courage de les mettre à exécution. Il savait, du reste, que sa femme ne
consentirait jamais à faire autrement qu'elle
n'avait fait jusqu'ici, qu'elle préférerait mourir
plutôt que de paraître à l'église ou au bal

avec une toilette inférieure à celle de ses amies !

L'abbé Renaut était sur le point d'adresser une nouvelle question à son neveu, lorsque le garçon, d'un ton ému, vint annoncer un homme qui demandait à parler à M. Robert, à l'instant même.

— Quel est cet homme? s'écria M. Robert.

— C'est M. Pantin, le tapissier.

— Répondez-lui que je n'y suis pas. Ce n'est pas à neuf heures du soir que l'on réclame des audiences.

— Je sais très-bien, m'a-t-il fait observer, que M. Robert est ici en compagnie; c'est même pour cela que je viens le trouver en ce moment; s'il persiste à se rendre invisible, je vais lui causer, à juste titre, de graves désagréments.

— Voyons donc ce qu'il veut; pardon, mon oncle, je vais revenir à l'instant.

Le tapissier n'ayant reçu qu'une faible partie du prix des objets livrés pour l'ameuble-

blement des appartements, menaça Gaston
d'enlever, en présence même des invités, tout
ce qu'il avait fourni, s'il n'était payé à l'instant
des mille francs qu'il réclamait en vain depuis
si longtemps. Celui-ci finit par le calmer en lui
donnant tout l'argent dont il pouvait disposer,
c'est-à-dire une somme de cinq cents francs,
et en promettant de lui porter le reste à la fin
de la semaine suivante.

Comme le tapissier avait élevé la voix
au début de la conversation, l'abbé Renaut,
qui avait tout compris, dit à Gaston quand
celui-ci fut de retour auprès de lui : — Je
comprends, Gaston, qu'après un événement
de ce genre, vous paraissiez triste et agité.
N'avais-je pas raison de vous prévenir fréquemment contre les graves inconvénients du
trop grand désir de paraître? Voyez à quelles
anxiétés, à quelle confusion l'on s'expose pour
vouloir imiter les grands seigneurs! J'aimerais
mieux mille fois me passer de fauteuils, de
candélabres, de tapis, etc., que de m'exposer
à de pareils affronts. La vie peut-elle être

douce et calme dans de telles conditions?
Quand on a des dettes et surtout des dettes si
pressantes, pourquoi faire des invitations si
dispendieuses? N'aurions-nous pas pu dîner
tous les trois en famille, d'une manière aussi
confortable, en dépensant cent fois moins? Ce
qui m'étonne encore plus, c'est que votre état
de gêne ne vous ait point empêché de faire, tout
récemment, un voyage d'agrément à Étretat!
Quoi de plus ridicule que de vous installer dans
un salon-wagon pour le parcours, que d'organiser un ménage à Étretat sous prétexte que la
nourriture des hôtels n'était pas assez suc-
culente?

— Ce que l'on vous a rapporté, mon oncle,
est fort bien ce que nous avons dit et ce qui
est cru autour de nous; mais qu'il y a loin de
là à l'exacte vérité! En ce moment, je puis
vous rétorquer le proverbe que vous m'avez
rappelé si souvent : *Tout ce qui reluit n'est pas
or*. Nous avons pu dire, pour notre honneur,
tout ce que nous avons cru propre à le rehausser; mais ce qui est seul vrai, c'est que nous

n'avons pris des premières places qu'à la première et à la dernière station, afin d'éviter
toute confusion auprès de nos connaissances,
s'il s'en trouvait au départ et à l'arrivée;
partout ailleurs, nous nous sommes contentés
des troisièmes. Comme nous n'avions pas
assez d'argent pour séjourner, dans un pays où
les dépenses sont si fortes aussi longtemps
que nos amis, nous avons pris nos repas dans
notre chambre pour économiser, et cela en
nous couvrant du prétexte que vous venez
de mentionner. Oui, mon oncle, je suis de
votre avis : la voie dans laquelle nous sommes
entrés n'est qu'une voie de sacrifices conti-
nuels. Malgré cela, je préférerais mourir que
de m'avouer vaincu en présence de mes voisins et mes amis.

— Gaston, je ne veux pas que votre tapissier puisse vous menacer encore de l'affront
dont il vous a parlé : voilà les cinq cents
francs que vous lui devez; acceptez-les comme
cadeau de noces. Si j'ai tant tardé à vous faire
ce cadeau, c'est qu'à mes yeux un délai de

quelques mois ne devait pas le rendre inutile
pour vous. Mes ressources annuelles sont
moins élevées que les vôtres; je puis, néanmoins, vous rendre service en cette triste
circonstance, parce que j'ai su, toute ma vie,
m'en tenir au nécessaire et à l'utile.

Savez-vous, en effet, où est l'aisance? Elle
est chez les personnes que leurs goûts simples
et modestes portent à mépriser les futilités
dispendieuses, pour aimer de préférence ce
qui est solide et réel. Oh! que vous et Corinne
seriez bien moins prétentieux et par cela même
plus heureux, si vous étiez plus vivement
pénétrés de l'esprit chrétien! Qu'elles sont à
plaindre les épouses qui se font un crime et
une honte d'ignorer le nom technique d'un châle
ou d'un bracelet à la mode, et ne rougissent
pas de l'ignorance la plus grossière sur la plus
noble et la plus essentielle des sciences : celle
qui règle les rapports de la créature raisonnable avec son créateur et son maître souverain! Madame Robert est-elle véritablement
instruite sur la religion, fréquente-t-elle les

sacrements, assiste-t-elle aux offices divins?

— Toute la science de Corinne sur la religion, répondit Gaston, se réduit à celle qui
lui a été donnée en pension ; elle a dû savoir,
alors, tout ce que savent les jeunes filles qui
veulent ménager leur réputation et celle de
leur pension. La raison de ses croyances,
Corinne la puise tout entière dans la force
des choses extérieures; tout ce qu'elle fait ou
évite sous ce rapport, c'est par instinct ou
caprice, mais non par suite d'une conviction
solide et raisonnée. Ainsi, Corinne fréquente
une église plutôt qu'une autre, parce que
l'assistance lui plaît davantage, comme étant
mieux composée selon ses goûts. Elle préférerait ne jamais assister aux offices que d'y
assister dans une chapelle où il n'y aurait que
des ouvrières. L'année dernière, elle ne manquait jamais la grand'messe; cette année, elle
n'y va jamais; pourquoi? parce que M. le curé
a cru devoir lui refuser une place qui, selon
elle, convenait à merveille pour l'étalage des
brillantes toilettes. Autrefois, elle allait à

confesse aux grandes fêtes, maintenant il n'en
est plus question, parce que son père spirituel a été renvoyé à cent lieues de Paris. A
cette occasion, M. l'abbé Couty, qui est venu
nous voir avant-hier, lui a dit en ma présence :
« Est-ce que Dieu et sa religion ne sont plus
les mêmes depuis que votre confesseur a
changé de domicile? »

Aux yeux de ses parents, Corinne savait
tout quand il était question de me la donner
pour épouse; aujourd'hui, je trouve qu'elle
ne sait rien, pas plus en musique et en peinture qu'en religion. Elle se glorifie continuellement d'avoir été formée par les plus grands
maîtres du temps ; mais la gloire de ces grands
maîtres ne peut être que bien pâle si elle n'a
pas de sources plus fécondes que celle-là !

— Ce que l'on demande généralement aux
grands maîtres, cher Gaston, ce n'est pas le
savoir, car ils ont plus de difficultés que
d'autres à le communiquer, c'est tout simplement le droit de se glorifier de leur nom.
Que les leçons aient duré des années ou des

semaines, que l'élève en ait profité, ou n'ait même pas pris la peine de s'en rendre compte, tout cela n'est qu'un accessoire dont on se préoccupe fort peu. Qu'importe à Corinne, dans son idée, qu'elle sache peindre ou non, pourvu qu'elle puisse se dire l'élève de Gérôme? Pourquoi continuerait-elle de s'appliquer à déchiffrer des morceaux de musique, dès qu'elle peut se dire l'élève de Listz? Heureuses les familles assez vivement animées du sentiment religieux pour modérer leur esprit de vanité, et savoir préférer le vrai, le beau et le bien aux futilités les plus insensées, aux puérilités les plus ridicules!

— Ce qui est déplorable, reprit Gaston, c'est que le clergé, au lieu de réprimer ces funestes tendances, fait tout pour les favoriser et les développer. N'est-ce pas lui qui excite les familles au luxe à l'occasion des mariages et des convois? Les spectacles qu'offrent aujourd'hui nos églises de Paris, par leur décoration et la pompe de leurs cérémonies, n'ont-ils pas pour but et pour effet celui de faire naître l'amour du luxe dans tous les cœurs qui en sont témoins? Pardon, mon oncle, de telles récriminations, qui sont presque inconvenantes en ce moment.

— Vous ne me gênez pas le moins du monde. A mes yeux, il y a plus à espérer de l'intelligence qui se préoccupe de la religion, même pour en discuter certaines formes, que des âmes qui n'y répondent que par la plus profonde indifférence. Ces dernières sont des âmes presque matérialisées, des âmes pour ainsi dire mortes. Ce que vous n'oseriez pas me déclarer en face, écrivez-le moi; je vous répondrai avec empressement et en toute sincérité.

— Je vous promets, dit aussitôt Gaston, de vous écrire prochainement à ce sujet. Ne vous blessez de rien; je veux en effet m'éclairer. Quelques instants après, l'abbé Renaut se dirigeait vers la gare d'Orléans pour rentrer à Brives, sa paroisse chérie. Tout ce que l'abbé Renaut avait le plus admiré à Paris et dans ses environs n'avait pu lui faire oublier

le pays où il résidait depuis si longtemps
comme pasteur.

Brives, traversée par une rivière dont l'eau
est aussi limpide que celle des sources les plus
pures , entourée d'un boulevard extérieur
qu'ombragent les plus beaux arbres, pro-
tégée au nord par des coteaux vraiment
superbes, étalant, au midi, des plaines vastes
et fécondes, offre un ravissant paysage à tous
ceux qui sont capables de l'apprécier. Brives,
disposant ainsi de tous les produits de la mon-
tagne et de la plaine, donne au rentier le plus
modeste toute facilité de s'y procurer le bien-
être dans les meilleures conditions. On peut y
trouver tous les plaisirs des campagnes et une
grande partie de ceux des villes.

Gaston avait moins épousé Corinne pour ses
bonnes qualités, de l'existence desquelles, du
reste, il s'était fort peu préoccupé, que pour
obtenir de brillantes relations et un emploi de
sous-préfet. Les relations ne servirent qu'à le
mettre dans la gêne, et la place de sous-préfet
ne lui fut jamais offerte.

15.

Il n'éprouva donc que d'amères déceptions.
De son côté, Corinne, n'ayant rêvé dans le
mariage qu'une plus grande facilité dans les
plaisirs et les relations, ne pouvait comprendre que son mari s'éloignât d'elle et se
refusât à l'accompagner dans ses visites et
promenades. Gaston, au lieu de s'incliner devant son épouse pour l'admirer dans sa personne et sa toilette, ce que Corinne avait d'a-
bord espéré, n'avait que des reproches à lui
adresser sur les notes des modistes et des
coiffeurs.

Qu'il est grand le nombre des mariages où
les peines et les déceptions tiennent la place
des douces affections ! Ce résultat ne vient pas
seulement des chimères que les jeunes gens
et les jeunes filles se créent en fréquentant les
théâtres et en lisant des romans, il vient surtout des dures épreuves auxquelles les époux
se condamnent par des exagérations dans le
luxe. Tel ménage qui finit par le trouble et le
désordre aurait joui de la plus douce paix, s'il
avait su borner ses dépenses au taux de ses
ressources.

Corinne, ne trouvant pas en Gaston l'a-
dorateur ardent et complaisant qu'elle avait
rêvé, ne passait guère de jours sans se plaindre
à sa mère de ce qu'elle appelait de l'indifférence, de la mauvaise éducation, de l'avarice
de la part de son mari. Madame Rossignol, prenant fait et cause pour sa fille, se permit un
jour d'apostropher son gendre de la manière
suivante :

— Vous me reprochez, Gaston, de vous avoir
donné une femme débile ; mais l'état maladif
de Corinne n'est-il pas votre œuvre plutôt
que la mienne? Peut-il en être autrement
d'une femme, quand son époux manque de tout
égard vis-à-vis d'elle?

— Comment pouvoir conserver la santé,
répondit Gaston sur qui les remontrances
de l'abbé Renaut avaient produit un certain
bon effet, quand on passe ses jours dans un
boudoir, à lire des romans ou à s'ennuyer, et
que l'on viole quatre fois par semaine l'ordre
naturel du lever et du coucher en prolon-
geant ses veilles jusqu'à deux ou trois heures

du matin? Du reste, madame, si votre fille se
croit si malheureuse ici et si heureuse chez
vous, rien ne s'oppose à ce qu'elle agisse en
conséquence.

— Pouvez-vous lui rendre les cinquante
mille francs de dot que vous avez reçus?

— Corinne ne sera pas étonnée de ne plus
avoir ce qu'elle a dépensé. Peut-elle ignorer
que plus du quart de sa dot a été employé, soit
en frais de noce, soit à l'achat de la corbeille
et du mobilier, soit au voyage qu'elle m'a
imposé aussitôt après notre mariage? Ce n'est
pas peu que de faire face aux exigences d'une
femme qui ne dépense pas moins de dix mille
francs par an pour ses plaisirs ou sa toilette.

— La toilette d'une femme de distinction
ne peut être la même que celle d'une bonne ou
d'une épicière. Si vous désiriez pour épouse
une femme méprisée du beau monde, c'est à
d'autres que nous qu'il fallait s'adresser. Monsieur Robert, vous ne faites rien pour vous
rendre digne d'une femme telle que Corinne.
Ce n'est pas ma fille qui est trop bien élevée,

c'est vous qui ne l'êtes pas assez. Est-ce qu'un mari convenable peut ne pas être fier de l'admiration qu'excite sa femme dans le grand monde? Si la gloire du père rejaillit sur le fils, n'en est-il pas de même de la femme par rapport au mari ?

— Sachez, madame, que si l'épouse n'est pas la servante de son mari, le mari ne peut être non plus le serviteur de sa femme. Corinne voudrait pouvoir se glorifier de m'avoir continuellement auprès d'elle comme un adorateur devant son Dieu ; c'est là une religion pour laquelle je me sens fort peu d'attrait. Corinne n'aime qu'à s'entretenir des fêtes, des spectacles et surtout de la toilette de ses amies ; moi aussi j'ai mes goûts : je m'occupe de transactions, d'histoire, d'économie sociale, de politique, etc. ; n'est-il pas naturel que chacun prenne son plaisir où il le trouve ? Si madame s'ennuie, qu'elle travaille. Corinne sort quatre fois par semaine ; elle va souvent à trois kilomètres de distance ; puis-je, moi qui me dirige presque toujours du côté opposé, l'ac-

compagner et revenir avec elle? Dois-je
me priver de mon sommeil, affaiblir ma santé
pour les caprices d'une femme? Alors, madame, la condition d'un mari serait pire que
celle d'un serviteur. Quant à la gloire dont
vous me parlez, je n'y tiens nullement au prix
qu'elle me coûterait; du reste, si j'ai pris
une femme, c'est moins pour le monde que
pour moi.

— On a raison de dire qu'il y a des hommes
assez fourbes pour se montrer tout autres
qu'ils ne le sont. Vous vous faisiez passer
pour le descendant d'une famille noble et
riche, et vous n'êtes que le fils d'un paysan;
vous vous annonciez comme ayant tout pour
devenir un homme célèbre, et, par le fait, vous
n'êtes qu'un commissionnaire; vous aviez l'air
d'un homme bien élevé, poli, charmant pour
les dames; ce qui prouve que cet air était
simplement d'occasion, c'est qu'il a moins
duré que vos habits de noce.

— Madame, vous saviez très-bien ce que
j'étais en réalité; ce ne sont donc pas les pré-

tentions que tout jeune homme affecte en pareille occasion, qui ont pu vous induire en erreur. Si vous avez fait semblant de me croire riche et de bel avenir, c'était uniquement par vanité auprès de vos amis et connaissances. Corinne ne pouvant être acceptée par aucun de ceux qui connaissaient ses goûts futiles et prétentieux, vous avez été bien aise de vous en débarrasser sur moi.

Madame Rossignol, plus irritée que jamais, sortit brusquement en menaçant Gaston de lui retirer sa fille. Cette menace, envisagée par Gaston comme une espérance, est restée sans exécution. Quelle répugnance peuvent éprouver à se séparer, en dehors des appréciations de l'opinion publique, les époux qui n'ont jamais vécu pour eux-mêmes, et n'ont pu connaître le foyer domestique qu'au seul point de vue pénible et onéreux? L'embarras financier dans lequel se trouvait Gaston vis-à-vis de son propriétaire et de la plupart de ses fournisseurs l'attristait profondément; bien plus, il lui inspirait, de temps en temps, de sages réflexions.

« J'ai tout sacrifié, se dit-il un jour, devoirs
« d'affection et de reconnaissance, santé,
« bien-être, pour me faire honneur dans le
« monde; et tant de sacrifices n'auront servi
« qu'à me conduire à l'humiliation la plus
« amère! Ne perdrai-je pas toute espèce de
« considération, par suite de l'état de misère
« auquel je vais être réduit? Si le pauvre n'a
« pas honte d'être ce qu'il est, peut-il en être
« de même de celui qui a été ou a passé pour
« riche? »

Ce prochain déshonneur, Gaston ne se sentait pas capable de le supporter; aussi avait-il
l'intention bien arrêtée de partir brusquement
pour l'Angleterre, sans prévenir personne, pas
même sa femme dont il était bien aise de se
débarrasser, lorsqu'il reçut avis de M. Bardon,
notaire à Brives, que la mort subite d'une
vieille tante qu'il n'avait jamais vue, le met-
tait en possession d'un héritage de dix mille
francs.

Au lieu de profiter de cette succession pour
se créer des ressources par le travail et l'éco-

nomie, Gaston crut devoir tenter la fortune.
Parmi ceux qui roulent équipage, se dit-il en
lui-même, n'en est-il pas un grand nombre qui
se sont enrichis à la bourse? Ce qui est arrivé
pour eux peut arriver pour d'autres. C'est à
M. Nodin, agent de change, dans la rue
Richelieu, que Gaston porta les dix mille
francs pour des spéculations de bourse de la
plus grande témérité. Voilà où conduit malheureusement trop souvent l'esprit de vanité.

La petite fille de Gaston étant presque toujours màlade, les médecins consultés répon-
dirent que cet état tenait à plusieurs causes,
principalement à ce que madame Robert avait
épuisé son tempérament, dès le bas âge, par
des combinaisons de coquetterie. Corinne
aurait peut-être conservé son enfant en l'al-
laitant et en le soignant elle-même ; mais
est-il possible à une femme coquette d'associer
les vrais devoirs de la mère, avant et après
la naissance de l'enfant, aux exigences si compliquées du monde? Corinne allait au bal
lorsqu'elle aurait dû se reposer ; elle veillait

lorsqu'elle aurait dû dormir. Son enfant, déjà
très-malade, fut dévorée par les flammes, un
jour que Corinne l'avait confiée à la nourrice
pour se rendre elle-même à une soirée brillante, chez madame de Romainville. La bougie
mit le feu au berceau pendant que la nourrice
avait profité de l'absence de ses maîtres pour
aller causer à la conciergerie. Madame Robert
avait déjà de graves motifs pour douter de la
fidélité de sa nourrice en fait de vigilance sur
l'enfant ; mais ayant été désignée d'avance
pour toucher du piano en présence d'un grand
nombre de personnes qui devaient l'admirer,
pouvait-elle renoncer à une si belle occasion
de produire sa personne, sa toilette et ses
talents ?

M. Pompignan, qui avait tout fait, autrefois,
pour dissuader Gaston du projet d'épouser
mademoiselle Rossignol, ayant appris par un
ami que le nouveau ménage était loin de
progresser vers le bonheur et la fortune, par
l'esprit de famille et l'économie, voulut profiter d'une indisposition de Gaston pour lui

rendre une visite et apprécier par lui-même
le véritable état des choses. N'ayant rencontré
que madame Robert, il s'empressa de lui demander où en était l'indisposition de son mari.
Quelle ne fut pas sa surprise en entendant la
réponse suivante ?

— Je ne puis, monsieur, vous renseigner
d'une manière positive, car je n'ai fait qu'en-
trevoir Gaston depuis quatre ou cinq jours :
si mon mari a ses occupations, j'ai aussi les
miennes. Gaston se levant plutôt que moi
qui me couche très-tard, je ne le vois jamais
dans la matinée. Comme, le soir, il est à ses
affaires ou au cercle, nous n'avons que la
demi-heure du dîner pour nous voir et nous
parler. Or, tous ces jours-ci, obligée d'aller en
soirée ou au théâtre, j'ai dîné avant Gaston
pour avoir le temps de faire ma toilette. Il
m'est donc impossible, je le répète, de vous
donner des nouvelles positives de la santé de
mon mari ; pourtant je ne le crois pas souf-
frant, j'en aurais su quelque chose. Oui, monsieur Pompignan, j'ai mes occupations : voilà

cinq jours de suite que je suis allée en soirée ;
je dois sortir encore aujourd'hui, comme aussi
lundi, mardi, jeudi et samedi. Ce n'est pas peu
faire que d'organiser pour chacun de ces jours
une toilette convenable ! J'aurais bien voulu
m'en dispenser ; mais il n'y a pas eu moyen :
ces dames prétendent que les soirées sont lan-
guissantes quand je n'y suis pas. C'est là, certainement, une illusion, mais que voulez-vous
y faire ? on ne peut pas répondre toujours par
des refus. C'est la marquise de Lucian qui
nous fait les honneurs ce soir ; mardi, ce sera
la duchesse de Valentin ; jeudi, la baronne de
Spinosa ; samedi, la comtesse de Salignac,
etc., etc.

— Ces duchesses, comtesses, baronnes,
marquises, font preuve de bon goût en vous re-
cherchant pour l'ornement de leurs soirées.
Comme je crains de vous déranger en présence
de préparatifs si importants, vous me per-
mettrez, madame, de prendre congé de vous.

Au moment où M. Pompignan passait la
porte cochère pour retourner chez lui, il aper-

çut Gaston qui rentrait. La première parole que
son ancien protégé lui adressa, fut celle-ci : —
Hélas, monsieur Pompignan, vous n'avez que
trop bien prophétisé ! Aujourd'hui, si je l'osais,
j'abandonnerais Corinne pour ne plus la revoir;
je m'en séparerais sans regret, car je n'ai pu
encore l'apprécier que par les notes qui me
sont présentées par ses modistes. Nous nous
voyons si peu, par suite de la différence de
nos goûts, que nous vivons véritablement en
étrangers. Je ne me croirais point l'époux de
Corinne, si les registres n'en faisaient foi.

— Gaston, répondit M. Pompignan, ce
n'est pas le moment de faire ressortir les défauts de Corinne, puisqu'elle est votre épouse
pour toujours. Vous n'avez voulu que du
brillant; il est juste que vous en supportiez les
conséquences. Ce qu'il vous reste à faire, c'est
de chercher à ramener Corinne dans la vraie
voie, en lui faisant sentir ce qu'il y a de pré-
caire, de pénible et de dangereux dans votre
position. Tout en vous plaignant de ce qu'elle
déserte le foyer pour les parties de plaisir, ne

lui donnez-vous pas vous-même le mauvais exemple en passant au cercle le temps que vous laissent vos occupations habituelles? Vous lui reprochez les folles dépenses, et vous êtes le premier à développer sa vanité en vous montrant fier et heureux des prétendus succès qu'elle remporte dans le monde. Vous la perdez encore bien plus en favorisant ses relations avec des élégantes plus riches qu'elle. Ne vaudrait-il pas mieux supprimer toutes ces relations d'un seul coup, et vous en tenir dorénavant à votre seul intérieur? L'éducation de Corinne étant à refaire, vous devez viser à ce but en habituant votre épouse à mieux vous connaître, vous apprécier et vous aimer.

— Ce remède est trop énergique, monsieur Pompignan; que diraient nos amies et connaissances si nous cessions de les voir?

— Qui veut la fin doit vouloir les moyens. Impossible de trouver le bonheur dans le ménage quand on ne le cherche qu'au dehors, c'est-à-dire là où il n'est pas. Gaston, vous sentez mieux qu'autrefois les inconvénients de la vanité, mais vous n'en restez pas moins vaniteux. Pour guérir d'un mal, il ne suffit pas de le connaître, il faut encore savoir employer les remèdes énergiques, quand ils sont devenus nécessaires.

— Il ne m'est guère plus possible, je le vois, d'éviter l'abîme que j'ai creusé sous mes pieds. Mais croyez, monsieur Pompignan, que si j'avais à me remarier, ce n'est plus aux élégantes que je m'adresserais. Oh! que j'ai été malheureux de repousser vos conseils et ceux de mon oncle! Mademoiselle Teyssier, ma cousine, en valait cinquante comme Corinne!

Qu'était-elle devenue cette demoiselle Teyssier, la meilleure des jeunes filles pour l'esprit et le cœur, si remarquable par son instruction et sa modestie; elle qui avait tant de fois déploré amèrement en M. Robert, son cousin, les véritables extravagances de son esprit de vanité? Cette jeune personne était douée d'un jugement trop droit, elle avait trop bien

profité des leçons et des exemples de ses parents, pour penser comme Gaston sur le véritable siége de la grandeur et du mérite. Ne
sont-ce pas, en effet, nos œuvres personnelles
plutôt que les formes, les combinaisons d'un
vain éclat, qui peuvent nous élever et nous
rendre heureux ? Malgré cela, son dévouement
pour Gaston la portait à excuser bien des fautes,
à ne point désespérer d'un amendement, par les
conseils d'une femme aimante et pensant bien.
Quoique M. Robert eût rompu totalement ses
relations avec M. Teyssier, Joséphine ne s'é-
tait pas encore dépouillée entièrement de l'espoir de devenir son épouse. Aussi avait-elle
beaucoup plus fait pour éloigner que pour
attirer des prétendants. M. Vignon avait désiré
la voir aussi pauvre que lui, afin de pouvoir
aspirer à sa main. Joséphine le savait; néanmoins elle avait refusé de consentir à toute
démarche ayant pour but de faire naître dans
le cœur du jeune auteur quelques rayons de la
plus douce espérance.

La nouvelle que Gaston se mariait avec une

élégante, nommée Corinne, fut un coup terrible pour mademoiselle Joséphine. « Lorsque
j'ai écrit naguère à Gaston que je ne l'aimais
plus, s'écria-t-elle, en se promenant à pas
précipités dans sa chambre, je lui mentais, je
me mentais à moi-même : car je l'aimais encore ; mais, aujourd'hui, je mentirais bien
mieux, si j'écrivais autrement. N'est-ce pas
folie d'aimer un jeune homme qui ne sait s'aimer que lui-même, et n'a jamais pu admirer
dans les autres que leur argent ou leur toilette? Ce qu'il ambitionne, ce qu'il entend obtenir en ce moment, ce n'est point une compagne pour l'aimer et en être aimé, c'est uniquement un titre d'alliance avec une famille
réputée bien posée.

« Certainement la mariée apparaîtra richement parée, la noce sera des plus brillantes. Que font à Gaston les dépenses exagérées,
pourvu qu'il trouve des prêteurs et réussisse
à passer pour grand seigneur ? Malheureusement les jouissances des vaniteux ne sont que
des éclairs suivis de grands coups de tonnerre :

16

sous peu, il ne peut en être autrement, Gaston craignant les poursuites de nouveaux
créanciers et la honte publique, sentira le besoin de se précipiter dans la Seine. Mais, hélas ! le père Teyssier ne sera plus à ses côtés
pour lui sauver l'honneur et la vie ! Que je
voudrais le voir, ce vaniteux, expier son péché d'orgueil !

Au jour et à l'heure du mariage, Joséphine, désirant connaître de vue l'élégante qui
lui était préférée, se rendit à l'église de Saint-
Germain-l'Auxerrois, ayant soin de se placer
dans un coin retiré d'où elle pourrait voir sans
être vue. Les âmes les mieux trempées ne
sont pas absolument exemptes des inspirations
de malignité ; mais il est rare qu'elles ne les
surmontent point après s'être recueillies en
elles-mêmes. Joséphine s'était rendue à l'église
avec des sentiments de colère et de jalousie
dans le cœur; mais à peine eut-elle passé
quelques instants dans le temple du Dieu de
justice et de miséricorde, qu'elle se sentit totalement changée. « Comment ai-je pu, s'é-

cria-t-elle, n'adresser au ciel que des impré-
cations contre un cousin, au moment même
où le prêtre allait bénir son union au nom de
Dieu? Si Gaston doit devenir heureux par son
mariage, pourquoi en serais-je jalouse? Si sa
vanité doit lui faire dévorer prochainement le
pain de l'amertume, pourquoi ne pas le plaindre
au lieu de le maudire? Non, Gaston n'est point
coupable d'avoir refusé la main d'une femme
sans dot, dès qu'il ne lui est point lié par un
sentiment d'amour. Mon Dieu! bénissez-le,
bénissez-les; qu'ils soient toujours fidèles et
heureux!

« Si Gaston n'est pas coupable, en est-il
ainsi de moi? M. Vignon m'aime, et moi qui
l'estime et l'aime à mon tour, moi qui le regarde comme le plus propre des hommes à
rendre une femme heureuse, n'ai-je pas des
reproches à m'adresser sur ma conduite à son
égard? Ce que je devais faire quand j'étais
encore riche ne m'est plus possible aujour-
d'hui. Ne serait-ce pas abuser de l'affection
d'un homme que d'en profiter pour s'imposer
à lui avec des charges?

« Si triste que soit en elle-même la position d'une femme seule, je la supporterai généreusement. Tant que j'aurai le bonheur de conserver mes parents, je vivrai pour eux comme ils ont vécu pour moi. Après leur mort, ne me suffira-t-il pas de me rappeler leurs bons exemples, de marcher sur leurs traces, pour rester grande et calme au milieu des anxiétés! Pour que M. Vignon ne se croie point obligé de m'épouser pour me secourir, je vais prier mon père de changer de logement et de quartier. »

La famille Teyssier changea, en effet, de domicile. Au bout de deux ans, le mal dont M. et madame Teyssier se voyaient atteints depuis longtemps s'était aggravé considérablement. Joséphine crut devoir renoncer à la place qu'elle occupait dans un magasin, pour ne plus abandonner, d'un instant, un père et une mère qu'elle chérissait si tendrement. Elle connaissait trop bien les sentiments de ses parents, pour ne pas comprendre que ses soins auprès d'eux ne pouvaient être remplacés par

aucune autre. Malheureusement elle se pri-
vait ainsi d'un salaire dont elle avait plus besoin que jamais. Pour y suppléer autant que
possible, elle prit de l'ouvrage à façon. « De
cette manière, dit-elle, j'obtiendrai quelques
ressources pour les besoins de mes parents,
et ma présence continuelle auprès d'eux me
permettra de leur prodiguer des soins et des
consolations. »

Quoiqu'elle parût toujours gaie, Joséphine
n'en souffrait pas moins très-vivement dans le
fond de son cœur. Elle était fille trop aimante
pour ne pas s'attrister de son impuissance à
calmer la douleur de ses parents, dans les
moments où ils étaient le plus tourmentés.
Elle connaissait trop bien les péripéties inhé-
rentes à la position d'une femme abandonnée
à elle-même, pour ne pas redouter le temps
où elle serait orpheline, temps qu'elle ne pouvait s'empêcher de voir comme très-pro-
chain.

Ce qu'elle craignait le plus ne tarda pas à se
réaliser. Après une agonie de trente-huit heu-

res, le père Teyssier rendit son âme à Dieu
entre les bras d'une fille à laquelle l'émotion
arrachait des cris à fendre le cœur.

• Madame Teyssier ne tarda pas à suivre son
mari, car elle expira elle-même le 30 avril ;
M. Teyssier était mort le 18 mars. Quelques
jours avant sa mort, M. Teyssier s'entretint
assez longuement avec sa fille. « Je vais bientôt mourir, lui dit-il, mais, en mourant, j'em-
porterai au tombeau des regrets et des consolations. Je suis heureux de t'avoir appris à
mépriser les futilités de la coquetterie, à aimer les occupations sérieuses. Si tu as peu souffert jusqu'ici là où d'autres n'ont trouvé que
l'humiliation et le désespoir, c'est là un des
bons résultats de l'éducation spéciale que nous
t'avons donnée. Ta conduite du temps passé
me semble une garantie pour l'avenir. Une
seconde faveur dont je ne bénis pas moins le
ciel, c'est de t'avoir préservée du malheur
d'être devenue l'épouse de ton cousin Gaston.
J'ai appris, par un de mes amis, que ce jeune
homme n'avait encore donné aucune preuve

des qualités qui font les bons ménages. Sous peu, dit-on, les prisons ou les bureaux de bienfaisance seront forcés de le recueillir; ses habitudes sont les mêmes que celles de tous les vaniteux qui finissent ainsi. Il fait tout pour paraître cent fois plus riche qu'il ne l'est en réalité.

Si je suis satisfait sur un point, je ne le suis point sur un autre. Je meurs avec le regret de ne point te laisser le bien que j'avais acquis avec tant de peine, le bien que nous a emporté M. Moulin par ses exagérations dans le luxe ; je meurs surtout avec le regret de ne point te voir l'épouse de M. Vignon. Ce jeune homme possède toutes les qualités des hommes de lettres, sans en avoir les défauts; il tient par-dessus tout à l'esprit de famille dont il a tant préconisé les charmes dans ses ouvrages. Quoique j'aie eu mille occasions de m'assurer des véritables intentions de ce jeune homme par rapport à toi, je n'ai jamais pensé à te les manifester. J'en ai été détourné, d'abord, par les promesses faites à

Gaston; plus tard, par les revers de fortune que nous avons éprouvés.

Ma conviction est que M. Vignon t'épouserait telle que tu es en ce moment : car il est du petit nombre de ceux qui croient à d'autres qualités que celle de la fortune; tu as donc tort de lui cacher ton adresse. Quoi qu'il en soit de ton avenir, ma fille, reste modeste et laborieuse ; c'est le seul moyen d'être toujours grande et heureuse, dans la détresse aussi bien que dans l'opulence.

Pendant tout ce temps, Joséphine pleura sans répondre un seul mot. Elle semblait se préoccuper exclusivement de la mort prochaine de son père, qui arriva, en effet, trois jours après.

Quant à M. Vignon, cet auteur malheureux, méprisé de tous nos seigneurs les éditeurs de Paris, il avait publié son premier ouvrage, au moyen des ressources que lui avait procurées mademoiselle Teyssier, et le public intelligent n'avait pas cru devoir lui refuser son encouragement et son appui. Deux éditions de

l'ouvrage furent épuisées dans la même année.
Sans doute les résultats au point de vue
financier n'avaient pu enrichir M. Vignon;
mais l'auteur était loin de viser aux grandes
fortunes dont il savait facilement se passer;
tout ce qu'il voulait, c'était de pouvoir se loger
et se nourrir en travaillant pour la moralisation
de ses frères ignorants ou égarés. « Le bon
livre, disait-il souvent, est à l'esprit et au
cœur ce que le bon pain est à l'organisme : si
tant d'hommes ont la pensée de s'enrichir
eux-mêmes en favorisant la satisfaction des
besoins matériels, pourquoi d'autres ne cher-
cheraient-ils pas, même au prix des sacrifices,
à servir les nobles aspirations de l'âme ? Que
deviendrait le progrès dans l'humanité si tous
les hommes, obéissant aux conseils du notaire
Rossignol, se croyaient obligés de se constituer conducteurs de chemins de fer, maçons,
marchands de drap, ou limonadiers, etc. ? »

Si noire que soit l'ingratitude en elle-même,
combien peu de personnes savent s'en préserver? Que de fois le bienfaiteur n'est-il pas

oublié et même dénigré par ceux auxquels il a fait le plus de bien? Il en est souvent ainsi quand celui qui a reçu le bienfait est arrivé en position de pouvoir se passer de son bienfaiteur. Hâtons-nous de dire qu'il en fut bien autrement de M. Vignon : plus son aisance augmentait, plus il sentait accroître en lui sa vive reconnaissance pour ceux qui l'avaient retiré de la misère. M. Teyssier n'était plus; mais sa fille vivait encore.

Mademoiselle Joséphine, s'était-il dit bien des fois, n'aura jamais besoin de mes services; elle est trop riche et moi trop-pauvre ; mais s'il en était autrement, qu'elle compte sur tout mon dévouement, sur ma vie même!... M. Vignon désirait si sincèrement et si vivement témoigner sa reconnaissance par des actes, qu'il aurait voulu, parfois, la savoir malheureuse pour lui faire du bien.

M. Vignon, si désintéressé par caractère, comme la plupart des hommes de lettres, avait pourtant regretté, en deux circonstances, de n'être pas bien partagé sous le rapport de la

fortune : d'abord, quand il ne trouvait pas
d'éditeur pour publier son premier livre, auquel il avait travaillé pendant six ans ; en second lieu, quand il eut connu toutes les bonnes qualités de mademoiselle Joséphine.

« Qu'il est regrettable, se disait-il, que la
« privation de fortune empêche les jeunes
« gens d'obtenir pour épouses les femmes
« qui sympathisent le plus à leurs goûts
« et à leurs inclinations ! Que je serais heu-
« reux si mademoiselle Joséphine pouvait de-
« venir mon épouse ! Mais pourquoi rêver un
« idéal impossible ? Je ne puis et ne dois
« penser à mademoiselle Joséphine que dans
« une seule hypothèse : celle où elle serait
« devenue très-pauvre et moi très-riche, hy-
« pothèse dont je ne puis désirer la réalisation
« sans pécher par ingratitude contre ma bien-
« faitrice. Ce qu'il y a de certain, c'est que je
« resterai garçon tant que je n'aurai point
« trouvé l'égale de mademoiselle Joséphine
« pour la portée de l'intelligence, la solidité de
« l'instruction et la simplicité des goûts. »

Sur ces entrefaites, les esprits droits et dévoués au bien de tous, persuadés que les livres
de M. Vignon feraient le plus grand bien dans
les masses si l'on trouvait moyen de les y
répandre autant que les romans, s'efforçaient
d'obtenir ce résultat. Grâce à l'accroissement
rapide de sa réputation, M. Vignon, qui dé-
pensait si peu, se vit bientôt en possession d'un
avoir de cinquante mille francs.

Quoique fort à l'aise, M. Vignon, ne voulut
rien changer à ses habitudes par rapport au
monde. Sa première préoccupation fut de porter une somme de cinq cents francs à la veuve
de son ancien charbonnier. « Voilà, s'écria-t-il
« en la lui remettant, de quoi vous aider à élever
« vos enfants et vous encourager à avoir pitié
« des malheureux qui ont froid sans avoir
« d'argent pour acheter du bois. Peut-être
« qu'en ces temps si rigoureux, vous connais-
« sez des personnes qui se trouvent dans la
« position où j'étais moi-même lorsque vous
« m'avez secouru !

« Non, répondit la charbonnière ; je ne con-

« naissais que mademoiselle Joséphine Teys-
« sier ; et voilà déjà trois mois que je n'ai
« plus de ses nouvelles. Elle a changé de
« domicile sans avoir la précaution de laisser
« sa nouvelle adresse au concierge. »

— Comment, s'écria M. Vignon ! mademoiselle Teyssier, ma bienfaitrice, mon sauveur,
n'a pas de quoi se garantir du froid ! N'auriez-
vous pas pu m'en prévenir plutôt ? Depuis
qu'elle est seule, je n'ai plus osé demander à
la voir ; mais j'aurais tout bravé en pareille
circonstance.

— Je pensais que vous étiez toujours pauvre ; et d'ailleurs je ne savais pas où vous de-
meuriez.

— Si elle n'est pas morte, je la trouverai,
mademoiselle Joséphine, dit M. Vignon en s'é-
loignant promptement.

Mon Dieu ! pensa-t-il en lui-même, que ce
serait malheureux si le froid, la faim ou le
chagrin lui avaient ôté la vie ! Quel bonheur
pour moi, au contraire, si elle existe encore !
Désormais rien ne s'oppose à ce que je ré-

17

clame sa main; elle est pauvre, et je suis riche!
Après avoir fait des recherches infructueuses
pendant deux mois, M. Vignon finit par découvrir que mademoiselle Joséphine était employée
chez un négociant de la rue de Rivoli, pour la
vente de la nouveauté.

M. Vignon ayant demandé à lui parler, lui
dit en l'abordant : — Comment se fait-il, mademoiselle, que vous ayez tant souffert sans
faire part de vos souffrances à celui qui vous
doit sa position, peut-être même sa vie?. Serait-il donc permis aux créanciers de refuser à
leurs débiteurs la faculté, la consolation de se
libérer? Permettez-moi donc de vous rendre
les mille francs que vous avez bien voulu me
prêter autrefois; Dieu seul peut apprécier et
récompenser le service que vous m'avez rendu.

— Il est à croire, monsieur Vignon, répondit mademoiselle Teyssier, que l'on vous a mal
renseigné sur mon compte. Si je souffre mora-
lement, c'est uniquement pour avoir perdu
mes parents : ce n'est jamais sans douleur que
l'on se sépare pour toujours d'un père et d'une

mère ; quelle position fausse et pénible que
celle d'une orpheline à Paris !

Quant aux souffrances matérielles, je ne les
ai connues que bien peu de temps, à peine
quelques mois. Me voyant persécutée par des
créanciers auxquels j'avais eu recours pour
faire rendre les derniers devoirs à mes parents,
j'ai cru devoir me priver de tout pour faire
honneur à mes promesses. C'est alors, mais
alors seulement que j'ai souffert. J'ai eu froid,
j'ai eu faim ; malgré cela, vous le voyez, j'ai
conservé la santé, source de la richesse pour
tous ceux qui savent vivre de leur travail. En
ce moment, rien ne me manque pour le bien-
être, je n'ai qu'à remercier la Providence de
ses faveurs ; que je serais heureuse si mes parents vivaient encore !

Il est rare, mademoiselle, que Dieu ne récompense pas, même sur terre, les cœurs qui
le servent aussi fidèlement que vous. Les vrais
serviteurs de Dieu n'ont jamais la pensée de
maudire l'existence !

— Oh ! monsieur Vignon, ne me jugez pas

trop favorablement ! Je ne suis point du nombre des vrais serviteurs de Dieu ; j'ai maudi l'existence pendant quelques instants, et je crains que le ciel ne me pardonne jamais une semblable faute ! Pourtant, je dois le dire, elle a déjà excité en moi bien des larmes et des regrets !

Comme, en ce moment, mademoiselle Teyssier était presque étouffée par les sanglots, M. Vignon s'empressa de la consoler par les paroles les plus douces.

— Oui, monsieur Vignon, ajouta-t-elle un instant après, j'ai maudit l'existence. Je l'ai maudite quand je me suis vue seule au monde, persécutée par des créanciers dont je ne pouvais satisfaire les exigences. Pourquoi cacher une faute à celui que mon père a tant aimé, à celui qui m'a confié tant de fois les peines de sa vie ? Heureusement cette mauvaise pensée n'a duré en moi qu'un instant. Quelques heures après, le courage m'était revenu, et je prenais possession de l'emploi que j'occupe en ce moment.

— Dieu bénisse, mademoiselle, les circonstances heureuses qui vous ont consolée et ranimée !

— Ces circonstances heureuses, monsieur Vignon n'ont rien de secret pour personne. Une de mes amies, déjà placée dans cette maison, me voyant tourmentée si cruellement, me pria de l'accompagner à la Sorbonne pour assister à une séance solennelle des demoiselles employées dans le commerce, faisant partie d'un patronage dirigé par M. le curé de Saint-Laurent. Je finis par consentir à ce que j'avais d'abord refusé, je la suivis. C'est alors, monsieur, que j'eus le bonheur d'entendre des paroles qui me rappelèrent énergiquement au devoir et à la vie. Après avoir entendu monseigneur Darboy, le tableau de la vie cessa de m'apparaître sous les mêmes couleurs. Je ne le regardai plus comme un fardeau impossible à supporter, mais bien comme un vrai champ de bataille sur lequel j'étais appelée à combattre et à vaincre. C'est alors que je me suis dit : Où peuvent être le triomphe et le

mérite, si ce n'est dans la lutte? Se décou-
rager devant une inégalité qu'il est possible
de vaincre, n'est-ce pas reculer en présence
du devoir et fuir devant la gloire? Dieu a
daigné bénir mes espérances : car, le lendemain, j'étais placée aux appointements
de 1,500 francs, par la protection de M. le
curé de Saint-Laurent, directeur du patronage.

— Ces paroles, mademoiselle, qui vous
ont sauvé du désespoir et rappelé à la vie,
pourrais-je en prendre connaissance?

— Il me serait difficile, en ce moment, de
vous procurer cette improvisation ; mais je
puis vous lire les considérations qui m'ont le
plus émue, car je les ai recueillies précieuse-
ment pour les noter dans les mémoires de ma
vie.

« Quand on regarde les choses humaines,
nous dit alors monseigneur, on les voit domi-
nées par deux lois : la loi des inégalités et la
loi de la solidarité. Je n'aperçois autour de
moi que des choses et des personnes qui ne

se valent pas l'une l'autre. Je suis frappé de ce spectacle ; je suis bien obligé de l'accepter, il s'agit de le comprendre et d'en tirer parti.

« Oui, tout est inégal ici-bas et nous ne changerons pas cette loi. Il y a l'inégalité physique, l'inégalité intellectuelle, l'inégalité morale ; mais ces inégalités peuvent être atténuées sous l'action de la liberté individuelle et sous l'action de la charité sociale.

« Voilà les deux principes d'après lesquels il me paraît que votre Œuvre est calculée. Si nous les comprenons bien et si nous les appliquons comme il faut, nous pourrons transformer tout autour de nous, et faire sortir de la condition la plus humble et la plus ingrate les éléments de notre gloire, ici-bas et là-haut.

« Il y a des inégalités physiques. Quand on arrive dans la vie, on ne trouve pas toujours la fortune à côté de soi, et on ne sait pas toujours l'y mettre. Voilà déjà longtemps qu'un ancien disait : on se fait difficilement sa place dans la société quand on n'a pas rencontré la

fortune autour de son berceau : *haud facile
emergunt quorum virtutibus obstat res angusta
domi*.

« On a beau avoir une valeur personnelle,
véritable, quand on n'est pas soutenu par des
éléments d'existence matérielle, le courage
reste souvent trahi et malheureux. Il y a donc
des inégalités matérielles physiques, des inégalités de force, de ressources et de santé. De
plus, il se produit souvent, autour de nous, des
circonstances qui ne nous servent pas bien.
Vous savez tous que les choses humaines se
gouvernent par une force supérieure que nous
ne dominons pas. Oui, les choses elles-mêmes
semblent quelquefois conjurées contre nous.
Il en est plusieurs que nous pouvons vaincre ;
mais d'autres nous résistent. Voilà donc des
inégalités matérielles, physiques, dont il est évident que tous ne peuvent pas avoir également
raison.

« En second lieu viennent des inégalités intellectuelles. Tout le monde ne connaît pas avec
la même puissance d'esprit, la même énergie

d'intelligence, avec un jugement également
correct et sûr, avec des aptitudes pareilles.
Il n'y a pas moins de différence entre les intelligences qu'entre les visages. Tel a ce qu'on appelle de l'esprit, mais il n'a pas de jugement. Tel
a la raison et il voit bien les choses, mais il ne
sait pas les réaliser ; c'est un théoricien, le sens
pratique lui fait défaut ; cet esprit n'est pas
complet. Il y a donc aussi dans le monde cette
source d'inégalités qui est profonde et qui dé-
termine autour de nous ce spectacle très-com-
mun d'hommes placés dans des situations semblables et qui ne savent pas en sortir avec un
égal succès.

« Enfin, il y a des inégalités morales. Non-
seulement les forces physiques ne sont pas les
mêmes, non-seulement l'esprit n'est pas le
même ; mais l'énergie morale, le courage, la
vertu laisse à désirer chez un grand nombre.
Chez plusieurs personnes, en effet, le caractère
ne se suit pas, ne se tient pas ; elles sont mobiles,
inconstantes ; elles changent de projets presque
chaque jour, et d'idées fixes tous les matins, si

17.

je puis m'exprimer ainsi : tant elles sont va-
riables, quoique peut-être impétueuses et ardentes dans leurs volontés !

« Il est, au contraire, des caractères puissants, fermes, qui, appréciant la vie comme il
faut, lui demandent ce qu'on doit lui demander, y entrent et y tracent leur sillon, et mar-
quent leur passage par des œuvres qui servent
leur destinée présente, qui composent leur
avenir éternel.

« Voilà les inégalités que présente la société,
et ces inégalités, remarquez-le, il ne dépend
pas de vous de les détruire. Elles subsistent,
elles vivent, elles demeurent au milieu de vous
et elles resteront après vous. Il ne s'agit donc
pas de les maudire, de s'insurger contre elles;
il s'agit de les accepter comme le soldat qui
entre sur un champ de bataille, y apporte la
généreuse abdication de sa vie, prêt à faire
son devoir et à succomber, mais à lutter aussi.
Nos livres sacrés le disent : la vie est une bataille où l'homme est un soldat. Il faut donc
que nous passions au milieu de ces vicissi-

tudes et de ces inégalités avec un cœur soumis sans doute, mais en même temps avec un
caractère ferme et décidé.

« Il est possible, en effet, de modifier ces
conditions, dans lesquelles la naissance nous
place. Nous pouvons les changer, les dominer
et nous en servir utilement. C'est un péril et
quelquefois un malheur, si vous voulez ; mais
c'est une grandeur et un mérite ; car c'est la
dignité de l'homme, c'est sa mission honorable de mettre la main sur tout ce qui l'en-
vironne, d'y imprimer le sceau de son libre
génie, de refaire à son bénéfice les conditions
dans lesquelles il est placé ; oui, de les trans-
figurer et, ce qui n'était tout à l'heure qu'une
chose obscure ou rebelle, d'en faire l'élément
de son mérite et de sa gloire pour le temps et
pour l'éternité.

« On arrive là par deux moyens : par des
efforts personnels, puis par des efforts communs et sociaux.

« Par des efforts personnels : oui, tout le
monde, avec de l'activité, de l'énergie, de la

décision, du travail et de la vertu, peut vaincre
les circonstances hostiles, les dominer, les
changer. En effet, le travail est notre loi à tous;
c'est une loi universelle qui régit les petits et les
grands, qui nous atteint dans nos membres
et dans nos esprits. Ainsi nul n'y échappe, et
celui qui n'est pas forcé de travailler des bras
par les conditions matérielles de son existence
est conduit à travailler d'une autre façon qui
n'est pas toujours la moins dure et la moins
pénible.

« Il y a donc à compter avec cette loi du
travail. Non-seulement elle est universelle,
elle atteint tout le monde; mais c'est une heureuse loi, parce qu'elle a pour but et résultat
de nous faire expier le passé, de nous grandir
dans le présent et de préparer notre avenir.
L'homme qui ne sait pas travailler, qui ne vit
que de ses caprices en négligeant son devoir,
n'aura aucune énergie, aucune décision, aucune dignité; il sera la proie de ses goûts, de
ses penchants les plus abaissés, inutile aux
autres, inutile à lui-même, n'ayant ni l'estime

de soi ni celle d'autrui. Il faut donc protester et lutter contre cette mollesse, contre cette inaction, cette tendance au repos, ces penchants vulgaires et bas qui vous empêcheraient de travailler.

« Jeunes filles qui entrez dans la vie, jeunes chrétiennes, acceptez vaillamment cette loi et estimez que par l'énergie, par la décision, par la continuité de vos efforts, vous parviendrez à modifier heureusement la situation qui vous est faite, à la changer.

« Non-seulement le travail est nécessaire pour obtenir ce résultat; mais à côté du travail, on doit mettre la vertu. Le travail tout seul, l'activité, ne suffit pas; il faut que cette activité soit morale. Ce n'est pas assez de produire beaucoup; il faut user des choses avec sobriété. Que serait l'ouvrier qui travaille énergiquement et qui gagne un peu, s'il dépense davantage? A côté du travail, du courage qui produit, mettez donc la sobriété, la sagesse qui consomme avec discrétion; mettez la vertu, dans votre intérêt et aussi par un motif supérieur, parce que c'est votre dignité, votre grandeur.

« Assises au foyer domestique, comme filles, mettez-y le respect avec vous; placez-y l'innocence et l'honneur. Plus tard, dans une autre condition, gardez, aimez les nobles, les saintes habitudes, et restez, pour l'honneur de notre pays, pour le bien de vos familles, pour la dignité de la femme, ce que vous êtes, mes enfants; restez d'excellentes chrétiennes, pratiquant la vertu dans votre intérêt du temps et dans votre intérêt de l'éternité.

« Ainsi, mes enfants, par le travail, par la vertu, vous corrigerez ces inégalités que je vous ai décrites.

« Mais il est autre chose encore, qu'il importe d'appeler à son secours pour niveler ou du moins atténuer autant que possible ces inégalités : c'est l'association, c'est la charité, le secours mutuel. Quand l'homme a fait ce qu'il faut pour lui-même, il se doit aux autres. Nous vivons tous dans ce monde sous l'empire de cette loi : chacun pour tous, et tous pour cha-

cun. Nul ne peut se regarder comme étranger
à ce qui se passe autour de lui, et ses semblables ont le droit de lui demander, jusqu'à un
certain point, compte de ce qu'il fait.

« La loi de charité, d'association, de secours mutuel, est donc une loi élémentaire,
fondamentale de la société.

« Il s'agit de provoquer la charité. Voulez-
vous que je vous explique d'un mot la première condition de la charité ? C'est que vous
la fassiez aux autres en vous occupant d'abord
de vous. Je ne proclame pas la charité pour
vous dispenser du travail personnel! C'est
tout le contraire. Je veux bien, nous voulons
bien, la société, notre pays tout entier veulent
bien faire la charité ; mais ils veulent aussi
que ceux auxquels il s'agit de venir en aide
commencent par être charitables eux-mêmes,
et la première charité à faire, c'est de nous
suffire avant de devenir à charge aux autres.

« Que l'homme s'appartienne d'abord, qu'il
relève de lui, qu'il s'applique à se suffire ;
voilà la charité comme elle doit avant tout

être comprise, et c'est non-seulement la charité, mais c'est la grandeur et la dignité. Il n'y
a rien d'élevé, rien d'estimable, rien d'admirable dans le monde comme cette femme,
dont tout à l'heure on parlait, qui, par ses
travaux, en maniant cette rapide aiguille qui
abat l'ouvrage, ainsi qu'on s'exprimait, par
cette multitude d'efforts répétés et énergiques,
parvient à se suffire elle-même et à se protéger
contre les suggestions du dehors et les suggestions du dedans, passant au travers des difficultés, des vicissitudes, des amertumes, des
conditions les plus ingrates, et gardant sa noblesse, sa dignité, sa vertu. »

Ces dernières paroles, lues avec émotion
par mademoiselle Joséphine, produisirent la
plus vive impression sur M. Vignon, car lui
aussi avait eu à lutter contre l'inégalité de fortune, contre des obstacles puissants.

Après un moment d'hésitation, le jeune
auteur, dont l'affection pour mademoiselle
Teyssier n'avait fait que s'accroître avec la
connaissance de ses malheurs, lui dit d'une
voix sensiblement émue :

— Je n'ai jamais osé, mademoiselle, réclamer votre main ; il me semble pourtant
que nos cœurs ayant éprouvé les mêmes
revers, les mêmes espérances et les mêmes
consolations, sont véritablement faits pour se
comprendre et s'harmoniser. Il me semble
que vous me parlez comme à un frère, et qu'à
mon tour je vous aime autant qu'on peut
aimer une sœur.

— Je ne puis qu'être fort sensible, monsieur
Vignon, répondit Joséphine, aux bons sentiments que vous m'exprimez ; mais je ne dois
point vous taire que les hommes me sont en
suspicion et les mariages en horreur, depuis
que je me suis vue méprisée par un prétendant qui était pourtant mon cousin. La pauvreté
n'est-elle pas un crime impardonnable aux
yeux de bien des gens? Du reste, puis-je
me permettre de penser au mariage aussitôt
après avoir fermé les yeux à mon père et à
ma mère?

M. Vignon, craignant d'avoir contristé mademoiselle Teyssier par l'ouverture qu'il lui

avait faite, de la manière la plus bienveillante, se crut obligé de porter la conversation sur un autre sujet.

Mademoiselle Joséphine, quoique des plus modestes en fait de goûts et de toilette, ne le cédait à nulle autre en sentiments de dignité. Elle était pleine d'estime pour M. Vignon, mais elle craignait que l'émotion vive que lui avait inspirée son triste sort ne fût la principale source d'une détermination dont il pourrait se repentir plus tard. De plus, elle avait, de tout temps, manifesté la plus vive répugnance à épouser un jeune homme qui lui serait supérieur par l'intelligence, l'instruction et la fortune. Elle n'aurait point hésité à s'unir à M. Vignon, si elle avait pu lui apporter une dot convenable, ou si ce dernier avait été aussi pauvre qu'elle. Quant à M. Vignon, son estime et son affection pour Joséphine étaient trop profondes pour qu'il perdît l'espoir d'arriver à son but.

X

Les Prêtres et le Clinquant.

M. Robert avait promis à son oncle de lui écrire prochainement pour lui exposer ses griefs contre le clergé par rapport aux tendances les plus futiles de notre époque; il tint parole. L'abbé Renaut lui avait accordé l'autorisation d'exprimer clairement sa pensée, il en usa, comme on le verra par la lecture de la lettre.

Mon cher oncle, lui écrivait-il, si l'Église est dans son droit en condamnant ouvertement celles de nos tendances qui nous portent à trop nous attacher aux formes extérieures au détriment du fond, ne pouvons-nous pas lui rétorquer à bon droit le même genre de blâme?

Non, les institutions de notre siècle, les établissements de commerce et d'éducation ne sont pas les seuls qui aient recours au clinquant pour vivre et prospérer. L'Église et le clergé ne sont-ils pas les premiers à nous prêcher d'exemple? C'est uniquement par les cérémonies extérieures que le christianisme diffère de la religion véritable, c'est par leur influence qu'elle enlève des cœurs à la raison. Si le chrétien honore Dieu comme son Créateur, son maître, son législateur et son bienfaiteur, tout homme n'en fait-il pas autant? Ce qui distingue le chrétien du philosophe sur la manière d'honorer Dieu, c'est que le premier croit avoir besoin de temples, d'autels, d'images, de reliques, de décorations, de sacrifices, de processions, de chants, de gestes, de génuflexions, etc., tandis que le second ne reconnaît d'autre temple et d'autre autel que son cœur, d'autre expression que les senti-

ments d'amour dont ce cœur est animé,
d'autre sacrifice que les angoisses qu'il supporte avec résignation. Bien loin de trouver
sublime ce qui distingue le culte catholique
du culte naturel, je n'y vois que des combinaisons vaines et puériles! Le chrétien n'ajoutant
d'importance qu'aux pratiques extérieures se
préoccupe bien moins que tout autre des sentiments du cœur, du perfectionnement de ses
actes. Que lui importe à lui d'avoir calomnié
ou trompé ses frères? Il va à la messe, il
fréquente les sacrements, il n'est point de saint
qu'il n'invoque, de fête qu'il ne célèbre, de
procession à laquelle il n'assiste, etc. Si tant
de personnes se trompent grossièrement sur
leurs véritables devoirs envers le Créateur et
leurs frères, cela tient aux croyances qui leur
ont été suggérées par l'Église romaine sur
l'importance et l'efficacité des pratiques extérieures. Ce culte constitue l'homme ignorant
et mauvais, en le rendant superstitieux; il
l'approche davantage de la terre, en matéria-
lisant son adoration et ses aspirations. Ce n'est

donc point en lui que réside le caractère du
véritable culte qui est fait pour ennoblir les
pensées de notre esprit et rendre nos sentiments plus généreux.

Il est certain que le culte catholique exerce
une funeste influence sur les intelligences assez bornées pour tout prendre au sérieux.
Combien en est-il qui ajoutent plus d'importance à la fête d'une confrérie, à la récitation
d'un chapelet, qu'à l'observation des règles les
plus importantes de la loi naturelle? Plusieurs
d'entre eux pourraient se comparer à cette
Philothée dont nous parle l'auteur *des Mœurs :*
« Orgon avait pour compagnie unique sa fille
« Philothée. Il tomba en syncope; sa fille lui
« fit respirer de l'eau des Carmes, qui ne le
« soulagea point. Cependant l'heure de l'of-
« fice pressait; Philothée recommande son
« père à Dieu et à sa servante, prend sa coiffe
« et ses heures, et court aux Grands-Augus-
« tins. L'office fut long; c'était un salut de
« confrérie... Orgon meurt sans secours, sans
« qu'on se soit même aperçu de son dernier

« moment. Qu'on l'eût étendu dans son lit,
« et réchauffé, son accident n'était rien : Or-
« gon vivrait encore, sa fille eût manqué le
« salut. Mais Philothée avait cru que le son
« des cloches était la voix de Dieu qui l'appe-
« lait, que c'était faire une action héroïque que
« de préférer l'ordre du ciel au cri du sang.
« Aussi, de retour, fit-elle généreusement le
« sacrifice de la vie de son père, et crut
« sa dévotion d'autant plus méritoire qu'elle
« lui avait coûté davantage. »

Parmi les évêques et les simples prêtres,
il y a, j'en conviens, d'illustres prédicateurs,
d'ardents propagateurs des œuvres de charité ;
mais comment pourrait-il en être autrement?
Quel est le médecin qui se constitue le
détracteur de la médecine, le socialiste du
libéralisme, le gouvernement de sa politique?
Exiger d'un prêtre et surtout d'un évêque qui
ne croient point à la réalité du catholicisme,
de proclamer hautement leur pensée intime,
de parler autrement que leurs frères dans la
prêtrise et l'épiscopat, c'est leur demander de

briser leur avenir, de compromettre leur position, pour se précipiter du faîte des honneurs et des richesses dans l'humiliation la plus triste et la plus déplorable ! Notre siècle n'étant pas de ceux où le seigneur et le guerrier pouvaient se munir de la crosse à leur gré, les voies de distinction et d'avenir ne pouvant plus être ménagées que par la prédication et l'étalage des bonnes œuvres, est-il étonnant que tant de membres du clergé se montrent si zélés sur ce point? Ce qui prouve que la foi n'est pas l'unique ni le principal mobile de leur zèle, c'est qu'ils voient presque toujours d'un œil triste et jaloux le bien opéré par leurs rivaux. Selon eux, il n'y a de bien valable que celui qui est censé avoir été opéré sous leur inspiration; toute conversion qu'un prêtre obtient par sa prédication, n'en vaut-elle pas, à ses yeux, plus de mille autres ?

Vous prétendez, vous, que le pape, docile à la voix de celui qui a dit : *Que le premier d'entre vous soit le serviteur de tous,* n'accepte sa puissance de pasteur spirituel et de prince

temporel que pour s'humilier davantage devant son Dieu. N'en croyez rien : ce que le
pape veut avant tout, c'est de dominer sur
les peuples. De tout temps, les papes n'ont
point agi autrement que les princes les plus
ambitieux. Tant que la guerre a été la voie
des conquêtes, les papes l'ont employée
contre les Turcs et les chrétiens. De nos
jours, les missions étrangères sont devenues pour eux ce qu'étaient autrefois les
armes des guerriers. Privés de l'influence
d'entraîner les masses aux conquêtes belli-
queuses sur les nations infidèles, ils envoient
des prêtres pour établir leur puissance et proclamer leur autorité là où elles ne sont point
encore reconnues. Leur ambition ne s'arrête
pas là : pour dominer partout de la manière la
plus souveraine, ils se sont fait des armes d'un
autre genre. Comptant sur la crédulité publique, ils ont dit aux princes : « Faites notre vo-
« lonté ; sinon, nous défendrons à vos peuples
« de vous obéir ; nous vous excommunie-
« rons. »

8.

Que l'évêque de Rome ait droit ou non de se dire le pasteur suprême de toute la chrétienté, c'est un problème dont je laisse la solution aux écoles catholiques et protestantes. Mais je tiendrais à savoir pourquoi cet évêque veut être roi et pontife en même temps. Est-ce pour mieux représenter Jésus-Christ? Mais l'auteur du christianisme n'avait pas de quoi reposer sa tête. Vous nous prêchez, tous les jours, que pouvant être roi, il ne l'a pas voulu, qu'il a préféré les humiliations, les souffrances et la pauvreté à la gloire, aux honneurs et aux richesses, avouant lui-même que *son royaume n'est pas de ce monde.* N'est-ce donc pas se jouer de l'humanité que de lui dire : Il faut au pape une cour et un diadème pour représenter le Christ naissant dans une crèche, mourant sur une croix; il lui faut des armes et des soldats pour réaliser les conceptions du législateur qui s'est donné comme *le prince de la paix*; il faut être chef de police avec un œil pour observer, un glaive pour punir, afin de mieux reproduire en esprit celui qui se glorifiait de n'avoir d'autre mission que celle de consoler, de pardonner et de bénir!

Il en est des évêques comme du pape : s'ils consentent à s'avouer les successeurs des apôtres, c'est à la condition qu'ils auront des palais et des équipages, des mitres et des crosses en or pour représenter plus digne- ment ceux qui se faisaient un devoir comme une gloire de n'avoir qu'une besace, un bâton et des sandales. Ils se montrent contents de leur position, parce qu'elle leur mérite des honneurs et des agréments de tout genre. Ne les voit-on pas toujours assis aux premières places?

Le simple prêtre, aussi, a recours au clin- quant dans ses rapports avec les paroissiens. N'est-ce pas des prêtres aussi bien que des évê- ques et du Pape, que Jésus-Christ entendait parler quand il disait : « Ils lient des fardeaux « pesants qu'on ne saurait porter, et ils les « mettent sur les épaules des hommes; mais « pour eux ils ne veulent pas les remuer du

« bout du doigt. Au reste, ils font toutes leurs
« actions afin d'être vus des hommes, c'est
« pourquoi ils portent des bandes de parche-
« mins plus larges que les autres, et ont aussi
« des franges plus longues. Ils aiment les
« premières places dans les festins et les
« premières chaires dans les synagogues.
« Ils aiment à être salués dans les places
« publiques et à être appelés *Rabbi* par les
« hommes. Mais pour vous, ne vous faites
« point appeler *Rabbi*, car vous n'avez qu'un
« seul maître et vous êtes tous frères. Malheur
« à vous, scribes et pharisiens hypocri-
« tes, parce que vous fermez aux hommes
« le royaume des cieux ! Car vous n'y en-
« trez point vous-même, et vous n'en per-
« mettez pas l'entrée à ceux qui désirent y
« entrer. Malheur à vous, scribes et phari-
« siens hypocrites, parce que, sous prétexte
« de vos longues prières, vous dévorez les
« maisons des veuves ! c'est pour cela que vous
« recevrez un jugement plus rigoureux. Mal-
« heur à vous, scribes et pharisiens hypo-

« crites, parce que vous parcourez la mer et
« la terre pour faire un prosélyte! et après
« qu'il l'est devenu, vous le rendez digne de
« l'enfer deux fois plus que vous. » Le prêtre
n'est si zélé pour exhorter à la confession fréquente, que dans le seul but de s'initier aux
secrets des familles et faire pénétrer ses inspirations jusqu'au sanctuaire du foyer domestique.

Le mobile des intérêts humains a tellement
pénétré dans l'Église depuis dix siècles, qu'on
l'y trouve presque partout. Il en est des mo-
·nastères et des couvents comme du clergé
séculier. Le mode par lequel se forment et
prospèrent les maisons religieuses nous dit
assez que les professions ne peuvent être le
résultat d'une conviction bien arrêtée ni d'un
élan généreux. Que voyons-nous à la Trappe
et à la Chartreuse? Des hommes ennuyés du
monde, à force d'avoir abusé de ses joies et
de ses plaisirs, allant chercher dans la solitude bien moins la sûreté du salut que le
repos nécessaire à toute âme usée par les pas-

sions : ce qu'ils veulent, c'est le calme et la santé. Savez-vous pourquoi d'autres n'ont pas attendu si tard pour demander ce repos de la solitude, parce que, misanthropes, ils n'ont pu concilier leurs goûts avec les exigences du monde, ou bien parce que le monde ne leur a offert que des souffrances ou des humiliations. Parmi les vierges qui peuplent les couvents, combien en est-il qui n'ont embrassé cet état que par dépit de ne pouvoir contrac-ter une alliance en rapport avec leur ambition et leurs caprices? Combien qui se cloîtrent comme d'autres se suicident, c'est-à-dire par désespoir de ne pas trouver dans le monde ce qu'elles en attendaient? Bon nombre d'entre elles regardent leur vie religieuse comme Talleyrand son caractère de prêtre. Le père Talleyrand, craignant que son fils ne pût réussir dans le monde, par suite de la difformité d'une jambe, lui ordonna d'embrasser l'état ecclésiastique; mais que de fois, dans sa vie, l'abbé Talleyrand ne s'est-il pas écrié en contemplant son infirmité : « Maudite jambe, tu se cause que je suis prêtre! »

Pardon, mon oncle, pour tant d'appréciations si sévères, appréciations qui sont celles de presque toutes les classes de la société, mais que l'on se fait un devoir de taire en présence d'ecclésiastiques. Le *Siècle* et l'*Opinion nationale* se donnent fort bien autant de licence en termes, généralement, moins convenables; mais ces feuilles ont tellement perdu de leur crédit auprès des gens véritablement éclairés, que leurs assertions ne paraissent plus acceptées que sous bénéfice d'inventaire, comme fruit d'une passion outrée ou d'une spéculation mercantile.

Gaston ROBERT.

L'abbé Renaut, sachant très-bien qu'un grand nombre de personnes, de celles même qui ne sont pas sans foi ni sans mœurs, ne pensent pas autrement que son neveu, par rapport à la plupart de ces préjugés, ne parut nullement courroucé de la teneur de la lettre: il fut bien aise, au contraire, d'y trouver une occasion d'éclairer Gaston, pour le rapprocher

davantage des croyances religieuses. Du reste,
l'abbé Renaut était un de ces prêtres conci-
liants qui, loin de s'effrayer des contradic-
tions, sont presque heureux de les rencontrer
pour les dissiper d'une manière charitable. De
nos jours, en effet, les convictions peuvent-
elles s'imposer autrement que par la force des
démonstrations et les rapports de charité?

Cinq jours après, l'abbé Renaut fit à son neveu la réponse suivante :

Rien ne m'a plus étonné, cher neveu, que
l'assertion par laquelle vous accusez l'Église
de n'ajouter d'importance qu'aux pratiques
extérieures ; n'est-ce pas l'Église qui nous
prêche la nécessité de parler à Dieu par le
cœur, et déclare toute pratique extérieure
mensonge pernicieux, quand elle n'est pas
l'expression réelle des sentiments de l'âme?
Condamner ce qui est extérieur dans le culte,
c'est réclamer une chose irrationnelle et anti-
naturelle. L'homme étant un être corporel et
spirituel, ne doit-il pas agir avec son corps

comme avec son esprit; tout autre mode n'est-il pas opposé à la nature de son être?

Le culte de l'homme, devant donc être sensible, rien de plus propre à l'exciter, à le nourrir et à l'ennoblir que les prières et les cérémonies du culte catholique. Tout homme qui se recueille en suivant les prières de l'Église, ne peut s'empêcher de les admirer dans leur grandeur et leur simplicité.

Soit que vous compariez les cérémonies de notre culte avec celles des religions anciennes, soit que vous les considériez en elles-mêmes sous le rapport de leur nature et de leur fin, vous ne pourrez vous empêcher de les reconnaître comme l'expression la plus noble et la plus naturelle des sentiments du cœur humain. Quoi de plus trivial et de plus méprisable que les signes et les pratiques par lesquels le paganisme prétendait rendre à la Divinité le culte qu'elle revendique! De telles cérémonies tendaient à ravaler la dignité et la sainteté de l'Infini en le comparant à la créature, en lui attribuant des passions crimi-

nelles; elles dégradaient l'homme lui-même
en l'entretenant dans le vice, en consacrant
ses prostitutions. Si vous contemplez en elles-
mêmes les cérémonies usitées dans l'Église
pour honorer le Créateur, vous serez saisi
d'étonnement à la vue de ce qu'elles ont de
pur, d'auguste et d'imposant. Comment pourrait-il en être autrement, puisque cet enthousiasme a pénétré et pénètre encore dans le
cœur des protestants, des infidèles et même
de ceux qui se déclarent nos ennemis jurés?
N'est-ce pas Diderot lui-même qui a dit :
« Les absurdes rigoristes en religion ne
connaissent pas l'effet de ses cérémonies sur
le peuple. Ils n'ont jamais vu notre adoration
de la croix le vendredi saint, l'enthousiasme
de la multitude à la Fête-Dieu enthousiasme
qui me gagne moi-même quelquefois. Je n'ai
vu jamais cette longue file de prêtres en habits sacerdotaux, ces jeunes acolytes vêtus de
leurs aubes blanches, ceints de leurs larges
ceintures bleues, et jetant des fleurs devant
le saint sacrement; cette foule qui les pré-

cède et qui les suit dans un silence religieux ;
tant d'hommes le front prosterné contre la
terre ; je n'ai jamais entendu ce chant grave
et pathétique entonné par des prêtres et répondu affectueusement par une infinité de voix
d'hommes, de femmes, de jeunes filles et d'enfants, sans que mes entrailles s'en soient émues,
n'en aient tressailli, et que les larmes ne m'en
soient venues aux yeux. Il y a là-dedans
je ne sais quoi de sombre et de mélancolique. J'ai connu un peintre protestant qui
avait fait un long séjour à Rome, et qui convenait qu'il n'avait jamais vu le souverain
pontife officier dans Saint-Pierre, au milieu
des cardinaux, de toute la prélature romaine,
sans devenir catholique. »

Savez-vous pourquoi l'on ne manifeste, si
souvent, que de l'indifférence pour les cérémonies religieuses ? Parce qu'on ne les connaît
pas. Pour admirer une beauté, il faut la contempler ; et, loin de vouloir contempler nos
solennités, on cherche à ne pas les voir, de
peur de les admirer. Au saint jour du di-

manche, l'agriculteur reste dans les champs, l'ouvrier dans son atelier, le négociant dans son magasin, l'homme d'affaires dans son cabinet. Revient-il quelque avantage précieux à l'humanité dans cette violation scandaleuse de la loi du dimanche? Il n'y a qu'un détriment grave, porté au bien-être et à la moralisation des peuples. Le souverain qui a prescrit le repos du dimanche est celui même qui a formé la nature de l'homme. En formant nos organes, il a tenu compte, pour la puissance qu'il leur a donnée, de tous les jours de repos qu'il a déterminés. Il leur a dit comme à la mer : Vous irez jusque-là, et non au delà. L'ouvrier qui viole le repos du dimanche viole par cela même l'ordre des règles que Dieu a établies dans la création de l'homme ; il agit contre la nature, il avance la mort de son corps en préparant celle de son âme.

Le préjudice de ce mal n'atteint pas seulement l'individu, il s'étend à la famille et à la société tout entière : tant il est vrai que le législateur suprême établissant une loi, la rend

efficace sous tous les rapports! Comme l'ouvrier ne peut violer la loi du repos sans encourir un préjudice réel pour les forces de sa vie,
il consent à se reposer un jour par semaine ;
mais quel jour? Ce n'est pas le dimanche, évidemment; car alors, ce serait faire comme
l'Église catholique; c'est donc le lendemain.
Comme, en ce jour il n'y a ni instruction ni
office religieux, et qu'on ne peut passer une journée entière dans le silence et l'inertie, on se
rend au cabaret au lieu de se rendre à l'église, on
se livre à la débauche au lieu de se recueillir
devant son Dieu. Les enfants de l'ouvrier
n'ayant pas de pain en demandent à grands
cris; les ressources manquent; elles se sont
épuisées au cabaret. La malheureuse épouse,
restée seule au logis, déplore en secret son
malheur ; ce qui la désole plus encore, c'est
la conviction qu'il en sera de même le lundi
suivant.

Voilà les souffrances et les calamités que
la violation de la loi du dimanche entraîne pour
tant de familles. Que l'on vienne nous dire après

cela que c'est une conquête remportée sur l'É-
glise, dans l'intérêt de la société et surtout de
la famille pauvre! Les grèves consacreront bien
des années à reconquérir ce que les classes
ouvrières ont perdu d'elles-mêmes, par haine
contre l'Église.

Oui, il y a dans tout ce qui constitue le culte
catholique, je ne sais quelle vertu divine qui
nous élève jusqu'à Dieu. Cette puissance vraiment surnaturelle s'étend à ce qui paraît le
plus accidentel et le moins important; le chant
lui-même semble participer à cette vertu. Lors
même que la musique profane nous plaît jusqu'à nous émouvoir, les sensations qu'elle excite ne sont que des sensations purement ter-
restres, plus propres à dégrader l'homme qu'à
l'ennoblir. Le chant religieux, au contraire,
n'excite que des émotions pures, ayant pour
but de nous détacher de la terre pour élever
plus haut nos regards et nos pensées. Tout naturellement, alors nous sentons le besoin de
nous écrier : « Si l'hommage rendu à Dieu
peut revêtir des formes si belles et si pures

pendant que nous sommes sur la terre, que sera-ce quand nous résiderons au ciel! Le chant de l'exilé peut-il être aussi joyeux que le chant du patriote qui exalte les prérogatives de sa patrie ? »

L'homme le plus superficiel dans ses appréciations peut remarquer dans le chant profane et le chant religieux un contraste qui n'est pas moins significatif que frappant. Quelle que soit l'admiration excitée par un chant profane à son apparition, cette admiration n'est qu'éphémère, il est rare que son influence soit plus durable que celle du siècle qui l'a vu naître. Ce qui était merveilleux devient insipide, ce qui était admirable devient méprisable, ce qui était opportun devient suranné. Ne semble-t-il pas que des productions de ce genre soient condamnées à porter en elles les caractères de faiblesse de tous ceux qui leur ont donné le jour, c'est-à-dire des germes de mort? Puisqu'elles nous viennent de l'homme, il est tout naturel qu'elles périssent avec l'homme.

Il en est bien autrement de nos chants reli-

gieux : car l'Église semble posséder la puissance
de faire passer dans tout ce qu'elle s'approprie
sa belle prérogative d'immortalité. La musique
religieuse est la même partout ; sous bien des
rapports, elle est dans le hameau ce qu'elle est
dans la cité, aujourd'hui ce qu'elle était autrefois ; néanmoins sa beauté ancienne est toujours nouvelle ; on l'a déjà goûtée, on veut la
goûter encore, et plus on l'admire, plus on veut
l'admirer. Ce contraste, si frappant d'abord,
peut cependant s'expliquer quand on réflé-
chit à l'inspiration qui préside à l'un et à l'autre chant. Que se propose la musique profane ?
Voulant plaire aux hommes de son siècle, elle
s'attache, avant tout, à discerner la direction
du vent qui souffle, la tendance des sentiments
qui se manifestent pour s'y conformer entièrement par la nature de ses poésies et de ses
chants. Les goûts venant à changer, tout naturellement la composition perd sa vertu.

La musique religieuse n'est pas soumise au
même sort, parce qu'elle n'obéit pas aux
mêmes inspirations. Comprenant toute l'im-

portance et toute la sublimité de sa mission,
elle s'est constituée à vivre non-seulement
quelques siècles, mais toute la durée du
monde. Elle a mis de côté les goûts pas-
sagers de son siècle, pour s'attacher exclusivement à la beauté en elle-même, à cette beauté
qui ne change jamais, parce qu'elle est de tous
les âges et de tous les pays. De là lui vient
cette perpétuité qui fait l'envie de tous ceux
qui la contemplent. Je ne suis point étonné
qu'un célèbre musicien ait avoué, en toute sincérité, qu'il donnerait toutes ses compositions
pour le chant de la Préface. C'est qu'alors, en
effet son œuvre serait publiée dans toutes les
parties de l'univers, et vivrait aussi longtemps
que le monde. Ce qui prouve qu'il y a dans le
chant catholique une vertu qui ne se trouve
point ailleurs, c'est qu'il ne faut pas moins que
la puissance du sentiment religieux pour l'exécuter avec art. « Mes frères, s'écriait mon-
« sieur l'abbé Deguerry, à l'occasion des
« obsèques de monsieur Lablache, il y a
« quelques années, les voûtes retentirent aux

« accents de la musique de Mozart admira-
« blement exécutée. C'était aux obsèques de
« M. Chapin. Après la cérémonie, M. La-
« blache vint à la sacristie, et je lui dis :
« Monsieur, je n'avais jamais bien jugé le
« *Requiem*, vous me l'avez fait apprécier. Je
« n'avais jamais aussi bien compris cette
« musique que depuis que je vous l'ai en-
« tendu chanter. — Monsieur le curé, vous
« me faites des compliments, me répondit
« M. Lablache. — Non, lui dis-je, je n'ai ja-
« mais éprouvé ce que j'ai ressenti en vous
« entendant. — Savez-vous pourquoi ? C'est
« que celui qui avait composé cette musique
« avait la foi, que pour la chanter il faut avoir
« la foi, et que j'ai la foi. »

Comment osez-vous donner le nom de luxe
à la pompe de nos cérémonies religieuses ? Si
l'éclat des choses sensibles peut servir à représenter une gloire réelle, n'est-ce pas à celle
de Dieu qu'il doit s'adresser de préférence !
Quels sont les symphonies, les couleurs, les éléments et les êtres qui ne viennent pas de Dieu ?

Cette destination toute naturelle et sublime des choses créées peut-elle avoir quelques rapports avec les sottes prétentions des vaniteux qui croient pouvoir embellir ou voiler leurs misères physiques, intellectuelles et morales au moyen de futilités brillantes, en se condamnant à la gêne, en enlevant le bien de la veuve et de l'orphelin par des fraudes ou des banqueroutes ?

De tout temps, on a pu dire du clergé catholique qu'il est *la lumière du monde, le sel de la terre.* Néanmoins cela n'a jamais été plus vrai, ni plus sensible qu'aujourd'hui. C'est vouloir méconnaître l'évidence et se montrer absurde que de prétendre trouver dans sa conduite et ses tendances un signe d'égoïsme et d'ambition. Quoi ! le prêtre aurait recours aux vains prestiges du clinquant pour obtenir une influence mondaine ! Comment alors s'expliquer les principales déterminations de sa vie ? Pourquoi tant de prêtres renoncent ils aux joies les plus douces de la patrie, aux charmes de la famille, pour aller au

delà des mers, soumettre leur vie aux périls
les plus fréquents, aux sacrifices les plus pénibles ?

Si le ministère religieux entraîne, en France, moins de périls pour la vie, ce n'est pas
que le pasteur cherche à les éviter quand ils
sont nécessaires pour l'accomplissement de ses
devoirs. Pour s'en convaincre, il suffit de le
voir agir dans les circonstances périlleuses.
Souvent, dans une épidémie désastreuse, le
fils lui-même a peur de son père malade,
s'en tient à l'écart et quelquefois même l'a-
bandonne. Eh bien ! ce que l'amour ne peut
produire dans les parents, les récompenses
dans les voisins, la foi le produit dans le prêtre. Ce dernier s'approche du malade, lui
parle, le console et lui offre tous les secours
de la religion. Quoique le prêtre éprouve les
mêmes répugnances et les mêmes craintes,
encoure les mêmes dangers que le reste des
mortels, il n'en avance pas moins avec empressement, parce qu'il sait qu'au delà des répugnances et du péril, il y a un trésor des plus

précieux: le salut d'une âme. Comment le sait-il, si ce n'est par la foi? Comment son cœur peut-il être si fort, si ce n'est parce qu'il est nourri de la puissance des convictions religieuses ?

Ce que nous voyons dans les temps d'épidémie, nous l'avons vu dans les temps désastreux de 93, nous le verrions encore si nous avions le malheur de nous retrouver dans des conditions si déplorables. Que l'on dise aux différents membres du clergé : « En abandon- « nant votre foi, vous serez comblés de tré- « sors et de gloire devant l'humanité, tandis « qu'en vous y refusant, vous perdrez tout « ce que vous avez déjà ; bien plus, vous « serez égorgés comme d'infâmes criminels. » Ils vous répondront tous comme autrefois les apôtres : « Mieux vaut obéir à Dieu qu'aux hommes. » C'est alors que se renouvelleront tous ces prodiges d'héroïsme et de vertu que l'on a pu admirer tant de fois dans les ministres catholiques. Vous saurez alors que la foi est le seul mobile de leurs détermina-

19.

tions, parce qu'ils sacrifieront tout pour la conserver, parce qu'ils feront tout pour la pro-
fesser, souffriront tout pour ne pas la renier.

Selon vous, des motifs purement humains
nous engagent à embrasser le sacerdoce. De
grâce, quels sont ces motifs? Sont-ce les richesses? Mais quel est le fonctionnaire civil
qui ne reçoive pas de l'État une rétribution supérieure à celle du prêtre? Et pourtant
quel est celui des fonctionnaires inférieurs qui
ait autant de charges que le prêtre? Ce dernier n'est-il pas en tête de toutes les sous-
criptions ouvertes pour les besoins du diocèse
et ceux de sa paroisse? Son presbytère n'est-
il pas un asile pour tous et surtout pour les
pauvres? Que de fois, me trouvant à côté d'un
homme mille fois plus riche que moi, n'ai-je
pas vu le malheureux me tendre la main plutôt
qu'à lui? Si le pauvre se trompe sous un rapport, il pense bien sous un autre, car le prêtre
est tout charité. Quand le prêtre n'a pas d'o-
bole à donner, il a un cœur pour compatir au
malheur et lui inspirer une consolation.

Est-ce la voie des honneurs que l'on peut chercher dans la carrière du sacerdoce? Mais si dans toutes les administrations civiles et militaires, le temps et le mérite vous promettent comme certain ce qu'on appelle l'avancement, en est-il de même dans l'état ecclésiastique? En se faisant prêtre, ne se condamne-t-on pas à l'oubli le plus complet? Être vicaire ou curé dans la plupart des conditions, c'est vivre loin du monde, instruire les ignorants, soulager les pauvres, visiter les infirmes, catéchiser les petits enfants, ceux mêmes auxquels le maître d'école refuse de donner l'instruction, cette vie est pleine d'honneur, de consolations et d'espérances ; mais elle ne peut être telle que pour celui qui obéit aux inspirations de la foi.

Les riches et les ambitieux ne veulent pas du sacerdoce, parce qu'ils croiraient descendre plutôt que monter ; les sensualistes n'en veulent pas, parce que cette voie leur paraît semée de sacrifices, c'est-à-dire opposée à celle qu'ils désirent embrasser. La capitale est inon-

dée de jeunes gens qui ne sachant que devenir,
postulent toutes sortes de places. Tout emploi vacant fait surgir des compétiteurs sans
nombre ; malgré cela, la carrière ecclésiastique manque de sujets. C'est donc qu'on y
voit des sacrifices surhumains.

Selon vous, le prêtre, quel que soit son
rang dans la hiérarchie, ne devrait point
participer aux combinaisons politiques et
sociales, comme étant absolument incapable de tout ce qui se rattache à l'ordre temporel. Cette affirmation ne serait-elle pas con-
tredite par mille faits de l'histoire, que le
sens le plus commun suffirait pour la réfuter.
Que le prêtre, dans l'intérêt de l'Église ou de
sa dignité, juge plus opportun de se tenir en
dehors des agitations politiques, je le comprends ; mais pourquoi n'entendrait-il rien à
l'intérêt des peuples dans l'ordre social? En se
faisant prêtre, perd-on le génie que l'on a reçu
de la nature? Si on ne le perd pas, pourquoi
serait-il impossible d'en faire de précieuses
applications? Non-seulement le prêtre n'est

pas incapable de ce qui tient à l'ordre social, mais rien ne le prive du droit d'y participer, s'il le juge à propos. N'est-il pas homme et citoyen comme tous les autres? N'est-il donc pas intéressé à tout ce qui peut procurer la grandeur de l'humanité, la prospérité de son pays? Comme aussi n'a-t-il pas à craindre tout ce qui peut dégrader le genre humain et conduire sa patrie aux abîmes du désordre et de l'anarchie? Les lois qui régissent les mœurs et les actes ne sont-elles pas les mêmes pour lui que pour ses concitoyens? Pourquoi donc voudrait-on lui refuser le privilége d'y attacher une partie de sa sollicitude et de son action? Dans l'intérêt de la religion, direz-vous? Je le veux bien; mais pourquoi ne nous laisseriez-vous pas le soin de cette appréciation? Ce qui m'étonne, c'est que les plus ardents à dénigrer le christianisme dans tout ce qui le constitue soient les plus zélés à nous interdire une coopération dans les combinaisons de l'ordre temporel, à l'exception de ce qui regarde les impôts, les prohibitions et les vexations.

Vous dire, cher Gaston, ce qu'est véritablement le clergé catholique dans ses aspirations et ses actes, c'est vous faire comprendre
ce qu'il y a de faux et d'absurde dans vos ac-
cusations à son égard. L'influence légitime
que lui valent son savoir et ses mérites auprès
des gens sensés et honnêtes, ne profite, selon
ses intentions, qu'à la propagation des lumières et des vertus dans les intelligences et les
cœurs.

Quant à la fureur des impies contre les ordres religieux, elle ne s'explique guère dans
un siècle et dans un pays comme les nôtres.
Chacun n'a-t-il pas le droit de chercher le
bien-être là où il croit l'obtenir ? Quant aux
circonstances qui font naître les vocations,
pourquoi les trouver étranges, puisque leur
influence se fait sentir dans toute espèce de
carrières, et que le ciel se sert souvent de nos
malheurs, de nos accidents et même de nos
fautes pour nous rappeler à de meilleurs sentiments ?

Comme il est noble, généreux, paternel et

bienfaisant le ministère du prêtre sur ses paroissiens ! A peine un enfant est-il né dans la
famille paroissiale, que le bon pasteur l'appelle
promptement à l'église pour lui donner la vie
spirituelle, par le baptême. Quand cet enfant
est venu en état de discerner le bien du mal,
son père spirituel le convoque au tribunal
sacré de la pénitence, pour l'avertir des dangers de la vie, et lui inspirer de bonnes résolutions. Lors même que l'école de la science
humaine lui ferme ses portes, sous prétexte
qu'il est trop pauvre pour payer la rétribution
mensuelle, le prêtre lui ouvre la sienne, et
lui fait même une obligation de recevoir son
enseignement.

Quand les dangers du mal auront accru
avec l'âge de l'enfant, le prêtre le conviera au
festin des forts ; il l'enrichira d'une nouvelle
puissance par la communion et la confirmation.

Une époque des plus importantes de la vie,
c'est le mariage, source du foyer domestique.
Le mariage apporte des prérogatives, mais il

entraîne des devoirs et des sacrifices, comme j'ai eu occasion de vous le dire en d'autres circonstances. Pour les supporter ces sacrifices, pour les remplir ces devoirs, il faut plus que de l'énergie dans la volonté, il faut encore l'aide de Dieu. Ce concours est promis et accordé aux époux par l'entremise de leur pasteur, qui le demande au ciel en bénissant leur mariage.

Ce même paroissien est-il travaillé par les chagrins, accablé par les angoisses, méprisé par ses concitoyens? il conserve encore pour ami son père spirituel, auquel il peut réclamer des consolations et des conseils, souvent même des secours.

Est-il arrivé en danger de mort? son pasteur vient le consoler en le délivrant de ses peines morales, en lui donnant le saint viatique et l'extrême-onction. A la mort, le prêtre qui lui a ouvert les yeux à la lumière, quand il est venu au monde, veut lui rendre les devoirs suprêmes. Après avoir introduit ses dépouilles mortelles à l'église pour les embaumer de ses prières, il les conduit à leur dernière demeure. Lui-même jette la première pelletée de terre en s'écriant : « La « terre revient à la terre d'où elle venait ; « mais l'âme s'envole vers Dieu qui l'avait « faite à son image ! »

Quel est le père qui fait plus pour son enfant que le pasteur pour ses paroissiens ?

Sans doute, le prêtre n'est pas toujours exempt d'imperfections ; mais au lieu de vous en faire une arme contre la religion, ne devriez-vous pas remercier Dieu d'avoir choisi pour dispensateurs de ses grâces dans l'humanité, non des anges dont vous n'oseriez approcher lorsque vous seriez dans un état de misère, mais des hommes, c'est-à-dire des êtres qui sont faibles et pécheurs comme vous? Peut-on s'abandonner au désespoir, douter de la miséricorde divine, quand cette miséricorde nous est prêchée par ceux mêmes qui en ont besoin! Si le prêtre n'est pas aussi parfait que le voudrait l'impie, il est généralement bien plus parfait que tout ce qui

l'entoure. S'il y a encore des âmes assez nobles pour s'élever au-dessus de l'égoïsme et
de la vanité qui rongent notre siècle, c'est
dans le clergé catholique qu'il faut les chercher. Si, par malheur, Gaston, votre vanité
vous conduit à la misère et par cela même au
désespoir, un prêtre seul aura la charité de
vous consoler et de vous relever, comme il a
eu seul le courage de vous avertir et de vous
blâmer au moment même de votre apparente
prospérité. De même que l'arbre se connaît
par ses fruits, l'homme se révèle par ses œuvres.

Oui, la foi catholique vit encore dans les
âmes; elle est la source de toutes les grandes vertus que nous admirons sur la terre.
Dire que le catholicisme n'est plus qu'une
pure domination sans influence sur les intelligences, c'est vouloir attirer sur soi toute la honte du faux prophète et du menteur. Que de fois
n'a-t-on pas fait de pareilles prédictions? Mais
les faux prophètes sont morts avec leurs systèmes, et le catholicisme est resté plein de vie.

Où serait donc cette foi que réclame l'humanité dans sa vie religieuse, si elle n'était dans le catholicisme? Serait-elle dans le judaïsme, le brahmanisme, le bouddhisme, le mahométisme? Rien de plus absurde que de l'y chercher. Toutes ces religions, à l'exception de quelques dogmes sur l'existence de Dieu et l'immortalité de l'âme, ne sont plus que des inspirations grossières du matérialisme et du sensualisme. Serait-elle dans les sectes chrétiennes, telles que le luthéranisme, le calvinisme et l'anglicanisme? Mais la foi doit être *une* comme le Dieu dont elle émane, comme l'humanité à laquelle elle s'adresse : ce qui n'est pas ici, car nul sectateur n'a une croyance conforme à celle de son frère ; ses principes lui permettent de croire, le lendemain, ce qu'il abhorrait la veille, et réciproquement. Serait-elle dans les systèmes philosophiques constitués en dehors du catholicisme? Mais quel est le philosophe qui oserait se donner comme professant simplement ce qui a été cru avant lui? il n'en est pas un seul.

Tout le mérite de chacun consiste à démolir
ce qu'un autre a édifié.

Le catholicisme est par rapport à la vie religieuse ce qu'est le sol par rapport à la plante
qu'il nourrit. Que devient la plante, séparée
de la terre qui l'a fait naître? elle languit,
elle meurt. Plus, au contraire, cette plante
se rattache au sol, plus elle puise de séve, plus
elle a de force, de vigueur et d'éclat. Sans le
catholicisme, point de vie religieuse. En dehors de cette condition, la possibilité de son
existence n'est qu'une chimère inventée par
l'imagination bizarre des sophistes. On peut
découvrir des croyances superstitieuses, des
pratiques grossières; mais on ne trouvera
jamais des dogmes entièrement purs, une
morale portant à la perfection, un culte rap-
prochant la créature du Créateur, par la
sublimité de ses pratiques et la force de ses
inspirations.

Si tant d'hommes se montrent incapables
de reconnaître ce qu'il y a de beau et de divin
dans les éléments constitutifs du catholicisme,

s'ils paraissent même étonnés de nous voir
les contempler avec amour et admiration, c'est
que leurs inclinations, dépravées, par l'abus
qu'ils en font tous les jours, n'ont plus d'attrait que pour ce qui revêt les formes de la
matière et agit exclusivement sur les sens.
Qu'ils s'adressent donc, avec une humilité
sincère, à celui qui a le pouvoir de renouveler
les esprits et les cœurs. Dieu, qui les aime
toujours, ne laissera pas leur prière sans efficacité. Ces hommes, alors, voyant de plus
haut et bien plus loin, se reconnaîtront capables d'admirer ce qui est vraiment admirable. Seul, le beau leur apparaissant comme
tel, ils l'aimeront avec enthousiasme, pour ne
plus s'éloigner de sa contemplation et ne plus
abjurer son école.

Cette lettre fit sur Gaston la plus vive impression. Parmi les préjugés qu'il avait émis,
avec ou sans conviction, il ne lui en restait
plus un seul dans l'esprit. Nous croyons qu'il
aurait fini par se montrer bon chrétien, si les
embarras que commençait à lui susciter son

train de maison ne l'avaient obligé de porter ailleurs toutes ses préoccupations, et ne lui avaient inspiré d'autres résolutions moins sages.

XI

Être et paraître.

Combien de familles opulentes n'obtiennent qu'au prix de la gêne l'éclat extérieur dont elles font parade à tout instant? Sans doute, le Créateur n'a pu prohiber tout agrément, puisque lui-même a donné aux fleurs la beauté qui ravit, le parfum qui embaume; mais son grand désir n'est-il pas de nous éloigner de tout ce qui entraîne aux dégradations matérielles et morales?

Tout en passant pour grand seigneur, Gaston n'en était pas moins réduit aux plus cruels embarras pour les termes de son loyer et les réclamations de ses fournisseurs. Les vaniteux les plus prodigues ont certains moments de lucidité pendant lesquels ils savent apprécier leur folie sous ses vraies couleurs. Alors, le repentir qu'ils éprouvent leur inspire de sages résolutions ; mais ces résolutions deviennent comme inutiles par manque de courage. C'est ce qui arriva pour Gaston. Un jour qu'il était seul avec sa femme, il lui vint en idée de proposer des voies d'économie.

— Corinne, lui dit-il, il est urgent de viser à l'économie, c'est le seul moyen d'échapper aux humiliations et aux souffrances d'une misère prochaine.

— Tu as raison, répondit Corinne ; que faut-il retrancher ?

— Ne pourrions-nous pas réduire de moitié notre loyer, en habitant le quatrième au lieu du premier ?

— Ce n'est point là, cher ami, que nous devons porter nos réductions ; ce serait plutôt un préjudice qu'un bénéfice par rapport à ta profession. Si le clinquant est nécessaire, c'est surtout quand on est dans les affaires. Que supposeraient tes clients s'ils nous voyaient prendre une semblable détermination? Oui, laisser un premier pour un quatrième, ce serait inspirer au public de l'inquiétude sur notre position.

— Tu as peut-être raison, répliqua Gaston. Il vaut mieux, je crois, renoncer à la villégia-ture, car c'est une dépense de mille francs, en y comprenant les faux frais que nous occa-sionne le déménagement.

— Paris, tu le sais aussi bien que moi, cher ami, ne compte plus, en été, que des ou-vriers et quelques employés peu aisés. Impos-sible de modifier nos habitudes sur ce point sans porter le plus grave préjudice à notre considération. Que diraient M. et madame Robinet, s'ils nous voyaient renoncer à notre maison de campagne?

— Faisons mieux, reprit Gaston, suppri-mons le salaire de Paul; rien ne s'oppose à ce que Jeanne ouvre la porte, le mardi aussi bien que les autres jours.

— Cette économie n'est pas réalisable.
Toutes nos connaissances regardent Paul
comme notre valet de chambre; quelle serait donc leur impression lorsqu'il n'y aurait
plus que la bonne pour les introduire au
salon?

— Ce que nous pourrions faire sans préjudice pour notre considération, ce serait de
nous contenter des omnibus pour nos courses
journalières; l'économie ne serait pas moins
de huit cents francs.

— Les omnibus n'ont aucun inconvénient
pour les hommes; mais il n'en est pas de
même des femmes. Outre qu'on est exposé à
s'y trouver à côté du premier venu, comment
se présenter convenablement dans un salon,
quand on a voyagé en omnibus avec autres
treize personnes, surtout avec des crinolines?
Quelle apparence peut faire la plus belle des
robes, quand elle est foulée sous toutes ses
faces?

— Nous pourrions ne plus donner à dîner
à nos amis; la suppression de ce dîner annuel

nous laisserait de quoi pourvoir à notre table pendant cinq ou six mois. Cela ne nous empêcherait pas de recevoir les parents de temps à autre, sans cérémonies.

— Ne plus inviter nos amis, Gaston, ce serait renoncer à leurs propres invitations ; ce serait rompre toutes nos relations d'un seul coup, chose qui n'est ni possible ni utile ; car nous avons plus besoin que jamais de protecteurs pour augmenter le nombre de tes affaires et soutenir notre position. Il nous serait difficile de recevoir à moins de frais ; car il est bon de traiter convenablement ceux qui nous traitent de même.

— Portons donc nos économies sur les dépenses de toilette. Moi, je ne puis rien retrancher sans être ridicule ; mais il n'en est pas de même de toi : tu comptes assez de robes et de chapeaux pour ne plus en acheter de longtemps.

— Gaston, la mise d'une femme est bien mieux observée que celle d'un homme. Que diraient donc tes amis et les miens, si je cessais d'être vêtue comme toutes les femmes que nous fréquentons? Les robes de la saison devant être caractérisées par des nuances particulières, il est de toute nécessité pour moi d'en commander deux au plus tôt. Tout ce que nous pouvons faire, c'est de restreindre nos bonnes œuvres et diminuer nos dépenses de table. Des réformes de ce genre ne peuvent nuire en rien à notre considération.

— Pour ce qui est des bonnes œuvres, nous avons peu à retrancher. Pouvons-nous, par exemple, nous dispenser de participer aux quêtes faites en public?

— On ne peut pas se faire remarquer en si mauvaise part.

— J'aurais pu, il est vrai, ne pas souscrire, le mois dernier, en faveur des Polonais.

— Oui, mais ta souscription, mentionnée dans les journaux comme on nous l'avait fait espérer, nous a valu bien des félicitations!

— Nous donnons fort bien quelques pièces de monnaie à trois ou quatre malheureux de notre connaissance; mais Jeanne, notre domestique, leur en donne presque autant de sa propre bourse.

— Ne t'y trompe pas, mon cher, Jeanne est plus riche que nous. Comme elle dépense fort peu pour sa toilette, elle place près de trois cents francs par an à la caisse d'épargne; nous n'en faisons pas autant.

— Eh bien! reprit Gaston, supprimons tous ces dons; ce sera une dépense de moins. Nous annoncerons à nos pauvres qu'éprouvant le besoin de restreindre le cercle de nos préoccupations, nous remettrons désormais nos largesses au bureau de bienfaisance, et que par conséquent c'est à lui qu'ils devront s'adresser.

En fait de nourriture, sur quoi porter l'économie, puisque nous nous sommes déjà réduits sur ce point?

— Nous pourrions nous passer de café.

— Où peut nous amener une réduction de ce genre? Ne vaudrait-il pas mieux renoncer, pour quelques mois, à la mode en fait de robes

20.

et de chapeaux? Le café dissipe les chagrins, redouble l'énergie, facilite la digestion.

— La première chose est possible, répondit aussitôt Corinne, la seconde ne l'est pas.

Telles sont les femmes qui veulent paraître plus qu'elles ne peuvent et ne doivent; elles préfèrent s'imposer, pendant des années, des privations secrètes, souvent préjudiciables à la santé, que de supprimer une livrée, une boucle d'oreilles, etc.

Alors même que M. et madame Robert ne savaient comment faire pour s'acquitter de leurs dettes, les personnes qui les visitaient ou les rencontraient dans les salons et ailleurs ne cessaient de s'extasier sur les avantages présumés de leur position. « Oh! s'écriait-on « de tous côtés, que Paris renferme de gens « riches et heureux, qui ne savent comment « dépenser leurs revenus! »

La conversation sur les économies à réaliser continuait encore quand la bonne vint annoncer à Corinne la visite de madame de Romainville. Corinne, jetant aussitôt un regard sur sa glace, se rendit au salon pour recevoir son amie.

Le premier soin de madame Robert, qui avait médit la veille sur le compte de son amie, fut de s'extasier en compliments de toutes sortes sur sa visiteuse et sa famille. Pour bien des gens, les marques de politesse sont moins une expression délicate des sentiments du cœur qu'un moyen de les déguiser. Sans doute, la franchise ne consiste pas à dire tout ce que l'on pense; mais elle devrait obliger à penser tout ce que l'on dit; il n'en est rien. Si peu qu'il y ait encore progrès sur ce point, nous n'aurons plus besoin d'aller au théâtre pour trouver des comédiens.

— Êtes-vous remise de la soirée de lundi? s'écria madame de Romainville.

— Des soirées si charmantes ne fatiguent jamais, madame; elles ne peuvent laisser après elle que des sentiments de reconnaissance et de regret. Vos réunions sont si bien composées; vous savez si bien faire les honneurs de votre maison! M. de Romainville a été char-

mant pour toutes les dames. Est-il aimable,
ce monsieur de Romainville!

— Il ne peut l'être plus que M. Robert, depuis qu'il est votre époux. Un auteur prétend
que rien n'a plus contribué à policer les hommes que la compagnie des femmes : c'est là,
il me semble, une vérité incontestable. Tous
les maris qui aiment à rester auprès de leurs
épouses sont, par le fait, les plus polis et les
plus aimables. Cela est encore plus vrai quand
ces maris ont des femmes aussi distinguées que
Corinne : « Dites-moi qui vous fréquentez, et
je vous dirai qui vous êtes. »

— Cette observation, madame, m'a été
faite par bien d'autres ; mais je l'ai toujours
regardée comme une interprétation trop bienveillante à mon égard. J'aurais tort, il est
vrai, de me plaindre de Gaston ; il est si
bon ! C'est toujours à regret qu'il me quitte ;
encore ne le fait-il que lorsqu'il y a urgence.
Figurez-vous, madame, que j'ai été obligée de
lui faire un ordre d'aller passer au cercle
quelques heures par jour, avec des amis.

J'aime que les hommes nous laissent causer seules, de temps en temps. Comme vous le savez, leur conversation n'est pas toujours de nature à nous intéresser; un langage autre que celui de la politique et des affaires les trouve souvent fort insensibles.

— Toute règle, madame, souffre des exceptions; l'année dernière, nous avons fait, à Vichy, la connaissance d'un monsieur qui s'entendait aussi bien que nous, je vous l'assure, aux modes et aux toilettes.

— Oui, il y en a quelques-uns; mais ils sont bien rares. En général, les hommes ne parlent de toilettes que pour les critiquer.

Détrompez-vous, madame, si nous éprouvions la fantaisie de paraître en public avec une toilette inférieure à celle de nos amies, nos maris seraient les premiers à sentir l'humiliation, et à se récrier contre nous. Ils ne sont vraiment modestes que lorsqu'il s'agit d'acquitter les notes des fournisseurs.

— Il y a donc beaucoup de toilettes à Vichy, pendant la saison des bains? interrompit madame Robert.

— Presque autant qu'à l'Opéra et aux Italiens, répondit madame de Romainville.

— Est-il possible de s'y procurer un bon confortable en fait de nourriture?

— Parfaitement, on y trouve de tout comme à Paris.

— Je suis bien aise de l'apprendre, car Gaston et moi avons le désir d'y passer une saison. J'ai déjà commandé douze robes à cet effet. Je dois vous dire que mon mari, quoique très-sobre, n'en est pas moins difficile pour son manger; je tiens moi-même un peu de lui, sous ce rapport. Aussi notre intention est-elle d'y emmener Marguerite, notre cuisinière, qui connaît parfaitement nos habitudes et nos goûts. On est si mal servi dans les hôtels!

— Marguerite pourra facilement s'y approvisionner. En mai, la volaille y est assez rare, mais on y trouve bécasses, râles de genêt, pigeons, maquereaux, concombres, petits pois, fraises; en juin, dindonneaux, coqs vierges, chapons, poulardes , morue fraîche , raie , truites, artichauts, haricots verts, concombres, fèves de marais, choux-fleurs, melons, etc. En juillet, poulets gras, lapereaux, levrauts, dindonneaux, cailles , soles, saumons, limandes, haricots blancs, abricots, etc.; de même en août jusqu'au 15 septembre, clôture de la saison.

— Tant mieux qu'il en soit ainsi : car , à part quelques filets de bœuf, la viande **de** boucherie ne sert ici qu'aux domestiques.

— C'est à peu près de même chez nous.

Ainsi parlaient deux maîtresses de maison, chez lesquelles, en réalité, il y avait privations continuelles, à l'exception du jour où elles donnaient un grand repas qui leur coûtait presque autant que tous ceux de l'année. Il en est de la table comme de la toilette : le luxe consiste à renverser l'ordre naturel établi par le Créateur. De même qu'on affecte de veiller la nuit pour dormir le jour, de même aussi on se fait gloire de servir de mauvais fruits en avril et mai, au lieu de les manger bons en juin, juillet et août.

— Chez qui vous approvisionnez-vous, madame Robert, pour la viande de boucherie? reprit madame de Romainville.

—Je ne saurais vous le dire, madame, reprit Corinne : car je n'aime point à empiéter sur les droits de ma cuisinière ; je ne sais jamais avant de me mettre à table ce qu'on nous servira.

— C'est un tort que nous avons, madame, de donner tant de confiance aux domestiques. Non-seulement ils nous trompent sur le prix des provisions, mais ils trouvent toujours moyen de se réserver ce qu'il y a de meilleur.

— Que voulez-vous, madame? mieux vaut encore être trompé que se condamner à respirer dans une cuisine des vapeurs fort incommodes.

— Vous n'êtes donc pas comme madame Naudou, qui veut tout voir par elle-même?

— Tout en admirant madame Naudou, je me sens incapable de l'imiter; cela tient sans doute à la différence de notre éducation. Ma famille,

comme vous le savez, jouissant d'une large
aisance, ayant les meilleures relations, a cru
devoir me former pour le monde.

— A propos, interrompit madame de Romainville, quel est votre plan pour la semaine
prochaine ?

— Mon plan, le voici : dimanche, aux courses de Boulogne ; lundi, promenade au bois de
Vincennes; mardi, je reçois toute la journée ;
mercredi, je fais des visites; jeudi, je vais entendre mademoiselle Lapomérani au concert
donné par mon oncle le sénateur. Cette semaine, je n'irai que deux fois au théâtre ; vendredi, j'assisterai au sermon du révérend père
Dandin à la Madeleine.

— Est-il bon prédicateur le père Dandin?

— Admirable! il est onctueux au possible ;
sa parole est douce, son débit facile, et puis,
comme ses mouvements sont délicats! sa pose
est on ne peut plus élégante, il a les cheveux
noirs et très-fins, le nez aquilin, les dents
d'ivoire, les mains superbes, les ongles roses
et toujours bien faits. J'ai eu la chance de le

voir descendre deux fois de chaire ; ses pieds
sont si mignons qu'ils ressemblent plus à ceux
d'une femme qu'à ceux d'un homme ; sa mo-
sette est d'hermine ; il porte une grande croix,
celle des missionnaires apostoliques.

—J'irai l'entendre, puisqu'il est si bon prédicateur.

— Vous en serez ravie, madame ; ce n'est
pas comme votre petit curé qui ne sait jamais
se débarrasser de son ton grave et solennel.
Quelle mâchoire lourde !

— Il dit de très-bonnes choses pourtant.

— C'est possible, et quel est le prêtre qui
n'en dit pas ? Le tout, ma chère, est de savoir
plaire par les manières.

— Il n'aime pas le luxe, par exemple, M. le
curé Samson ; il va même trop loin quand il
est question de toilettes et de parures dans ses
sermons.

— Erreur, madame ; tout le monde aime la
toilette, à l'exception de quelques maris avares,
ou gênés dans leur position. Si vous alliez à
l'église, d'abord en tenue de bonne, et puis en

toilette de duchesse, croyez que l'accueil serait
loin d'être le même dans les deux cas. M. votre curé, qui a toujours des motifs pour ren-
voyer les bonnets au confessionnal de ses vicaires, trouverait moyen de vous faire passer
avant d'autres, lorsque vous paraîtriez en robe
de soie, couverte de diamants.

— Je puis vous assurer que cette différence
d'accueil n'existe pas dans notre paroisse.
M. le curé est si bon et si juste qu'il possède
le secret de donner son temps aux pauvres
comme aux riches. S'il avait une préférence à
donner sous ce rapport, ce serait aux classes
laborieuses qu'il l'accorderait. La raison qu'il
en donne est que les ouvriers ont besoin de
tout leur temps pour gagner leur pain de
chaque jour. M. l'abbé Samson passe aussi
pour un théologien profond, un savant de premier ordre. C'est un de ces hommes qui con-
sacrent une grande partie des nuits à lire et à
écrire.

Malgré cela, M. l'abbé Samson n'aura jamais
un auditoire aussi bien composé que celui du

révérend père Dandin. Que voit-on à ses sermons? Presque rien que des hommes. Les
femmes que l'on y rencontre appartiennent
toutes à la classe ouvrière, ou au demi-monde.

Tel était le raisonnement de madame Robert; telles sont les appréciations de certaines
femmes qu'on appelle élégantes. Pour plaire
à des personnes de ce genre, ce n'est pas dans
les séminaires, à la lecture des Pères, des
théologiens et des philosophes, qu'il faudrait
passer des années, ce serait au théâtre et chez
les coiffeurs.

Inutile de relater jusqu'au bout une conversation si sotte et si futile, qui commença
vers deux heures pour ne finir qu'à six.

Madame de Romainville était à peine sortie
que la cuisinière vint dire à Corinne : —
« Madame, le dîner ne sera pas prêt à l'heure.

— Pourquoi?

— Parce que le boucher ne veut pas me livrer la provision sans avoir été payé des cent
francs qui lui sont déjà dus. »

Madame Robert, humiliée et indignée tout

à la fois, fit porter aussitôt dix draps de lit au mont-de-piété. Corinne aurait pu vendre des candélabres et des bijoux, mais sa vanité aurait plus souffert de leur absence que de celle des draps de lit. Ne lui arriva-t-il pas, une fois, de vendre secrètement une douzaine de chemises neuves, pour acheter un chapeau à la nouvelle mode ?

Quelle faute ne commettent pas les plus opulents eux-mêmes, en inspirant à leurs enfants le dégoût des occupations laborieuses ? Dans un temps où les exagérations du luxe semblent ravir toute espèce de sécurité dans les positions, est-il possible de préciser son avenir et surtout celui de ses enfants ? Le parti le plus sage et le plus prudent n'est-il pas de se prémunir contre toute espèce d'événements ? Il y aura toujours de vrais pauvres, c'est-à-dire des hommes n'ayant pas de ressources et ne pouvant s'en procurer par le travail ; mais combien de ceux qui croupissent dans la misère auraient conservé l'aisance, s'ils n'avaient point obéi à des goûts de vanité ? Aujourd'hui l'on peut dire de la fortune aussi bien que de la considération : « Du Capitole à la roche tarpéienne, il n'y a qu'un pas. »

Aux familles qui tombent précipitamment de l'opulence dans la détresse, les humiliations et les souffrances paraissent mille fois plus dures et plus cruelles qu'à celles qui n'ont jamais parcouru d'autre sentier que celui du travail et de l'économie. Les anxiétés auxquelles se condamnent la plupart des ménages qui semblent ne viser qu'au clinquant, ne sont pas les seuls ni les plus graves des inconvénients à redouter. Que peut être le foyer domestique quand il est déserté et méprisé par l'épouse qui ne sait se préoccuper que de l'extérieur; lorsque le mari, par contre-coup, passe au cercle, ou ailleurs, tout le temps qui lui reste en dehors de ses occupations habituelles? Que sont alors les noms d'épouse et d'époux, sinon une vaine dénomination qui n'a de force que parce qu'elle est légalisée?

Il y a, dans les cités populeuses, tant d'unions dénaturées par l'amour du monde et du clin-

quant, que bon nombre d'entre elles seraient
bientôt rompues, si les époux n'étaient retenus par d'autres liens que ceux de l'affection
et du bonheur. Les trois dixièmes au moins
des mariés avoueraient hautement n'avoir
aucun motif de vivre ensemble.

La raison nous fait jeter un blâme sur tous
les siècles d'ignorance dans lesquels on s'est
plus adressé aux sens qu'à l'esprit et au cœur ;
mais sous ce rapport, quel siècle plus mal partagé que le nôtre? Que font les diplomates pour
élargir leur influence? C'est aux frais de représentation qu'ils demandent le prestige. Il en
est de même du négociant et de tous ceux qui
veulent agir sur le public. Or cette efficacité
du clinquant ne peut s'expliquer autrement
que par l'ignorance des masses.

L'ordre logique voudrait que le fond eût
la préférence sur la forme ; l'honneur de l'humanité exigerait que le public s'attachât au
solide plutôt qu'au brillant, point du tout ;
l'amour du clinquant règne dans presque tous
les cœurs. Si quelques sages visent au solide

et à l'utile, ce sont des élus ; tous les autres
veulent du brillant sans se préoccuper de la
médiocrité qui s'en est parée. La marchandise
la plus en vogue, c'est la moins chère en
apparence, c'est la plus chère d'après sa valeur
réelle. La littérature la plus en vogue, c'est
toujours la plus superficielle ; ainsi de suite des
personnes et des choses. C'est pour cela, sans
doute, qu'un jeune homme croyait pouvoir
dire de bonne foi : « Je ferai plus avec mes
belles moustaches et de la poudre de riz
qu'avec dix ans d'études sérieuses. »

L'homme perspicace et sérieux éprouve
donc plus que jamais le besoin de s'écrier :
« Tout ce qui reluit n'est pas or. » Gaston
passait pour riche et heureux, sans l'être véritablement ; les qualités personnelles de Corinne
étaient presque en opposition avec l'élégance
de sa toilette. C'est ainsi que l'extérieur a plus
souvent pour but de voiler les défauts de l'intérieur que d'en représenter les qualités.

XII

Vaut mieux monter que descendre.

Mademoiselle Teyssier, chaque fois qu'elle s'était crue interrogée par M. Vignon sur ses véritables intentions par rapport au mariage, avait affecté de donner le change à la conversation. Le grand nombre de mariages malheureux que la jeune fille avait l'occasion de constater autour d'elle, lui faisait envisager le mariage sous les couleurs les plus sombres. Elle n'était point arrivée à comprendre que les malheurs et les désordres nullement inhérents à l'essence du mariage provenaient uniquement des conditions anormales dans lesquelles

21.

la plupart des unions matrimoniales sont
contractées.

Plus elle apprit à connaître M. Vignon,
plus les qualités de ce jeune homme lui
parurent être en harmonie avec ses goûts.
Ce qui fit sur elle la plus grande impression,
ce fut une lettre qu'on lui montra, lettre dans
laquelle son père écrivant à un ami, quelques jours avant sa mort, disait au sujet de
M. Vignon : « Mes vœux les plus chers, c'est
que ma fille ait son pareil pour époux.

Mademoiselle Teyssier, avons-nous dit, se
trouvait trop pauvre pour épouser M. Vignon.
Un tel scrupule perdit bientôt sa raison d'être :
car deux ans après la mort de son père, elle se
trouva en possession d'une dot de cent mille
francs. M. Moulin, dont la faillite avait ruiné
M. Teyssier, ayant hérité d'une tante fort riche,
madame Vignon eut à recevoir une somme de
cent mille francs pour capital et intérêts dus à
son père par l'ex-banquier.

Une fois riche, mademoiselle Joséphine
n'avait plus de motifs pour repousser la main

de M. Vignon, car elle lui avait déjà fait part
de la déception qu'elle avait éprouvée en la
personne de M. Robert. Tout en ayant confiance en son dévouement, elle voulut, néanmoins, en obtenir une dernière confirmation.
Lui cachant le changement qui s'était opéré
dans sa position par les cent mille francs
qu'elle venait de recevoir au nom de son père,
elle fit la réponse suivante à une nouvelle
lettre de M. Vignon :

« Je n'ose, monsieur, accepter votre main,
parce que je sais que la plupart des jeunes
gens qui épousent des femmes pauvres ne
tardent pas à en éprouver des regrets ou à en
recueillir des humiliations. Cette idée, que je
pourrais devenir la cause de pareils désagréments, suffit pour me détourner d'un projet
qui, du reste, irait fort bien à mon cœur et à
mes goûts. »

M. Vignon s'empressa de répondre : « Si quelques maris se croient malheureux pour avoir
épousé des femmes pauvres, c'est leur faute
et non celle des conditions. Ces maris sont trop

vaniteux et n'aiment pas assez leurs épouses.

Du reste, toute femme qui a de l'intelligence et de l'activité avec des goûts modestes, n'est-elle pas plus riche que les plus riches? Quelle épouse millionnaire en étant coquette peut subvenir à ses propres exigences, sans recourir aux ressources de son mari?

Mademoiselle Teyssier, pleinement convaincue que M. Vignon ne voulait devenir son époux que par amour et dévouement, ne crut pas devoir hésiter plus longtemps. Deux mois après, en effet, un digne et respectable prêtre, ami de M. Vignon, bénissait au nom du ciel l'union si parfaite de ces deux cœurs. Le lendemain du mariage, madame Vignon faisait l'aveu à son époux des cent mille francs qu'elle possédait.

Ce qui est peu pour les familles qui aiment le clinquant, paraissait considérable à M. et madame Vignon. Sept mille francs de rente leur permettait de subvenir à tous leurs besoins et même de faire beaucoup de bien aux malheureux. Le nouveau ménage avait su se pré-

munir contre tous ses besoins factices, qui
sont pour ainsi dire les seuls dispendieux. Rien
d'utile à la santé ne manquait au confortable.
M. Vignon, trop heureux auprès d'une femme
qui pouvait prendre part à toute espèce de
conversations, se passait volontiers des distractions et des jeux du cercle, comme aussi de
toute satisfaction de fantaisie et de vanité. De
son côté, madame Vignon se contentait de
quatre ou cinq cents francs, là où d'autres en
dépensent quatre ou cinq mille ; elle méprisait
tout ce qui est excentrique dans les modes, les
mises et les allures. L'essentiel, à ses yeux,
était de plaire à son mari et d'obtenir l'estime
des personnes sensées.

Les millionnaires qui se voient condamnés
aux privations secrètes, ne font-ils pas eux-
mêmes leur mal en consacrant les deux tiers
de leurs ressources à des parades inutiles?
Celui qui n'a que dix mille francs de revenu
peut-il en sacrifier sept à l'éclat extérieur,
sans qu'il en résulte des privations sur le confortable? Il est de toute évidence que M. et ma-

dame Vignon, ne donnant rien aux apparences
et aux futilités, étaient bien mieux en état de
pourvoir aux besoins légitimes que certaines
familles opulentes qui ne dépensent pas moins
de cent mille francs par an.

Madame Vignon eut deux enfants : un garçon et une fille. N'ayant jamais rien sacrifié
en fait de santé aux exigences de la coquetterie, elle put satisfaire le désir qu'elle éprouvait
d'allaiter elle-même ses enfants. L'instruction
sérieuse qu'elle possédait lui permit de garder
Léon et Julie auprès d'elle, pendant plus de
dix ans. Quel précieux avantage pour la mère
et surtout pour les enfants! Nul collége, nul
couvent, en effet, ne sauraient remplacer une
mère intelligente et bonne pour ce qui tient à
l'éducation première. L'amour maternel de
madame Vignon pour ses enfants ne lui fit point
perdre la fermeté que réclame toute éducation
solide. A chaque instant, nous voyons des pères
et mères de famille se plaindre amèrement de
ce que leurs enfants, une fois arrivés à l'âge
de quinze ou vingt ans, n'ont plus de défé-

rence pour leurs conseils et se jettent à corps
perdu dans des voies d'égarement. Dans certains cas, peut-on être étonné d'un pareil résultat, ou plutôt n'est-ce pas le résultat contraire qui serait étonnant? Combien de parents,
assez faibles, assez peu amis des vrais intérêts
de l'enfant pour s'incliner continuellement
devant ses petits caprices? Celui-ci, sans défauts
et sans reproches aux yeux de sa mère, ayant
toujours raison contre ses maîtres ou maîtresses, ne regarde-t-il pas comme facile de soumettre la volonté de ses parents à la sienne?
Dans ses caprices, il ne cède jamais et se fait
céder en tout. Eh bien, l'on voudrait qu'un tel
enfant, devenu adolescent, se montrât plus
docile à la voix de ses parents, alors que mille
passions et mille circonstances le portent à
mépriser tout avis sage et salutaire? Une telle
espérance n'est ni logique ni possible.

Toute faiblesse des parents envers leurs enfants n'est pas seulement préjudiciable à leurs
intérêts réciproques, elle l'est encore à la
société entière; car les mauvais fils sont presque toujours de mauvais citoyens!

Madame Vignon, évitant de ressembler au geai paré des plumes du paon, ne se glorifiait que de ses propres œuvres. Comme Cornélie, mère des Gracques, toutes les fois que ses connaissances et amies demandaient à voir ses bijoux, elle se hâtait de leur présenter ses deux enfants, élevés par ses soins, en leur disant : « Voilà mes bijoux, je n'en ai point d'autres. » Sublime réponse, si propre à confondre tant de femmes coquettes qui sacrifient les devoirs d'épouse et de mère aux futiles ostentations du dehors !

Madame Vignon, réservant presque tous ses soins à l'éducation de ses enfants, avait fait demander une domestique à plusieurs dames de charité. Sur ces entrefaites, une dame inconnue, s'annonçant sous le nom de madame Constant, fit demander à lui parler. C'était une femme d'une trentaine d'années, dont le visage portait l'empreinte de la tristesse et de la souffrance, mais dont la délicatesse des traits, l'aisance des allures et le genre de toilette annonçaient une vie beaucoup plus affectée aux habitudes du monde qu'à celles du travail manuel.

Après un instant de silence, l'inconnue, baissant les yeux plus que jamais, débuta ainsi : « Il m'a été dit, madame, que vous étiez à la recherche d'une gouvernante ?... »

— C'est parfaitement vrai, répondit madame Vignon ; si vous aviez une excellente personne à me recommander, je vous en serais, madame, profondément reconnaissante.

— C'est moi-même, madame, qui viens m'offrir pour occuper cette place.

— Bien vrai ? reprit madame Vignon, le plus étrangement surprise de la déclaration qu'elle venait d'entendre.

— Oui, madame, c'est véritablement pour moi que je réclame cette position ; je dois même vous avouer que c'est là un grand service à me rendre. Voilà neuf mois que je me livre à des travaux d'aiguille sans pouvoir gagner ma vie.

— Je suis portée à croire que vous avez

été victime de quelque malheur ; car tout en
vous annonce que vous n'étiez pas faite pour
occuper une position si humble.

— Cela est vrai, madame ; j'ai eu le malheur d'épouser un mari qui n'a pas su gérer
ses affaires ; il est mort en ne laissant que
des dettes. Abandonnée à moi-même, je me
vois sur le point de mourir de faim, si je
n'arrive à obtenir une place de gouvernante.

Madame Constant n'en disant pas davantage, madame Vignon évita, par délicatesse,
de pousser plus loin ses interrogations.

La postulante, ayant accepté le prix qui lui
fut proposé pour salaire, entra en fonctions
dès le soir même. Témoin de la paix, de l'aisance, de l'amour, qui régnaient chez ses
maîtres, madame Constant aurait dû se
dire en elle-même : « Qu'ils sont insensés
ceux qui se donnent tant de mal pour chercher
les apparences du bonheur hors du foyer domestique ! Si mon mari et moi avions toujours
agi comme M. et madame Vignon, l'un ne serait pas réduit à errer dans les pays étrangers,

et l'autre à cirer les escaliers et les bottes ! »
Point du tout. Au lieu de regarder sa nouvelle
position comme une consolation dans son malheur, au lieu de bénir la Providence pour lui
avoir donné une maîtresse comme il y en a
peu, une maîtresse qui, pleine d'égards pour
elle, la traitait plutôt en sœur qu'en servante,
madame Constant ne sentait en elle que des sentiments de jalousie et de regret, maudissant son
existence et celui qui en est le maître souverain.
Rarement elle passait un jour sans parler de
ses anciennes promenades en voiture, de ses
voyages aux bains de mer, de l'admiration
qu'elle avait excitée de tant de manières dans
les salons et ailleurs. Toutes ces futilités la
préoccupaient encore, non pour s'y livrer,
puisque ce n'était plus possible , mais pour
les envier à d'autres. « N'est-il pas déplorable, s'écriait-elle souvent, qu'il y ait des
gens si riches et d'autres si pauvres ! »

Sa santé, délabrée dès le bas âge par les
exigences qu'impose la coquetterie à ceux
qui la recherchent, recevait en ce moment

de nouvelles et graves atteintes par les émotions pénibles et violentes qu'elle éprouvait en comparant le présent au passé. N'aurait-il pas mieux valu supporter, avec le calme de la résignation chrétienne, un sort qu'il n'était pas en son pouvoir de modifier, et qui, en définitive, était purement son œuvre? A qui peuvent s'en prendre les vaniteux ruinés, sinon à eux-mêmes? La conduite déplorable que madame Constant tenait en dernier lieu, est une preuve qu'il en est des mauvais comme des bons principes de l'éducation première : ils ne s'effacent jamais entièrement.

Toute autre maîtresse que madame Vignon aurait peu tardé à congédier une domestique presque infirme, sans goût et aptitude pour les occupations laborieuses; mais non : madame Vignon, toujours douce et bienveillante pour madame Constant, se sentait plus disposée à la plaindre qu'à la gronder. Elle aurait voulu, par-dessus tout, l'amener à recourir à la Providence pour les consolations dont elle avait besoin.

— Ayez confiance en Dieu, lui dit-elle un jour qu'elle la voyait en proie à des palpitations douloureuses; c'est le souverain médecin du corps aussi bien que de l'âme.

Comme madame Constant paraissait goûter fort peu ce conseil, madame Vignon s'empressa d'ajouter :

— Est-ce qu'il ne vous est jamais arrivé d'avoir à bénir la Providence de bienfaits précieux et inattendus?

— Jamais, répondit madame Constant; du reste, est-il bien vrai que l'Être suprême soit disposé à faire des miracles à tout instant pour exaucer les prières qu'on lui adresse?

— Sans doute, ma chère, Dieu ne fait pas des miracles à tout instant; mais ne lui est-il pas possible d'exercer son action bienfaisante sans déroger aux lois établies par sa volonté? Combien de malheurs qui nous arrivent dans l'ordre matériel et moral, et qui auraient pu être épargnés, si nous avions eu plus de lumières et de prudence? Eh bien, dans ces cas difficiles, où il s'agit souvent de la fortune, de la santé, de la vie même d'une personne qui nous est chère, ne pouvons-nous pas recourir à l'Être suprême pour le prier de nous éclairer sur les véritables moyens à prendre? Dans les plantes, que de remèdes efficaces ! L'essentiel est de les découvrir et de savoir les appliquer en temps opportun. Dans l'ordre moral, que de précautions propres à nous garantir des abîmes ou à nous en relever ! Ces inspirations précieuses, c'est à Dieu plutôt qu'aux hommes que nous devons les demander ; rien n'exige qu'il fasse des miracles pour nous les accorder.

Ce qu'il peut faire, il le fait tous les jours en faveur de ceux qui savent le prier humblement ; son action, pour être mystérieuse, n'en est pas moins réelle et bienfaisante. Voyez cet arbre en face de nous? Le mois dernier, son tronc n'avait pas encore de séve, ni ses rameaux de feuillage. Aujourd'hui, nous y admirons des feuilles et des fleurs en abondance. Par qui sont venues ces feuilles et ces fleurs ? Quel arboriculteur se vantera de les y

avoir semées? Dépend-il de l'autorité ter-
restre la plus élevée d'en augmenter le
nombre, d'une seule? C'est donc la bonté du
Créateur qui opère ces merveilles, bonté dont
l'action ne reste inaperçue que parce qu'elle se
montre pour ainsi dire permanente. Or, pourquoi le Créateur ne ferait-il pas pour nous ce
qu'il fait pour les plantes? S'il a soin du lis qui
s'épanouit dans la vallée, de l'oiseau qui niche
sur les branches, comment sa sollicitude paternelle pourrait-elle ne pas s'étendre à l'homme,
le roi de la nature, pour lequel tout le reste a
été créé? Ayez donc confiance en la Providence ; si elle a des motifs pour vous faire
partager des souffrances et des peines communes à bien d'autres, elle saura les rendre
fructueuses et les récompenser généreusement.

Dans les provinces où le luxe n'a pas
encore exercé tous ces ravages, on trouve
des familles dont la table est continuellement ouverte aux parents et aux amis. Il
suffit d'arriver cinq minutes avant le repas

pour le partager. Ces réunions resserrent l'esprit de famille au lieu de l'affaiblir : tout s'y passe sans gêne et dissimulation.

Madame Vignon, ravie de ces habitudes, alors qu'elle en avait été témoin pendant ses voyages en Limousin, eut à cœur de les mettre en pratique dans sa maison, et cela, moins pour sa propre satisfaction que pour épargner à son mari le besoin d'aller chercher des distractions hors du foyer domestique.

C'est presque toujours la vanité, disait-elle, qui empêche de traiter ses amis comme de vrais amis, et de les voir fréquemment.

Celui des habitués que la famille Vignon recherchait le plus, à cause de l'intérêt et de l'utilité de ses appréciations, se nommait Castel, administrateur du bureau de bienfaisance du quartier.

M. Castel n'oubliait jamais, chaque fois qu'il venait, d'entretenir la famille du nombre et de la position de ses assistés, comme aussi des causes qui les avaient faits ce qu'ils étaient devenus.

— Sur cent personnes secourues, dit-il un jour en présence de madame Constant, plus de quatre-vingt-dix n'ont été réduites à la misère que par folie d'avoir voulu trop paraître. Parmi elles, il en est qui préfèrent encore laisser souffrir leur estomac que leur vanité.

De nos jours, ajouta-t-il, les trois quarts des familles visent au clinquant, but qui ne peut être atteint qu'au détriment de tout ce qui constitue le véritable bien-être.

Tous les ménages qui aiment plus le monde qu'ils ne s'aiment eux-mêmes, ne récoltent du mariage que les sacrifices et les charges. De telles unions finissent toujours par la séparation quand les époux ne sont point retenus par des motifs d'intérêts matériels ou de respect humain. Qu'ils sont sots les vaniteux, de se préparer ainsi de longues années de misère et d'amertume pour le vain éclat d'un instant ! Oh que les joies durables du véritable esprit de famille sont bien différentes de celles-là ? L'épouse n'est-elle pas plus heureuse auprès d'un époux qui l'aime, que dans les théâtres et les salons? La mère n'éprouve-t-elle pas plus de satisfaction à suivre et à réaliser les progrès intellectuels et matériels de son enfant, qu'à se mirer dans une glace et se parer de dentelles et de bijoux?

Si j'avais, ajouta-t-il encore, des conseils à donner aux différentes classes de la société, je dirais en m'adressant d'abord aux classes laborieuses : « Cet argent que vous sacrifiez follement aux apparences du bien-être, soyez assez sages pour le réserver au bien-être lui-même. Évitez le luxe comme vous évitez le cabaret ; car l'un et l'autre ont pour effet de vous préparer de mauvais jours.

Aux mères de famille, mon langage serait celui-ci : Pourquoi compromettre votre propre avenir pour ménager à vos filles des angoisses et des périls? Préoccupez-vous davantage de leur instruction ou de leur apprentissage, et moins des ajustements de leurs colifichets. En faisant de vos filles d'honnêtes ouvrières, vous leur ouvrirez la voie de l'aisance et du foyer domestique.

Pourquoi le fils rougirait-il d'exercer la profession de son père? Quand l'ouvrier est honnête, laborieux et intelligent, sa position n'est-elle pas plus honorable qu'humiliante? Combien d'ouvriers peuvent se dire plus à l'aise et plus heureux que la plupart des faquins qui battent le pavé des rues pendant des années entières, pour obtenir un emploi de *monsieur*! La profession d'ouvrier ne serait-elle donc un titre de noblesse qu'en temps de république?

Pourquoi, dirais-je aux membres des classes moyennes, pourquoi, malgré vos dix, quinze ou vingt mille francs de rente, êtes-vous en butte à la détresse et aux privations? Parce que vous faites au monde des sacrifices dont il ne vous tient aucun compte. Au lieu de compromettre votre indépendance, souvent même votre dignité en demandant des emplois par toutes sortes de moyens, ne serait-il pas préférable de renoncer à l'éclat extérieur pour conserver les prérogatives de l'homme privé?

Quoique le luxe, dirais-je aux opulents, soit moins fatal à ceux qui peuvent subvenir à ses exigences, néanmoins, que d'inconvénients graves n'éviteriez-vous pas en vous abstenant d'un étalage inutile? Vos goûts de luxe, trouvant en tout des imitateurs empressés, ne tendent-il pas à propager l'état de gêne et de misère? Voulez-vous n'être point forcés à laisser crouler les châteaux qui vous ont vus naître, à priver vos terres des améliorations utiles, à vous lancer dans des spéculations hardies et peu délicates, supprimez les besoins factices et souvent scandaleux que l'esprit de vanité a fait naître en vous. Surtout, que vos excentricités dans le luxe n'arrivent point à compromettre les capitaux de ceux qui vous les ont confiés : si c'est folie de se ruiner par vanité, c'est un crime de faire du clinquant aux dépens d'autrui. Oh! que ce maudit luxe fait de coupables en fait de probité!

L'ordre moral aussi bien que l'ordre physique et métaphysique, ajouta M. Castel, nous présente des faits vraiment inexplicables. Toute l'influence que possède la femme dans l'ordre social lui vient de sa mission d'épouse et de mère dans la famille ; et pourtant si quelqu'un travaille à la destruction de la famille par le luxe, c'est la femme. N'est-ce pas elle qui rend les mariages presque impossibles ? N'est-ce pas elle qui tend à faire remplacer les affections domestiques par les préoccupations du dehors ? Cette vérité si triste, je ne crains pas de la proclamer devant une femme supérieure, qui fait une exception si rare et si honorable à la règle commune.

— Permettez-moi de vous répondre, monsieur Castel, dit alors madame Vignon, que je n'ai aucun droit au compliment flatteur que vous venez de m'adresser. Oui, c'est vrai, je m'abstiens, par goût et par raison, de tout ce qu'il y a de trop bizarre et de trop dispendieux dans le luxe des femmes mondaines ; néanmoins je fais sur ce point certains sacrifices pécuniaires, qui seraient bien mieux placés ailleurs. Dieu aura-t-il pour moi quelque indulgence ! J'aime

22.

à le croire. La femme n'est-elle pas esclave de l'opinion publique? Peut-elle mépriser certains usages sans attirer sur elle l'attention et les railleries de ceux qui l'entourent? A ce mal je ne vois point de remède : car les femmes subissent l'opinion, mais ne la forment pas ; il en est de l'opinion comme des lois.

— Si les femmes, répondit M. Castel, ne font pas les lois ou ne sont pas censées les faire, il en est autrement de l'opinion publique; ce sont elles qui la dirigent et l'influencent.

— Croyez, monsieur Castel, que si les femmes formaient l'opinion publique, cette opinion ne leur serait pas si défavorable sur tant de points.

— Ce fait, madame, ne prouve qu'une chose, savoir que les femmes sont trop jalouses les unes des autres pour se soutenir mutuellement. Trop souvent, je le sais, la pierre est jetée aux femmes, mais n'est-ce pas leur faute plutôt que celle des hommes, beaucoup plus indulgents par nature? Que cent des femmes les mieux posées de Paris s'engagent pour toujours à se vêtir modestement et convenablement, à ne plus faire consister la grandeur et le mérite dans les futilités du clinquant, mais bien dans l'amour des choses sérieuses ; et je réponds des bons résultats. En moins de vingt ans, les tendances sociales auront complétement changé de nature, en perdant de leur superficiel.

— Que les femmes les plus dégradées de la capitale puissent se glorifier de diriger les femmes honnêtes par la voie du luxe ; c'est là une honte pour le sexe , pour la société tout entière. Mais les lorettes sont-elles les seules coupables ? Valent-ils mieux les hommes qui paient leur étalage, surtout quand ils sont de ceux qui sont appelés à donner le bon exemple, à former les lois, à les faire respecter ? Que les hommes les mieux posés et les plus sensés s'engagent à réserver leur admiration, aux femmes ayant des goûts simples, et je réponds de la réforme qne vous désirez. La femme faite pour plaire à l'homme, s'inspirera tout naturellement de ce qui peut lui convenir. Le pacte que je propose rendra inutile celui dont vous parlez.

Madame Vignon avait à peine prononcé
ces mots, qu'un vénérable vieillard fit exprimer le désir de s'entretenir un instant avec
elle et son mari. C'était M. Pompignan, l'ancien ami de l'abbé Renaut. M. Pompignan
avait entendu parler souvent de mademoiselle Teyssier, mais il n'avait jamais eu l'occasion de la rencontrer. En ce moment, il se
trouvait en sa présence sans le savoir, n'ayant
jamais entendu parler de son mariage avec
M. Vignon.

— N'est-ce pas ici, madame, s'écria le bon
vieillard en s'adressant à madame Vignon, que
reste comme domestique une femme brune,
âgée d'une trentaine d'années, portant depuis
peu le nom de madame Constant?

— Pardon, monsieur, répondit madame
Vignon, elle est ici; mais je dois vous dire
qu'étant sérieusement malade, elle garde le lit
depuis huit jours.

En ce moment, j'entends sa voix; c'est
elle-même qui vient de s'écrier : « Au convoi
« de mon père, on voyait un char funèbre

« décoré des plus beaux panaches, et traîné
« par quatre chevaux richement caparaçon-
« nés ; et moi, si je meurs, je n'aurai qu'un
« corbillard, celui des pauvres. »

Quelle préoccupation puérile ! ajouta
madame Vignon. Devrait-elle ignorer, cette
femme, que les décorations les plus précieuses, les seules vraies pour les vivants et surtout pour les morts, sont celles qui embellis-
sent l'âme par la pureté des œuvres? Un repentir sincère sur les fautes du passé ne vaut-il
pas mieux que des milliers de draperies, de
panaches, de chars et de chevaux? Que peut
être toute glorification accessible au spoliateur
enrichi?

Est-ce que vous la connaissez particulière-
ment, madame Constant?

— Peu, madame, mais je connais beaucoup
son mari, qui m'a écrit ces jours derniers.

— Elle est donc menteuse cette madame
Constant? car elle se dit veuve depuis longtemps.

— Je puis vous assurer, madame, que son

mari vit encore, s'il n'est pas mort cette semaine. Je ne puis me tromper sur son écriture
qui m'est connue depuis quinze ans, époque à
laquelle le curé de Brives-la-Gaillarde eut l'attention d'implorer ma sollicitude sur ce neveu,
le seul qu'il eût au monde.

— Comment s'appelait-il, cet oncle prêtre?

— Renaut.

— Et le neveu, mari de ma domestique?

— Gaston Robert.

— Gaston Robert! répéta madame Vignon
d'un ton de surprise et d'émotion. Qu'est-il
donc devenu ce Gaston Robert? ajouta-t-elle
aussitôt.

— Depuis trois jours, madame, j'étais à la
recherche de madame Robert pour lui faire
part de la nouvelle et triste position de son
mari. Je vais la voir un instant, cette malheureuse Corinne; mais je ne lui parlerai de rien,
puisqu'elle est si souffrante.

— Gaston Robert serait-il donc, lui aussi,
dangereusement malade? reprit madame Vignon.

— Non, madame, Gaston Robert n'est pas
malade, mais il n'en est pas moins à plaindre.
Oh! que l'amour du clinquant perd de monde
dans notre siècle ! Gaston, si vaniteux par nature, né pouvait se sauver du naufrage qu'en
épousant une femme assez intelligente et assez
modeste pour préférer les joies de la famille
aux plaisirs extérieurs. C'est ainsi que l'avait
compris l'abbé Renaut, qui voulait lui faire
épouser une cousine nommée Joséphine Teyssier. Cette demoiselle, je n'ai jamais eu le
bonheur de la connaître ni de la voir ; mais,
à entendre l'abbé Renaut, c'était une femme
comme il y en a peu, une femme vraiment
supérieure par la rectitude des idées et des
appréciations. Chez elle, dit-on, l'essentiel passait toujours avant l'accidentel, le devoir avant
le plaisir. Ce n'est point elle qui aurait oublié
un enfant pour faire parade d'un colifichet !

Pendant que le vieillard parlait ainsi, madame Vignon, étouffée par les sanglots, ver-
sait d'abondantes larmes. M. Vignon, la voyant
pleurer, ne paraissait guère moins attendri.

M. Pompignan, ne pouvant deviner la vraie cause d'une semblable émotion, était sur le point d'interrompre la conversation quand madame Vignon lui dit :

— De grâce, monsieur, veuillez compléter un récit qui m'intéresse si vivement; pardonnez une émotion qui ne doit vous préoccuper en rien.

— Gaston, reprit alors M. Pompignan, était trop avide du clinquant pour apprécier une femme par le vrai côté de sa valeur. Malgré toutes les remontrances et les conseils de ses protecteurs les plus sincères et les plus dévoués, ce vaniteux eut la folie de laisser une jeune personne si parfaite pour épouser la fille d'un notaire, Corinne Rossignol, celle même qui vous sert de bonne en ce moment. Corinne, par la légèreté de son caractère et la futilité de ses goûts, était tout l'opposé de mademoiselle Teyssier. Une fois mariée, madame Robert s'appliqua non aux devoirs d'intérieur, mais à se faire remarquer au dehors par des excentricités. Tout naturellement, ce ménage a eu le sort de tous ceux qui se forment dans les mêmes conditions ; la misère est venue le frapper de la manière la plus triste. Les deux époux se sont séparés sans s'être jamais bien compris ni aimés.

Gaston Robert, madame, était né avec les meilleurs instincts en fait de probité ; mais à quoi n'entraîne pas l'amour du luxe après qu'on s'est soumis à ses exigences? Que ne tenterait pas le vaniteux pour maintenir ce qu'il appelle sa considération, une fois qu'il s'est posé en grand seigneur? M. Robert, obligé de faire face à tous les besoins que lui imposait sa vanité, s'est adressé à tous les saints pour toute espèce de platitudes, pour obtenir un emploi. Il avait été républicain et impérialiste, il se serait fait légitimiste et même philippiste, s'il l'avait fallu. Je crois même qu'il se serait fait protestant si un changement de conviction avait pu ménager sa position.

Le luxe a tellement fait de mal sur ce point, les caractères mobiles sont devenus si communs, que la platitude de Gaston ne lui

23

servit à rien pour un emploi comme il le voulait. C'est alors qu'il a eu la pensée de détourner de leur véritable destination une partie considérable des fonds qu'il était chargé de gérer comme homme d'affaires. Il avait l'intention, paraît-il, de réparer sa faute aussitôt que sa position le permettrait, mais sa position ne l'a jamais permis.

La justice, mise en possession du fait par les plaintes des clients, vient de condamner Gaston à vingt ans d'emprisonnement, plus qu'il n'est capable d'en supporter. Certainement il mourra dans les prisons.

— Oui, mon Dieu, s'écria madame Vignon tombant à genoux et levant en même temps les mains au ciel, soyez mille fois béni pour m'avoir fait l'épouse d'un mari exempt des travers si déplorables qu'excite l'envie de trop paraître !

— Moi aussi je vous rends grâces, ajouta M. Vignon, de m'avoir donné une compagne selon mon cœur et mes goûts. Elles sont si rares les femmes qui ont l'intelligence et le

mérite de placer le devoir au-dessus de la vanité, les joies pures de la famille au-dessus des
satisfactions puériles du dehors!

— Mes enfants, reprit alors madame Vignon,
en serrant Léon et Julie dans ses bras, m'étant
chargée de votre éducation, je veux tout faire
pour la rendre complète et vous prémunir
contre les périls les plus imminents de notre
temps. Je vais inscrire en lettres d'or quelques
maximes importantes qui me viennent de mon
défunt père ; il les tenait lui-même de l'abbé
Renaut, oncle de Gaston Robert, mon cousin.
Ces précieuses sentences, les voici; écou-
tez-les attentivement, surtout ne les oubliez
jamais :

— *Le désir de trop paraître fausse l'éducation ;*

— *Propage la corruption ;*

— *Abaisse les caractères ;*

— *Rend les mariages impossibles ou mal
assortis ;*

— *Affaiblit l'esprit de famille ;*

— *Impose des privations regrettables ;*

— *Multiplie les fraudes et les banque-*
routes ;

— *Engendre la démence et les morts pré-*
maturées.

FIN.

TABLE DES MATIÈRES.

CLICHY. — Impr. MAURICE LOIGNON et Cie, rue du Bac-d'Asnières, 12.